ルネサンス文芸における服飾表象について

色彩の回廊

伊藤　亜紀

La Galleria dei colori:
Studio sulla rappresentazione
del costume nell'arte e letteratura rinascimentali

ありな書房

図1――「受胎告知」シリアの工房で制作されたポルポラ染めのサージの断片　八―九世紀　ヴァティカン図書館（本文九ページ図1）

図2――アヴィケンナ『医学典範』のヘブライ語写本挿絵（ms. 2197, 38v）「患者の家を訪れる医者」一五世紀　ボローニャ大学図書館（本文五九ページ図1-12）

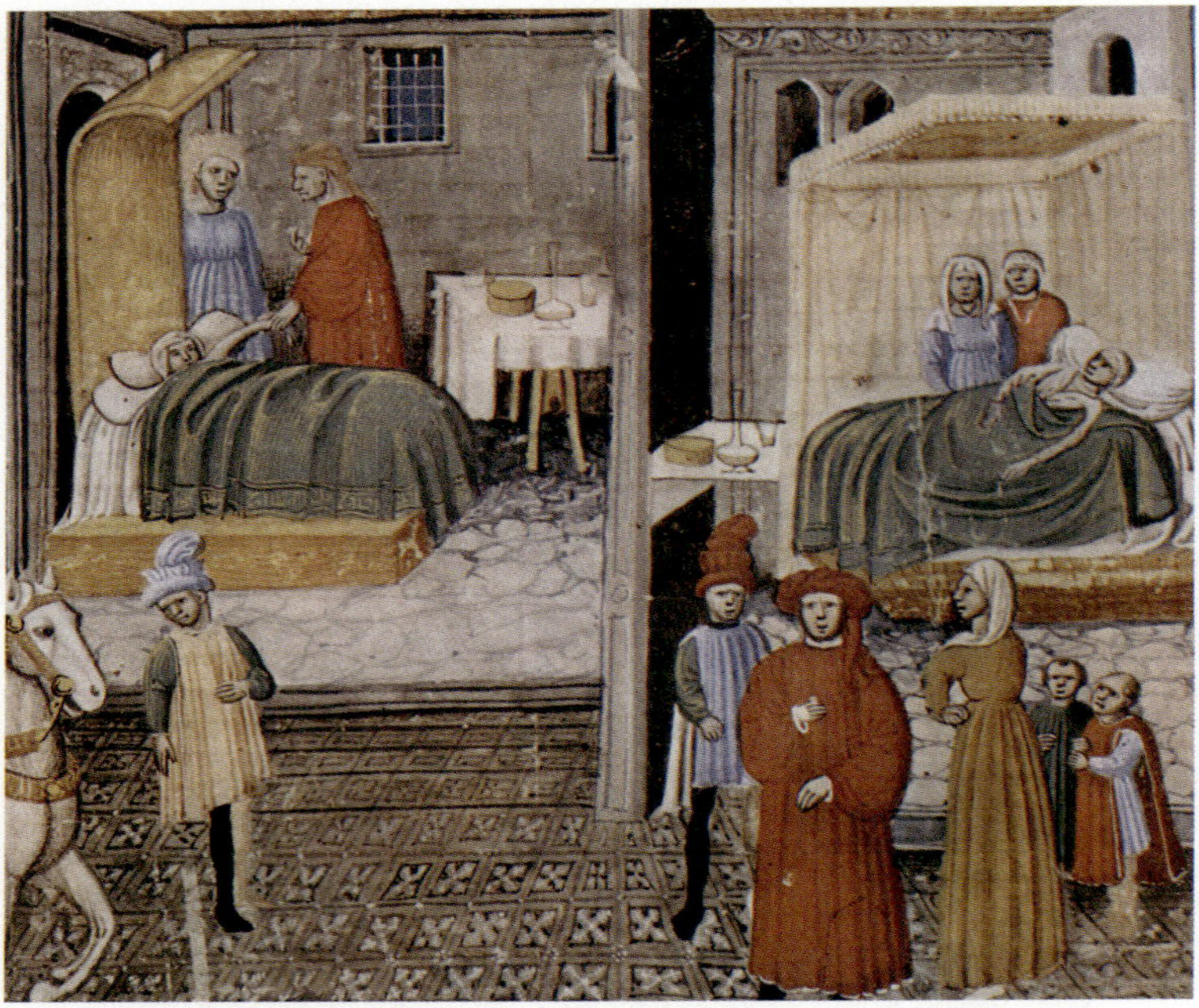

図3（右ページ下）——『浄罪篇』第31歌挿絵（ms. Holkham misc. 48, 107r）
一四世紀の第三四半期　ボードリアン図書館（本文六八ページ図1-15）
中央に「ポルポラの衣」をまとった四人の枢要徳の乙女とマテルダに囲まれたダンテ、そしてその右には「信仰」（白）、「希望」（緑）、「慈愛」（赤）の乙女、赤い服に緑のマント、白いヴェールをつけたベアトリーチェと詩人がみえる。

図4——ロザートの服をまとった「賢明」の乙女モプサ
ボッカッチョ『フィレンツェのニンフ譚』写本（ms. Add. 10299, 33r）
一四二五―五〇年頃　ロンドン、大英図書館（本文七二ページ図1-18b）

図5——「狩をするニンフたちとアメート」
ロレンツォ・ディ・ニッコロ（?）『フィレンツェのニンフ譚』一四一六年頃
メトロポリタン美術館
Rogers Fund. 26. 287. 2（本文七五ページ図1-19上）

図6——青衣の農婦「ホウレンソウ」『タクイヌム・サニターティス（健康全書）』(Codex Vindobonensis Series Nova 2644, 27r)
一四世紀末　オーストリア国立図書館（本文一〇八ページ図2－1）

図7――「黄の衣」をまとう〈栄光〉
フランチェスコ・ダ・バルベリーノ
『愛の訓え』自筆稿本（ms. Barb. Lat. 4076, 85r）
一三一三―一八年頃　ヴァティカン図書館
（本文一二九ページ図3 - 3）

図8――黄色を着るユダ（中央）と金色をまとうペトロ（左端）
ジョット《ユダの接吻》一三〇三―〇五年
パドヴァ、スクロヴェーニ家礼拝堂（本文一三五ページ図3 - 7）

図9——黒衣の学士『仕立屋の書』(ms. Cl. VIII, 74r)
一六世紀半ば ヴェネツィア、クェリーニ・スタンパリア図書館(本文一五八ページ図4-6)

図10――「フローリオとビアンチフィオーレの帰還」
『フィローコロ』（ms. Canon Ital, 85, 190v）
一四六三―六四年
オックスフォード、ボードリアン図書館
（本文一六六ページ図5-1）

図11――〈賢明〉
フランチェスコ・ダ・バルベリーノ『愛の訓え』自筆稿本（ms. Barb. Lat. 4077, 58v）
一三一三年頃　ヴァティカン図書館（本文一七九ページ図5-7）

図12——ポルポラ染めの福者ベルナルド・デリ・ウベルティの大外衣　一二世紀の第一四半期
フィレンツェ　サンタ・トリニタ聖堂（本文一八七ページ図6・2）

色彩の回廊——ルネサンス文芸における服飾表象について

目次

目次

プロローグ　色彩の邦より ―― 7

第1章　至高の色　赤 ―― 13

プッチョ・プッチの財産目録
貴族の着道楽
貴族の魂
いかにして赤く染めるか
赤への憧憬――ルカ・ランドゥッチの日記から
「僧院の木箱に」――レオナルド・ダ・ヴィンチの着こなし
赤のシンボリズム

第2章　不在の色　青 ―― 103

語られぬ青
卑賤の色
笑話のなかの青衣
「高尚なる思索」
曖昧な青の概念

第3章　「異端の色」か「希望の色」か　黄 ―― 123

忌まれる黄
姿を変えた黄
「金色」それとも「黄色」？
古の記憶

第4章　「死の色」から「高貴な色」へ　黒 ―― 141
黒の昇格
弔いの人びと
恋する寡婦――クリセイダ
「気品ある黒服」
第5章　大団円の色　緑 ―― 161
文無し緑
「高貴さに欠ける色」？
祝祭的気分
再生
恋心
〈賢明〉の緑衣
第6章　気紛れな色　ポルポラ ―― 183
ポルポラの終焉
「ポルポラ」とは何色か
ポルポラを着るウェヌス
エピログス　色彩の迷宮 ―― 207
原　註 ―― 213
参考文献一覧 ―― 241
あとがき ―― 259
人名／著作名索引 ―― i―270

本書の直接出版費の一部として、
平成一三年度文部科学省科学研究費補助金
「研究成果公開促進費」の交付を受けた。

Aki ITO
La Galleria dei colori:
Studio sulla rappresentazione
del costume nell'arte e letteratura rinascimentali

色彩の回廊
――ルネサンス文芸における服飾表象について

母に

プロログス　色彩の邦より

ポルポラの研究会があるよ。

そう教えられて、一九九六年一〇月二四日、私はヴェネツィアのサント・ステーファノ広場に面したパラッツォ・ロレダンに赴いた。ポルポラ（porpora）とは、古代地中海沿岸域に広く棲息していたアクキガイの分泌液からつくられた染料のことであり、さらにその後色名として定着した言葉でもある。当時私は、一四世紀のイタリアにおけるこの色の染色と色調の実態について調査していた最中であったから、このような研究会を聴講できる機会にめぐりあえたということは、まったくもって願ってもない話であった。

その研究会「ラ・ポルポラ」は、歴史、美術史、文学、化学、生物学などの各分野からポルポラについて考えるという主旨のもので、これとあわせて、古代から中世に至る「ポルポラ染め」の遺品等が二〇点近く展示されていた。そしてこれらの展示物を見たとき、私はそれまで自分の抱いていた「ポルポラ」に対するイメージを根底から覆されるような思いがした。というのも私はイタリア語のporporaを、それに相当する英語のpurple、そしてこれに通常与えられる「紫」という訳語から、さしずめラヴェンダーの花のような、かなり青に近い紫色として捉えていたからである。しかし「ラ・ポルポラ」の展示物は、退色の差こそあれ、どれもこれも「紫」というよりは「赤」と呼んだほうがふさわしい色であり、特にシリアの工房で八—九世紀に制作された受胎告知を織り出したサージの断片（ヴァティカン図書館所蔵〔図1・カラー図版1〕）の真紅は、千年以上もの時を越えてなお鮮烈だった。

古代世界では、最も美しくかつ堅牢な染料として珍重されたポルポラによる染色は、中世初期にはすでに下火になり、一五世紀には完全に消滅する。しかしこの幻の染料が、その後のヨーロッパの染色と色彩の価値体系に与えた影響がいかに甚大なものであったかを「ラ・ポルポラ」は教えてくれていた。つまりかつてのポルポラがあまりにも理想的な染料であったことが、染物師たちにその残影を追い求めさせ、それに劣らぬほどの美しさと堅牢度を兼ね備えた染料の探索と、染色技術の開発へとかりたてたのである。交易の場たる地中海に面し、古代ローマ帝国、続くビザンティン帝国の染色技術を受け継いだイタリアでは、美しい色をつくることに対するこだわりは、他の内陸諸国にもまして強く、その染物師たちの絶えざる努力は、中世からルネサンス期にかけての夥しい数の絵画に表わされた人物たちの服飾にその跡をとどめている。あの輝ける色彩の氾濫は、当時の風俗を画面に遺す顔料がきわめて優れていたからだけではなく、その「写しとられる対象」が実際にいかに華やかなものであったかをよく物語っている。イタリアとは、まさしく「色彩の邦」なのである。

そのイタリアの服飾における色彩の歩みをわれわれにわかりやすいかたちで教えてくれるのが、まず第一にフランコ・ブルネッロである。ヨーロッパ染色史研究の第一人者である彼の用いる資料は、主に染色工たちが同じ工房の同僚や後輩のために残した指南書、いわゆる染色マニュアルであるが、ここには通常、ある色をつくるのに要する染料の種類——時として産地——やその調合の比率、技法、そして染めあがった布の費用などが書き記されている。ブルネッロはイタリア、そして他のヨーロッパ諸国から多種多様なマニュアルを収集し、化学者としての立場で染料の種類と染色技法を調査・分析している。[☆1] しかし彼は、染められた布が実際にどのように着用されていたかについては、ほとんど言及していない。

これに対してロジータ・レーヴィ・ピセツキーは、『イタリア服飾史』全五巻という編年体形式の著作において、

図1（色はカラーページを参照）

一世紀ごとに色彩に関する項目を設け、そこで染色文献のみならず、服飾遺品、公証人によって作成された財産目録に含まれる衣裳リスト、年代記、日記、書簡、文学・美術作品にまで目を配るなど、じつに多種多様な資料を使って時代ごとの色彩を語っている。[☆2] さらにこの大著を縮約した『イタリア社会における服飾と流行』では、通史の序論として「モードの諸形態」の一章を設けているが、その中の一部を色彩論にあてている。[☆3] これらは色彩について調査する際の資料の検索にはまことに便利だが、知識の羅列といった感は否めず、またタイプの異なる資料が相互にうまくかみあっていないのが難点である。

イタリアの色彩について考える場合でも、ミシェル・パストゥローを無視するわけにはいくまい。この高名なフランスの紋章学者によって次々と生みだされる著作は、全ヨーロッパの色彩研究の基盤をなしているといっても過言ではない。彼の研究は、主に本来の専門である中世紋章学や図像学の立場からおこなわれているが、人類学や社会学、経済史、染色史や絵画の顔料取引の問題にまでまんべんなく目が向けられている。ヨーロッパにおける色彩に関するさまざまな問題を辞書形式で綴った『現代色彩事典』には、ドイツそしてイタリアの事例もかなりの数がとりあげられている。[☆4] しかし彼にとってイタリアとは、あくまで「付け足し」に過ぎないというのもまた事実である。

ともあれ以上三人の研究は、数ある色彩論の中では、いずれも歴史的な考証の上に立脚しているという意味で傑出したものである。そして彼らの書はいずれも一四世紀から一六世紀にかけての時期を論じることに力を入れている。それはこの時期以降、文書・視覚資料がかなり充実してくるからということもあるが、文学や美術の分野に訪れた時代の波――ルネサンス――が色彩の方面に与えた影響はけっして小さなものではなかったはずだからである。

そこで私は本書において、この中世末期からルネサンス期にかけての赤(rosso)、青(azzurro)、黄(giallo)、黒(nero)、緑(verde)、そしてポルポラ――これには先に述べた理由から、あえて「紫」という訳語は与えない――の染色の実態と衣服の着用状況、そして人びとの心の奥底にひそむ色彩観を、従来の色彩論においてよりも有機的に結びつけて考察することとしたい。

まず第一に注目すべきは、「着た記録」である。資料としては一五世紀から一六世紀の三つの衣裳目録――貴族プッチョ・プッチの死後の財産目録、次に庶民の日常を生き生きと日記に綴ったことで知られる商人ルカ・ランドゥッチの妻の婚礼衣裳一覧、そしてルネサンス期を代表する芸術家の一人であるレオナルド・ダ・ヴィンチの手稿にみえる衣裳リストが中心となる。これらは衣裳に関する記録であるという点は共通しているものの、記載方法は同一ではないし、それぞれの背景――身分も経済状態も家族構成もまるで異なっている。しかしプッチ家の目録は当時の上流階級の暮らしぶりを偲ばせるものであり、またひとつ屋根の下で生活した複数の家庭の衣裳箱をのぞくことができるうえに、公証人の手になるということもあって資料的にきわめて優れている。次にランドゥッチのリストは中流階級の女性の晴着、そして結婚に際しての服飾品の授受という非常に興味深いデータを提示してくれている。最後のレオナルドは、生涯にわたって自らの試行錯誤の過程をノートに書き続けたが、計算やデッサンの間に、愛用した衣類のメモ書きを残しており、この妻も子も頼るべき親戚もいない孤高を貫いた芸術家がいかなる姿恰好をしていたかを知るよすがとなる。これらに記載されている衣裳の色、さらに同時代の年代記や書簡、風俗画や肖像画にあらわされている市井の人びとの装いも考えあわせれば、当時の色彩使用の実情により近づくことができよう。

そしてそういった色彩の取捨選択を左右する重要な要因のひとつが費用の問題である。このデータをわれわれに提供してくれるのが商業取引記録であり、染色マニュアルである。さいわい一五世紀から一六世紀にかけては、ヴェネツィアとフィレンツェで非常に優れた染色マニュアルがいくつか書かれている。そこに記されている染料の種類とその産地、そして各々の価格、さらに染めあがって商品となった織物の取引額こそまさしく色のあいだに「格差」を生じさせるものなのである。

そしてこれらを踏まえ、一四世紀から一六世紀にかけての文学作品を題材に色彩の象徴について考える。この時代は寓意文学が花盛りであるが、そこに描かれている事物にすべてなんらかの意味が込められているように、登場人物の着衣の色は、必ずと言っていいほどその性格を代弁するものとなっている。当時の作家は大体においてアレゴリーの手法に通じていたが、とくに一四世紀にはダンテ、ペトラルカ、ボッカッチョという三大詩人があらわれているので、彼らの作品を主に扱うことになる。その中でも私はボッカッチョに焦点をあてたい。というのも彼こそは「物語」(novella) という形式をうちたてた近代文学の祖であり、韻文・散文あわせてかなりの数の作品を遺し、それらは後年のイタリアの作家の範となったからである。また同じ優れた詩人であるとはいっても、至高の淑女の理想化と彼岸の世界の叙述に勤しんだダンテ、古代世界に憧れキケロを友としたペトラルカに比べると、ボッカッチョはじつに人間臭く、物語中には多くの場合彼自身の実体験が反映されている。たとえ古代を舞台とした作品でも、そこに描かれているのは一四世紀のナポリやフィレンツェの風俗である。そんな現実生活に根ざした彼の作品には服飾描写が少なくなく、そこに得意のアレゴリーが縦横無尽に駆使されているのも、われわれのような色彩シンボリズムを考える服飾史家にとっては非常に興味をそそられるものである。さらにここでは、一五世紀から一六世紀にかけて相次いで出された色彩論も随時参照し、そして視覚資料として、この時代に数多く描かれた写本挿絵や宗教画の類もあわせて見ていくことになるであろう。

それでは、赤、青、黄、黒、緑、そしてポルポラの「回廊」の扉をひらくことにしよう。

第1章　至高の色　赤

プッチョ・プッチの財産目録

一四四九年五月、一人のフィレンツェ貴族が世を去った。名前はプッチョ・プッチ。生まれこそ卑しかったが、己の才覚ひとつでのしあがった新興貴族にして文人である。フィレンツェ共和国の「祖国の父」といわれるコジモ・デ・メディチ（一三八九―一四六四年）の同い年の友人であり、コジモが対立する貴族リナルド・デリ・アルビッツィの画策によって一四三三年に国外追放の憂き目にあったとき、プッチョもまたラクイラに流されたが、翌年コジモが追放処分を解かれると、彼も帰還してすぐに共和政府の頂点にまで昇りつめた。マキャヴェッリは『フィレンツェ史』（一五二〇―二五年）において、コジモがプッチョをその叡知ゆえに重用し、コジモの一派でさえ、コジモよりもプッチョの名を慕って集まってきたと大絶讃し[☆1]、ポリツィアーノの『愉しき言葉』（一四七七―八二年）やグイッチャルディーニの『フィレンツェ史』（一五〇九年）にも、コジモの助言者として活躍するプッチョの姿が生き生きと描きだされている[☆2]。この彼の優れた政治力により、プッチ家はフィレンツェでも有数の名家のひとつとなったのである。

その当主プッチョが亡くなると、同年六月一日に、当時の習慣に倣って財産目録がつくられた。これは長い間ひとの目に触れることはなかったが、ようやく一九世紀末に碩学カルロ・メルケルにより日の目を見ることとなった[☆3]。

彼の翻刻によると、この目録は一七の部分に分けられ、家族の部屋の配置順に各人の所持品――衣類、装身具、宝飾品、寝具、食器、家財道具、武器、またキアンティ地方に位置するウリヴェートの別邸にある農具やワイン、油の在庫状況まで――が仔細に挙げられている。公証人の手にはなるものの、法的な書式に則って作成されたわけではないので、完全なものであるとは言いがたく、むしろ個人的な覚書であると考えるのが妥当のようである。[☆4]

1　次男ピエロ夫妻の部屋（九七項目）
2　三男フランチェスコ夫妻の部屋（五九項目）
3　長男アントニオ夫妻と娘ルクレツィアの部屋（七三項目）
4　プッチョの妻バルトロメア、娘ジネーヴラ、および息子ディオニジの部屋（五九項目）
5　uia[☆5]の部屋（三項目）
6　家族の部屋（四項目）
7　召使部屋（二項目）
8　台所（一三項目）
9　武器庫（一四項目）
10　［台所用品］（一九項目）
11　ウリヴェートのもの（項目なし・三三品目）
12　再びアントニオの所持品（二項目）
13　バルトロメオの部屋（二四項目）
14　再びプッチョの妻バルトロメアの部屋（一二三項目）
15　家族共通の所持品［台所用品等］（三八項目）

16　ウリヴェートのもの（一二項目）
17　各地所に関する覚書（三七項目）

さらにメルケルは目録に懇切丁寧な註を付して難解な用語の解説をおこない、また序文においてプッチョ一家のプロフィールを述べ、目録の内容から各々の経済状態などを推測している。

ここでさしあたってわれわれの興味を引くのは、フィレンツェ市内の本宅にある家族の部屋（1〜4）とウリヴェート（11〜14）に遺された衣類である。衣類に関しては、公証人も最も関心を向けているふしがあり、各部屋の所蔵品一覧のまず最初に、高額のものから、上衣・マント類、帽子や頭飾り、下着の順に色、材質、付けられた装飾品や裏地の毛皮の種類、そして価格が書き留められている。着用者が明示されていない服が多いので断定はできないが、大体において女物から記されているようである。ちなみに使用人の衣服の記載はない。またここにすでに他家に嫁した娘たちの名があらわれないのは、彼女らは結婚の折に多額の嫁資を受けとっているからである。したがって父親の死亡時にも彼女らの取り分はないのがつねであった。

ともあれこの目録にはじつにさまざまな色名が見られ、特殊なものについてはメルケルも註をほどこしているが、個々の色の記載頻度に着目すると、この一家のよりいっそう興味深い側面が見えてくるのである。

貴族の着道楽

さて、この目録に登場する人物は、以下のとおりである。年齢は、一四四六年のカタスト（土地台帳）の記載から推定されるものである。ピエロの妻カテリーナとフランチェスコの妻バルトロメアの年齢が不詳なのは、一四四六年当時、ともにまだ結婚していなかったため、一族の記録に登場してきていないからである。

プッチョの長男アントニオ（三二歳）、妻マッダレーナ（二三歳）、娘ルクレツィア（四歳）
プッチョの次男ピエロ（三一歳）、妻カテリーナ
プッチョの三男フランチェスコ（二九歳）、妻バルトロメア
プッチョの妻バルトロメア（四一歳）、娘ジネーヴラ（一四歳）、および息子ディオニジ（七歳）
プッチョの息子バルトロメオ[☆6]（二三歳）

そして目録の最初に記載されているのは、次男ピエロ夫妻の財産である。そのうち、衣類のみに注目し、それらを色で分類すると、次のごとくになる。

	上衣（着）	マント（着）	かぶりもの（個）
ケルミーズィ（chermisi）			1
ロザート（rosato）	4	1	3
パオナッツォ（paonazzo）	3	1	
緑（verde）	2		
暗緑色（verde bruno）	2		
獅子毛色（pelo di lione）	1		
白（bianco）	2		
モスカヴォリエーレ[☆7]（moscavoliere）	1		
灰（bigio）	3		
モナキーノ[☆8]（monachino）		2	1

黒（nero）　2

※ここではチョッパ（cioppa［ゆったりした丈長の外衣］）、コッタ（cotta［袖付きのゆったりしたチュニック］）、ガムッラ（gamurra［女性用の長上衣］）、ジョルネーア（giornea［脇の大きく開いたゆったりした外衣］）、ジュッバ（giubba［上着の総称］）、ゴンネッラ（gonnella［袖付きのゆったりしたチュニック、コッタと同義］）、ファルセット（farsetto［短くぴったりした男性用胴着］）、ルッコ（lucco［フィレンツェで用いられた男性用長衣で、首まわりが狭く、丈が地面まで届くもの］）、サイオ（saio［男性用上着］）は「上衣」、カッペッロ（cappello［つば広帽子］）、カップッチョ（cappuccio［頭巾］）、ベッレッタ（berretta［縁無し帽］）は「かぶりもの」として分類した。

まず最初に頻繁に登場する色名の説明だけを簡単にしておくと、ケルミーズィとは後で詳しく述べるように、赤の染料となるケルメスという虫の名に由来する深紅色のことである。またロザートは薔薇（rosa）を、パオナッツォは孔雀（pavone）を語源とする、いずれも赤系の色である。つまりここから読みとれるのは、上衣、マント、かぶりものすべてにおいて赤系が目立つのに対し、「青」や「黄」はまったく見当たらないことである。

さらに記載内容を詳しく見ていくと、全九七項目の冒頭にあるのは、完成した服ではないが、妻カテリーナの八二フィオリーノもする「ケルミーズィのゼターニ」（zetanj vellutato chermisj）という絹織物一枚であり、これがこの部屋で最も高価な品である。次いでやはりカテリーナの「真珠の縫いとりのあるロザートのチョッパ一着」（1ª cioppa rosata della donna cho richamo di perlle）、そして「広袖、貂の裏地付き、上半身は胸白貂の毛皮でできたロザートのチョッパ一着」（1ª cioppa rosata, cho maniche aperte, foderata di martore e 'l busto di faine）がともに八〇フィオリーノで、高額の服もまた赤系であるということがわかる。他の色となると、一番高いものでも「夫人の緑のヴィロードのコッタ一着」（1ª chotta di uelluto verde della donna）一二フィオリーノにすぎず、金額としてははるかに劣る。

続いて、三男フランチェスコ夫妻の部屋を覗いてみることにしよう。

	上衣（着）	マント（着）	被りもの（個）
ケルミーズィ	4		2
ロザート	4		2
パオナッツォ	1	1	
ブルスキーノ☆9（bruschino）	1		
赤（rosso）			1
緑	2		
暗緑色	1		
白	3		
灰	1		
モナキーノ	2		
黒	3		2
モルモリーノ☆10（mormorino）	1		

彼らの衣類の色の傾向は、次男夫婦のそれをいっそう顕著にしたものであると言ってよい。つまりここでは衣類全部に対する赤い服の割合がさらに高いのである。そしてこの部屋でもっとも高額の品は、冒頭に記された六〇フィオリーノの「バルトロメアの大きな袖のあるケルミーズィのヴィロードのチョッパ一着」（1ª cioppa di uelluto chermisj a ghozi della Bartolomea）であり、次いで「ケルミーズィのヴィロード状のゼターニのジョルネーア一着」（1ª giornea di zetanj vellutato chemisj）五〇フィオリーノ、「真珠の縫いとりのあるロザートのチョッパ一着」（1ª cioppa rosata co richamo di perlle）四〇フィオリーノ、と続く。ここでも、ケルミーズィ、ロザートといった赤い服が金額の点で他を圧している。

次に長男アントニオ夫妻とその娘の部屋に移ろう。

	上衣（着）	マント（着）	被りもの（個）
ケルミーズィ	1		
ロザート	4		2
パオナッツォ	3		1
ブルスキーノ	1		
赤		1	
緑	3	1	
暗緑色	1		
青（azzurro）	1	1	1
トゥルキーノ（turchino）	1		
白	2		
灰	2		
黒	2		1

アントニオは弟たちよりも遅れて政界入りしたが、一四四八年には執行機関の最高責任者「正義の旗手」（gonfaloniere di giustizia）の書記官を勤めるなど、かつてコジモの敏腕の参謀であった父親の後継者にふさわしく、終

生メディチ家を支えた。彼の所持品のなかには、カープアの枢機卿から拝領した銀杯や、モリネンセ枢機卿から妻マッダレーナに贈られた真珠と銀でつくられた燭台兼塩入れなど、その派手な交際ぶりを偲ばせる豪華な品々が見られる。またアントニオは貴族の長男、そして一家の跡取りとしての自覚を早くからもちあわせていたのだろうか、衣類よりもむしろ兜や剣といった武具に意匠を凝らし、また妻のほうも宝石により関心が向いているように見受けられる。したがって弟たちほどの着道楽ぶりはうかがえないものの、メルケルも指摘しているとおり、武具や宝石が桁違いに高額であるため（たとえば「一角獣の頂飾りのある真珠細工の兜」は九〇フィオリーノ、「豹の頂飾りのある真珠細工の兜」は八〇フィオリーノ）、全所持品の総額はピエロの三倍弱、フランチェスコの四倍強となっている。衣裳に関しては相変わらず赤いものが多いが、ただこの部屋には、弟たちのところにはまったく存在しなかった青やトゥルキーノ（トルコ石に由来する青色）の服が数点見られる。またアントニオの衣裳として最も高価なものが、五〇フィオリーノの「白栗鼠の腹側の毛の裏地と広袖付き、黒いゼターニのチョッパ一着」（1ª cioppa di zetanj nero co maniche aperte, foderata di pancie）であって、赤い色でないのも興味深い。

　四一歳で寡婦となったプッチョの妻バルトロメアの部屋には、未婚の娘ジネーヴラと幼い末息子ディオニジの所持品も見られる。

	上衣（着）	マント（着）	被りもの（個）
ケルミーズィ	3		
ロザート	7	1	3
パオナッツォ	5		
グラーナ（grana）			2
緑	3		

白	2
モスカヴォリエーレ	2
灰	2
黒	5
モルモリーノ	1

この部屋には赤の中でもとくにロザートの服が目立ち、亡き夫プッチョのものと思われるチョッパ、ルッコ、マントなどの上衣類やカップッチョ、また幼いディオニジの丈の短いチョッパもこの色である。価格の点で言えば、冒頭に挙げられたおそらくバルトロメアの「アーミンの裏地付き、胸部に白栗鼠の腹側の毛の裏地、広袖のあるパオナッツォがかったケルミーズィのヴィロードのチョッパ一着」(1ª cioppa di uelluto chermisj paghonazo cho maniche aperte, foderata d'ermellinj, il buosto di pancie) が一一〇フィオリーノとあり、これはこの一族の全衣類のなかでもとび抜けて豪奢な品である。

コジモの威光を笠に着たプッチ一族の羽振りの良さは敵方の嫉妬を買うことにもなった。対立勢力のひとりジョヴァンニ・カヴァルカンティは、その著『フィレンツェ史』(一四二〇―四〇年頃) の中でポリツィアーノらの証言とはまったく異なるプッチョ像をわれわれに伝えているが、彼らの急激な資産の拡大を「どんな川も澄んだ水で大きくなることがないように、合法的かつ適正な収入で富む者などいはしない」と皮肉っている。[☆11] 一代で財をなした成金一家の贅を尽くした数々の衣裳は、じつは汚職の賜でもあったのである。

貴族の魂

プッチ家の財産目録には、赤の服の数がきわめて多い。このことは、目録全体に書き留められている衣類や布製品の色を単純に数えあげていくと、よりいっそうはっきりする。まずロザートが三二回、次いでパオナッツォと緑がともに一八回、黒一七回、ケルミーズィと白が各一五回、灰色とモナキーノが九回、赤八回、青五回、暗緑色四回、ブルスキーノ三回、モルモリーノ、モスカヴォリエーレ、グラーナ（ケルメスと同じく、赤色染料となるカシの木の寄生虫に由来する色名）、獅子毛色が各二回、ヴェルミリオ（小さな虫を意味するラテン語 vermiculus に由来する色名）とトゥルキーノ各一回となり、上位に赤系の色が多いことに気づく。次いで緑、黒、白が目立ち、対照的に青はごく少ない。また全目録中、黄色に類すると考えられる色は獅子毛色のみであり、giallo という色名は見られない。

貴族や富豪の衣類に赤いものの割合が高いというのは、この時代では一般的な傾向である。たとえばフィレンツェの富裕な毛織物商人の寡婦アレッサンドラ・マチンギ・ストロッツィは、反メディチ派に荷担したとの廉《かど》で追放され、ナポリで暮らす長男フィリッポに、妹カテリーナの婚約を伝える一四四七年八月二四日付の手紙のなかで、許婚者《いいなずけ》マルコ・パレンティのことを次のように語っている。

> あら、わたくしはまだあなたに［カテリーナの］夫マルコのことをお話ししていませんでしたわね。彼はいつもカテリーナに言っています。「おまえの望みのものをお言い」。婚約にあたって彼は彼女のためにケルミーズィのヴィロード状のゼターニでコッタを一着つくってくれました。この織物はフィレンツェの店頭に出ているものの中でも一番美しい品です。それから真珠の付いた羽根のギルランダ（花冠）ひとつ八〇フィオリーノ、真珠の組み紐が二本付いた頭飾りで六〇フィオリーノ以上するものもあつらえてくれました。外に出かけるときには四〇〇フィオリーノ以上も身につけることになるでしょう。さらに式のために貂の裏地の付いた大きな袖とともにケルミーズィのヴィロードを注文し、真珠の縫いとりのあるロザートのチョッパをつくらせています。[☆12]

このカテリーナ・ストロッツィの婚礼衣裳は、ゼターニ（zetani［その名が中国南東部の港町泉州〔Zaytun〕に由来する非常に高価な東方起源の絹織物」）という材質といい、「大きな袖」「貂の裏地」「真珠の縫いとり」といった装飾といい、プッチ家にあった衣裳ときわめてよく似ているが、ここでも基調になっている色はケルミーズィ、そしてロザートである。

そのロザートの衣類がプッチ家にとくに多いことは一目瞭然で、チョッパ一一着、ルッコ七着、ガムッラ四着、マント二着、そしてカップッチョ一〇、ベッレッタ二に及ぶ。この色調についてメルケルは、ロザートは必ずしも「薔薇色」ではなく、薔薇色で染めるのが常であった他の色の布をも指しているのであろうと説明しているが、[☆13] これに対してカザノヴァは、薔薇色に染められた布であると考えて相違ないと反論する。[☆14] たしかに rosa という名を含む色名なのであるから、これを「薔薇色」であると見なさぬほうが、かえって不自然というものだろう。

そしてこの rosato の服は、総じてどれもかなりの高額である。たとえばウリヴェートの別邸にあるバルトロメオの「狐の裏地つきの灰色の小チョッパ」（1^{a} cioppetta bigia, foderata di gholpe）が二フィオリーノであるのに対し、同じ裏地がついていてもロザートのもの（1^{a} cioppetta rosata, foderata di gholpe）になると、四フィオリーノと倍値に跳ねあがる。加えてロザートを含めた赤い服は、たいていの場合、ゼターニやヴィロードなどの高級絹織物でつくられているうえに、真珠の縫いとりや、maniche a gozzi と呼ばれる一五世紀前半に大流行した鳥の餌袋状の大きな袖、貂や白栗鼠、アーミンなどの毛皮の裏地といった豪華な装飾品がつけられることが、値段をさらにつりあげる原因になっている。

この目録からはロザートが男女を問わず好んで着られたことがうかがえるが、とくに男性が着用するとき、これは一種のステイタス・シンボルとして機能する。

> 彼［コジモ・デ・メディチ］が追放処分を解かれて帰還したのち、数人の市民がやってきて、都邑《まち》もすっかりだめになってしまった、それというのも神の御意志に反して多くの善き市民が流刑の憂きめにあわされたからだと

こぼした。これにコジモの応えて曰く、都邑《まち》が喪われるよりもだめになってしまった方がまだましだ、それに善き市民などというものは、ロザートの布が二カンナ〔四～六メートル〕もあればできてしまう。[☆15]

一四三四年、コジモが亡命先のヴェネツィアから意気揚々とフィレンツェに引きあげてきたとき、彼が反メディチ派の嫌味に対して投げつけたこの皮肉は、当時ロザートの服が有力市民の象徴とみなされていたことを暗に物語っている。[☆16]

さらにカスティリオーネも、『宮廷人』（一五二八年）の中で、コジモに関する同様の逸話を紹介している。

コジモ・デ・メディチが、金はあるが頭のほうはさほどでもない友人にフィレンツェの外のさる役職を世話してやったときのこと、この男が任地に向かうにあたって、どうしたらうまく務めを果たすことができるかとコジモに問うたところ、彼は「ロザートを着て、口数を控えなさい」と答えたということです。また似たような話ですが、ルドヴィーコ伯は、ある危険な土地を素性を隠して通りたいが、さてどうやって変装すべきかと思案していた人に向かって、「学者か賢者のような恰好をしなさい」と忠告したとのことです。[☆17]

たとえ頭がいまひとつであろうとも、ロザートを着ていさえすれば、それだけで貴族か、もしくはそれと同等の地位にある賢者とみなされ、周囲の人びとから重んじられるにちがいない——コジモはそのように友人に教え諭しているのである。

フランコ・サッケッティの『三百話』第一六三話には、さるポデスタ（行政長官）の老傍系親が、訴訟にあたって「白栗鼠の腹側の毛で総内張りしたベッレッタを被り、グラーナ染めのロザートの服を着て」庁舎に現われたという記述がある。[☆18]ポデスタは貴族の中から選ばれる役職であるから、[☆19]この傍系親もまた貴族であったわけで、そうなると遅くともサッケッティの物語の成立した一四世紀末には、ロザートは貴族のユニフォームとして定着しつつあったと想像される。カザノヴァは、ロザートは種々の赤の中ではやや品落ちの感は否めない——彼はおそらく色調が鮮やかさに欠けると言いたかったのだと思われる——ものの、公式の場ではよく着られたと述べている。[☆20] プッチ家の目録中、ルッコとよばれる男性用長衣にとりわけロザートのものが多いのは、この家の男子が政界でかなりの地位を有する名士であったことの証《あかし》である。

プッチ家の衣裳の細目とコジモの逸話は、コジモの肖像をいくつか思い起こさせる。そのうちのひとつは、ボッティチェッリのウフィッツィ美術館に所蔵されている《東方三博士の礼拝》中に見いだせる。ここには当時の権力者(その多くはメディチ一族)や文人、そして画家自身も描きこまれ、一種の集団肖像画の様相を呈しているが、老コジモは、三人のマギのうち最年長のカスパールの姿をとり、幼児キリストに黄金を献上するという栄えある役割を担っている。そのコジモのまとう金糸の刺繍のある黒いマントの下からのぞく服の色は、いかにも薔薇色《ロザート》と呼ぶにふさわしい赤であるように思われる(図1-1)。

さらにポントルモの描いた《祖国の父コジモ・デ・メディチ》(図1-2)も見てみよう。こちらの赤はもっと鮮やかで、薔薇色というよりもむしろ緋色とか深紅と呼ばれるべき色であるかもしれない。どちらにしろコジモの死後の作品であり、ボッティチェッリはともかく、ポントルモにとって彼は自分の生まれる三〇年も前に世を去った伝説の人なのだ。なのに画家は、その「祖国の父」を赤い服と帽子を身につけた姿で描いた。それは赤という色をまとわせることこそが、コジモの貴族としての自負と魂を的確に観る者に伝える最良の手段であると知っていたからである。[☆21]

いかにして赤く染めるか

ところでプッチ家の赤い服は、他の色のものに比べると、いずれもきわめて高価な品々であるが、その価値を生

図1-1——サンドロ・ボッティチェッリ《東方三博士の礼拝》一四七八—七九年頃
フィレンツェ　ウフィッツィ美術館

図1-2――ヤコポ・ポントルモ《祖国の父コジモ・デ・メディチ》一五一八―一九年頃
フィレンツェ　ウフィッツィ美術館

みだすものはいったい何であろうか。そしていかなる次第でこの色は、ステイタス・シンボルにまでなりえたのだろうか。その謎を解く鍵は、この色をつくりだす染料にある。

近代以前に用いられていた天然染料は、動物性、植物性、そして鉱物性のものとに三分される。このうち鉱物性のものは、布を損傷するおそれがあるため、絵画制作のための顔料以外にはふつう使用されない。したがって衣服に用いられる糸や布のための染料は、動物性か植物性のどちらかであると考えてよい。以下、赤の染料となりうる代表的な動物と植物を挙げることにしよう。

1 ケルメスとグラーナ

ケルメスが歴史の表舞台に登場してきたのはかなり早く、すでに一世紀のプリニウスは『博物誌』にその名coccusを記している。そして古代世界において赤系の染料が採れる貝として最も重んじられたムーレックスの代用品として大いに注目しているのだが、彼はこれを植物と断定してしまっている。[☆22] しかしその実体は、フランスの南西部、スペイン、イタリア、多島海沿岸諸島に生育するブナ科のケルメスカシ（トキワガシ）という木につく直径七ミリ大の丸い寄生虫である。枝の分かれ目にあたかも木の実のように固着しているので、プリニウスが勘違いするのも無理はないのだが、メスが卵を内包したまま球状に変態したところを採取して乾燥させ、その残骸をふるいにかけて殻をとりのぞき、酢を加えて柔らかくしてから日干しにしたものが、染料として用いられるのである。染色に使われるのは、艶のある黒色種ケルメス・イリキス（Kermes ilicis）と赤茶色のケルメス・ヴェルミリオ（Kermes vermilio）の主に二種である[☆23]（図1-3）。

このケルメスは、やはりカシの木の寄生虫であると考えられるグラーナとしばしば混同される。たとえば一四世紀前半に、フィレンツェのバルディ商会で活躍した商人フランチェスコ・バルドゥッチ・ペゴロッティの手になる『商業指南』（一三一〇―四〇年頃）には、グラーナの取引は頻繁に記載されているものの、[☆24] ケルメスについては、seta carmus、seta chermisi、seta chermusi という商品名が見られるにすぎず、しかもこの chermisi はおそらく色名で「ケルミーズィの絹」を意味すると思われる。[☆25] 当時主要な染料であったはずのケルメスが、北はロンドン、南はキプロスあたりまでの広範な地域で活動した国際商人の取引記録に、まったく記載されていないというのは、ペゴロッティがケルメスとグラーナを同一視していた可能性があることを示している。両者の区別に関しては研究者の間でも諸説紛々としており、いまだにこの問題を解決できるような決定的な資料は挙がっていない。しかし一四世紀末から一五世紀初頭にかけて無名のフィレンツェ人によって書かれた『絹織物製作に関する論』(*Trattato dell'arte della seta*)には、ケルメスで染めたものは「第一の、そして最も価値の高い色」、一方のグラーナ染めはそれに次ぐものであり、さらにケルメスはグラーナよりも若干価格が上まわることが明記されている。[☆26] またチェッケッティが引用しているヴェネツィアの絹織物業規約の一四五七年八月一二日付の記録においても、ケルメス(carmesin)とグラーナははっきり区別されている。[☆27] これらのことからピセツキーは、ケルメスはそのアラビア語起源の名(コチニールの一種をあらわす qirmiz という言葉から派生したもの)が示すとおり、オリエントからイタリアにもたらされたものであるのに対し、グラーナはスペインやポルトガル、プロヴァンスといった西地中海域に産するものであると考えている。[☆28]

さて、その『絹織物製作に関する論』は、糸巻きの段階から完成した織物が店頭に並ぶまでの工程を、順を追って丁寧に解説したマニュアルである。なかでも染色に関しては、もっとも力が入れられており、全体の三分の一強のヴォリュームがこの工程に充てられている。ここでは絹糸の十分な洗浄、染浴に糸を浸けるタイミング、ミョウバンにさらす時間、そしてミョウバンの中で糸をひっくりかえす回数まで、いかにして繊維に染料をうまく浸みこませるかという技術の説明が各色ごとになされているが、赤の染色に使用されている染料の中でも、とくに重要なのがこのケルメスやグラーナであり、ケルメス染めを範として以下の染色論が展開されていく。

第一の、そして最も価値の高い色を出す、より優れた状態のケルメスで染めるには、白い絹をパルチェッロ(皮

図1-3——ケルメス・ヴェルミリオの雌の成虫から幼虫が這いだしているところ（『染織α』二〇〇一年一月号、二〇ページ）

図1-5——アカネ
（F. Brunello, *Il libro dell'arte*, fig. 14）

図1-6——ブラジルスオウ
（F. Brunello, *Marco Polo e ...*, fig. 38）

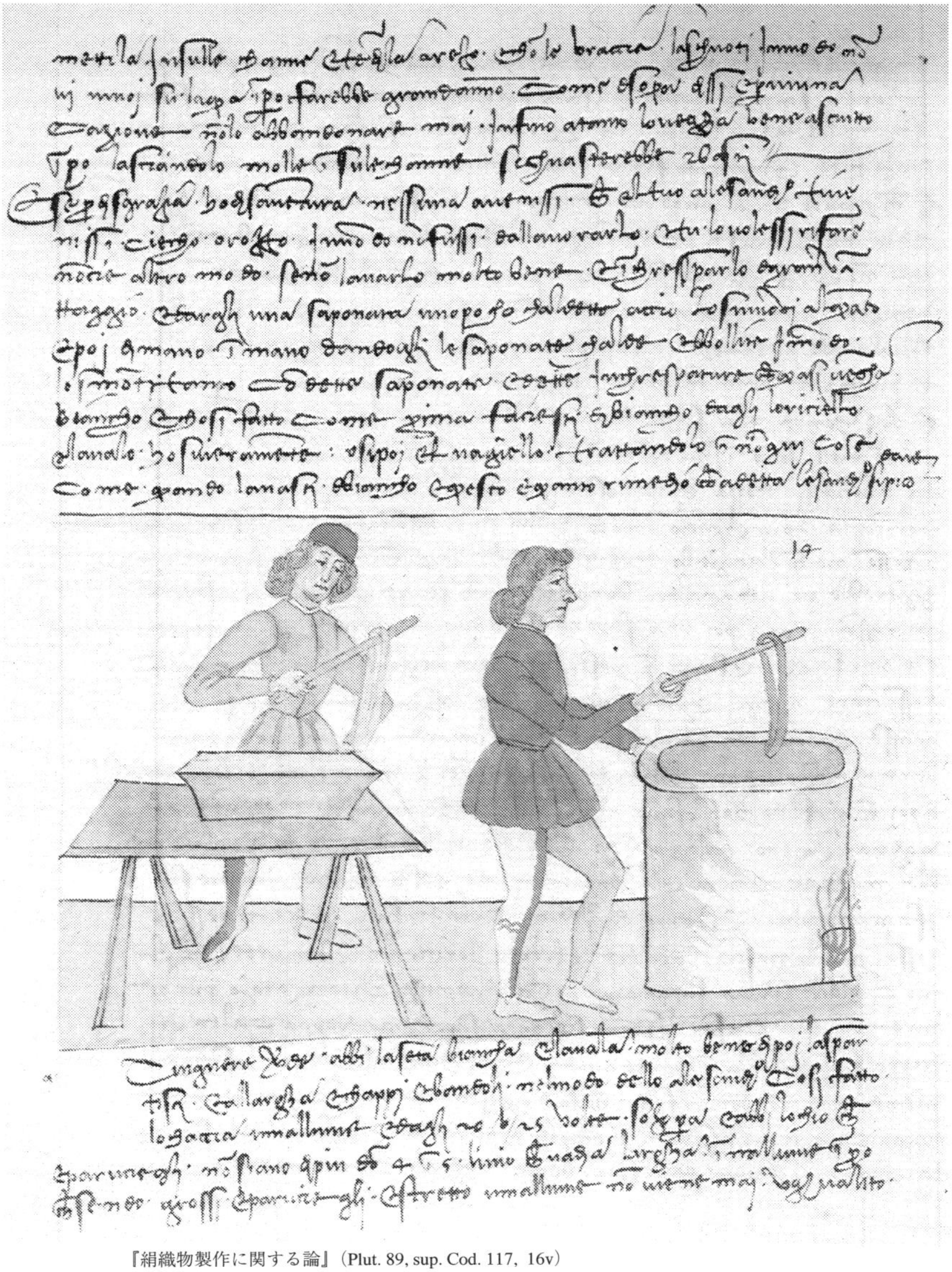

『絹織物製作に関する論』(Plut. 89, sup. Cod. 117, 16v)
図1 - 4———14世紀末－15世紀初頭　フィレンツェ
ラウレンツィアーナ図書館

を剝いだセイヨウヤマモモの木の棒）に掛け、熱いお湯を入れた大鍋に浸す。そしてその中にこの絹を五、六回浸して柔らかくし、二、三度かせを出し入れする。こうしたのち、最初におこなったように絹を洗い、冷たい水ですすいで石鹼をよくとりのぞく。それからカヴィリア（紡錘形のクルミの木の腕木）に掛け、結び目や糸口をほどいて広げる。次に絹をミョウバンにつけて一〇回か一二回かきまぜ、一昼夜そのまま放置しておく。それからこれをとりだして二度ミョウバンを洗い流し、そののちこれを広げて冷たい水で洗う。次いで絹をパルチェッロに掛け、望みの半分の量のケルメスを入れた大鍋に浸し、二度表面を染める。次に鍋が沸いてきたら絹を入れ、約一時間沸騰させる。所定の時間がすぎるか、または色が染まってきたと思ったら、パルチェッロを引きあげてきれいな水に浸ける。[☆29]

この著者はケルメスそのものの扱い方についてはほとんど何も記していないが、予備的な工程――洗浄や媒染――の説明にとくに力を入れている。『絹織物製作に関する論』の現存する九つの写本[☆30]のうち、フィレンツェのラウレンツィアーナ図書館におさめられている手稿の挿絵には、ケルメスなどの染料は描きこまれてはいないものの、ミョウバンに浸した糸を火にかけた鍋の中につける様子がよくうかがえる（図1-4）。

しかしケルメスやグラーナは、染色工程が複雑で時間も費用もかかるうえ、後述するように他の染料と比べるとはるかに高価なものであった。そのため染色の後、鍋にこびりついたケルメスの滓までもがペッキア（pecchia; pechia）という名をあたえられて再度利用されていたことを『絹織物製作に関する論』や、同じく一五世紀後半にヴェネツィアの染色工によって書かれたと考えられているコモ市立図書館所蔵の染色マニュアル（mscr. 4.4.1［以下「コモ手稿」と略記］）は伝えている。[☆31]当時の人びとの赤い服の要求に十分に応えるためには、もう少し安価な染料――植物性染料が必要であった。

2　アカネ

アカネ（学名 Rubia tinctorum）使用の歴史はケルメスよりさらに古く、古代エジプトにまで遡る。もちろんプリニウスもこの植物について語ることを忘れてはおらず、主に羊毛や革を染めるのに使用されていたこと、そしてイタリア産のものが最も人気があり、とくにローマの近郊でさかんに栽培されていたことを伝えている（『博物誌』XIX,47）。

西アジア、コーカサス山脈原産の植物であるが、ヨーロッパのほぼ全域に自生するため、中世でもこれからつくられる赤色染料がもっとも一般的である。ペゴロッティの取引記録からは、イタリアではロマーニャ、イタリア以外ではアレクサンドリアやルーマニア、キプロス産のアカネが使用されていたことが読みとれる。☆32 一方コモ手稿（XIII）では、赤に染める項目において「フランドル産のアカネ」（granzuoli de Fiandra）が記載されており、「フランドル産のものがない場合は、ロマーニャあるいはロンバルディア産のものを用いよ」とある。実際、一五世紀当時、フランドルはヨーロッパ最大のアカネの生産地であり、☆33 イタリアでもフランドル産が最高級品とみなされて優先的に使用され、国産はそれに準ずるものとしてとりあつかわれていたと想像される。☆34

アカネ（図1-5）は三年で収穫、その後乾燥させ、色素の含まれている根を挽いて粉末にし、この状態で市場に出されることになる。☆35 ちなみにペゴロッティがピサでおこなった取引の記録によれば、コリントとスペインのグラーナがチェンティナイオ（一〇〇リッブラのことで、三三・九キログラムにあたる）あたりともに一二ソルドであるのに対し、ルーマニアのアカネは一ソルドにしかならない。☆36 この価格の差が、材料自体の稀少性から生じてくるのは言うまでもない。

3　ブラジルスオウ

もうひとつ、赤色染料を採るのによく用いられた植物は、ブラジルスオウ（学名 Caesalpinia Sapan）である（図1-

6）。インド、中国、日本に生育するこのマメ科植物は、髄のグルコシド（配糖体）の中に水に非常に溶解しやすい赤い色素を含んでおり、イタリアでは「赤い木」（legno rosso）として知られる。そしてその赤さゆえに、「真っ赤な炭火」を意味する bragia という言葉が訛って brasa、lignum brasile、あるいは verzino などの名で呼ばれるようになったという。[☆37] 一〇世紀頃アラビア商人によってヨーロッパにもたらされたが、伝来後しばらくの間は、この木による染色はあまり歓迎されなかった。ブルネッロの調査によれば、一二四三年にヴェネツィアで出された染色工の組合規約（Capitolaribus de Tinctorum［ヴェネツィア国立文書館、Sala Margherita, B 25, Serie LXXVI］）の第八章では、ブラジルスオウ（verçi）の使用を制限すべきことが明示されており、また一二五五年のルッカの規約には、アカネ（radicem tingendi）やブラジルスオウ（berici）の購入の禁止（第一六章）、グラーナ以外のもので赤く染めてはならないこと、そしてこれに違反した者には一〇〇リッブラの罰金が課されること（第六章）などの条項が見られる。[☆38]

しかし一三世紀も末になると、ブラジルスオウは優れた赤色染料として完全にヨーロッパに定着した。マルコ・ポーロも東南アジアでの旅の途上、しばしばこれに関心を示している。

ランブリ（スマトラ島の北西部）は……ブラジルスオウや樟脳などの貴重な薬種を産する。わたしはヴェネツィアにブラジルスオウの種子を持ち帰ったものの、寒い土地柄のゆえ根付かなかった[☆39]（『東方見聞録』第一四六章）。

ペゴロッティのピサでの取引記録には、verzino mondo と verzino scorzuto（ともに樹皮を剝いで赤い中心部だけを残したもの）はチェンティナイオあたり八ソルドとあり、これは同量のルーマニア産アカネの額の八倍にあたる。[☆40] つまりブラジルスオウは、ケルメスやグラーナほどではないにしても、輸送費がかかる分、非常に高価な染色材料だったのである。マルコがブラジルスオウの種をオリエントの土産としたのも、稀少価値のブラジルスオウを故郷のヴェネツィアで栽培できれば、一儲けできるにちがいないと考えたからであった。[☆41]

ブラジルスオウは、コモ手稿等、一五世紀後半以降の染色マニュアルには頻繁にその名があらわれる。そして単独よりもアカネと併用されることのほうが多い。たとえば赤のなかでもスカルラット（scarlatto［ケルメス染めした赤い服を表わすペルシア語・アラビア語 saqirlāt に由来する言葉］）は、ジョヴァンニ・セルカンビの『ルッカ年代記』一三六八年の記事中の一節、「塩以上の味はなく、スカルラット（scerlacto）以上の色はなく、ピサ人以上の裏切者はいない」[☆42]という言葉からも察せられるように、最も価値の高い色として知られるが、コモ手稿は、この色[☆43]（scarllattino）の染料をつくり方を以下のように教えている。

……それから君のアカネとブラジルスオウを大鍋に入れ、ぬるま湯のなかで溶かしたまえ。すなわちアカネ一二リッブラ、ブラジルスオウ六リッブラ、黍粉（farina de meio）六リッブラ、よくすりつぶした白酒石英（grepola bianca）四オンチャ[☆44]、澱粉（farina de amitto）一リッブラ、コロハ（fen griego）四オンチャ、強力な白酢（azetto bianco）一杯（CLVI）。

さて、上記の染料によって染められた布は、最終的にはどのような価格で取り引きされたのだろうか。この問に対して『絹織物製作に関する論』の著者は、じつに明確な価格リストをわれわれに提示してくれている（貨幣単位ソルド）。

（絹一）リッブラをケルミーズィに二度染めするには	四〇ソルド
一度染めのケルミーズィ	二〇ソルド
グラーナによるもの	一二ソルド
暗緑色	四〇ソルド

アレッサンドリーノ[☆45]（Alessandrino）	四〇ソルド
ケルメスによるパオナッツォ	三五ソルド
グラーナによるパオナッツォ	三五ソルド
ブラジルスオウによるパオナッツォ	三五ソルド
緑色	二〇ソルド
ヴェルミリオ	二五ソルド
青色	二四ソルド
灰色	二二ソルド
タンニン色（Tanè）	二二ソルド
ハグマノキによる黄色	二二ソルド
ザッフィオラート（Zaffiorato）	二五ソルド
肉桂色（Inciannómati）	二二ソルド
黒色	一五ソルド
ズビアダート（Sbiadati）	一二ソルド
サフランによる黄色	一三ソルド
硫黄による燻蒸	一ソルド
煮沸	一ソルド[☆46]

ここで上位を占めているのはケルミーズィ、パオナッツォ、ヴェルミリオ、ザッフィオラート（ブラジルスオウの染料でつくられるヴェルミリオに似た色）といった赤系の色であり、次いで暗緑色やアレッサンドリーノのような濃色、

そして普通の緑が続く。逆に下位にあるのは青、黒、黄、灰色である。このような価格の差を生みだす第一の要因は、染料自体の価格、そしてその使用量であると考えられる。すなわちケルメスやグラーナは、『商業指南』が示していたように少量でもきわめて高価なものであり、ブラジルスオウは遠く東南アジアに求めねばならず、アカネは国産品でまかなえるとしても、質の良い染めあがりを期待するなら、フランドル産のものを購入しなければならない。これに対して、青、黄、黒の染料は、後述するように本国あるいはヨーロッパの周辺地域で比較的容易に調達できる植物から得られ、特別濃い色調に染めるのでなければ、染色費はそれほど高額にはならない。プッチ家の数々の豪奢な衣裳のなかでも、赤いものがとりわけ価格の点で群を抜いていたのには、じつはこのような事情があったのである。

また赤の染色は、他のすべての色をつくるさいの基本となる。たとえば『絹織物製作に関する論』は、全七九章のうち第九章から第四一章までを染色の説明に費やしているが、ケルミーズィ、グラーナ、パオナッツォ、ヴェルミリオといった微妙に異なる色調の赤の染め方と、色落ちしてしまった場合の対処法に関しては、論の前半でとりあげており、また同じ色調に染める場合でも、用いる染料によってそれぞれ章を分けて解説しているのが特徴的である。いっぽう緑、青、黒、黄などについては、すでに述べてきた赤の染色法をもとにして語られており、費やされているページ数も少ない。

コモ手稿はいっそう赤への偏りが顕著である。全一五九章のうち実に一〇九章がさまざまな色合いの赤を得るための処方と材料を述べることにあてられている。そしてこのうちの五一章がブラジルスオウ、一五章がグラーナ、一八章がケルメス、一四章がアカネを用いた染色である。あとは黒に一〇章、緑に五章、灰色とモレッロ（morello）とよばれる暗色[☆47]にそれぞれ二章、青（azura）と黄色に一章ずつを割いているにすぎない。この著者がこれだけ赤に神経を遣うのは、貴重なケルメスやグラーナ、そしてブラジルスオウは無駄なく有効に使われねばならず、そのとりあつかいには、染色工の熟練技が特に要求されるからである。このあたりの事情は、中世・ルネサンス期イタリアの「染色大全」とも言うべきジョヴァン・ヴェントゥーラ・ロゼッティの『羊毛、亜麻、木綿、絹の染色法を、職人のためと同様に、造形のために教示する染物師の技のプリクト』（*Plictho de larte de tentori che insegna tenger pani telle banbasi et sede si per larthe magiore come per la comune*, 1548, Venezia［以下『プリクト』と略記、図1-7］）においてもまったく同様であり、こちらも赤の染色の説明が二〇〇を超えるレシピの約三分の一を占めている。☆48

『絹織物製作に関する論』の著者は、第六五章から第七三章までを織物の取引額の提示にあてているが、ここでは「ケルミーズィのヴィロード一リラ一五ソルド／色もの（colorato）のヴィロード一リラ三ソルド／黒いヴィロード一リラ一ソルド」☆49といった具合に表記されており、驚いたことに赤と黒以外の色はすべて「色もの」でひと括りにされてしまっている。このことは当時のイタリアでの青や黄や緑が、「赤」と「黒」のどちらの範疇にも入らない「その他の色」でしかなく、その一方で、赤は「色もの」と呼ばれるものとはまったく別格の特別な色であったことをよく表わしている。これは一四世紀から一六世紀における衣服の着こなしと色彩観を考えていくうえで、きわめて重要な意味あいを帯びてくる問題なのである。

赤への憧憬——ルカ・ランドゥッチの日記から

それでは、この「特別な色」である赤は、貴族以外の階級に属する人びとにはどのように着られたのだろうか。庶民の衣生活の実態を把握するのは、今日まで伝えられている資料がごく限られているため、貴族のそれを知る以上に困難がともなうが、一五世紀後半のフィレンツェに生きた一商人の残した記録は、この問題にひとつの示唆を与えてくれるものと思われる。ルカ・ランドゥッチの日記である。

一四六六年五月二四日、フィレンツェの一薬種商ルカ・ランドゥッチは、二九歳でサルヴェストラ・パンニと華燭の典をあげた。そして同年七月二七日には一七歳になったばかりの新妻を伴って彼女の実家を訪れ、総額三八フィオリーノの衣裳を受けとった。ルカはこのときの品物の細目、そして彼自身が新妻のためにあつらえさせた衣裳

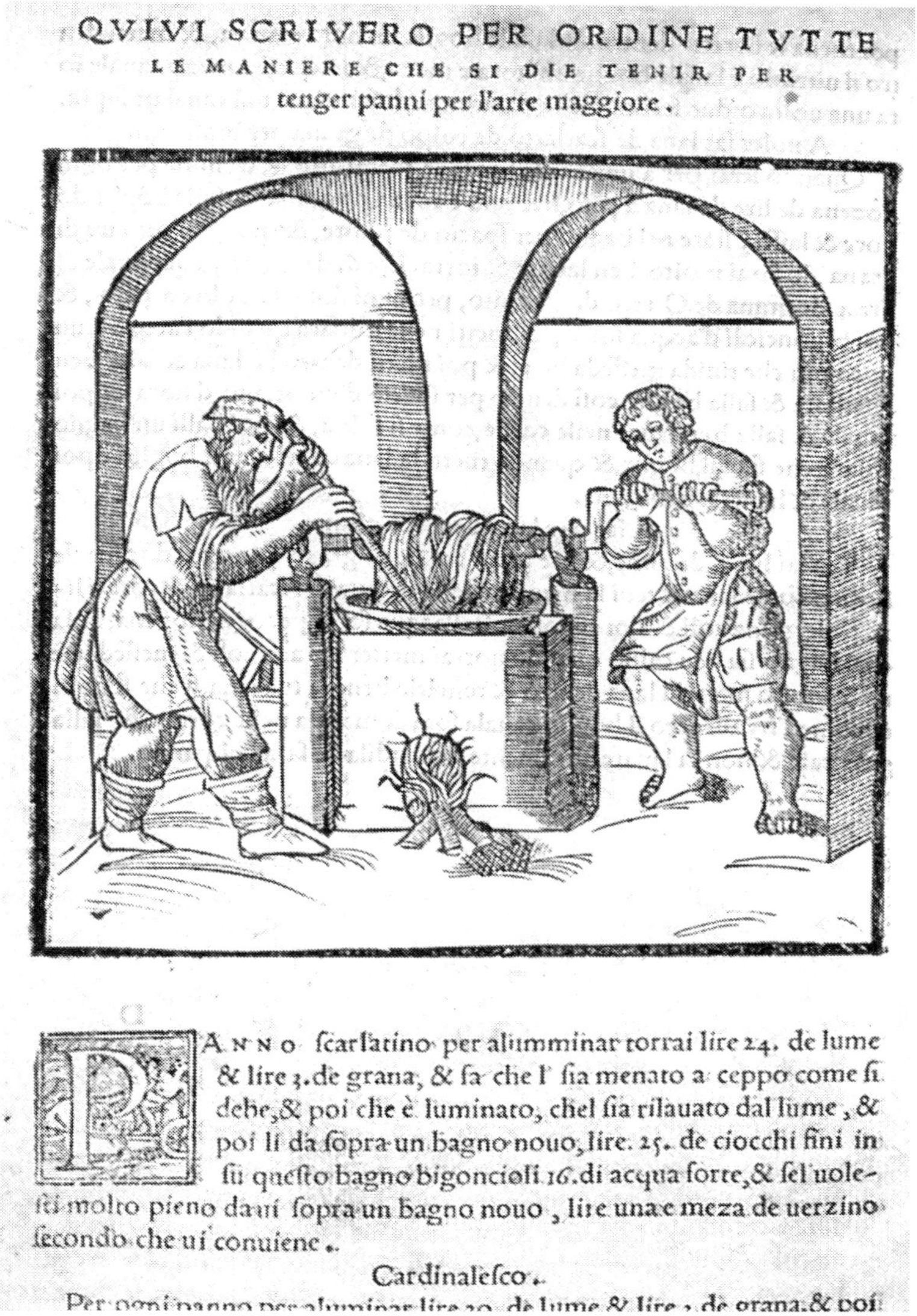
QVIVI SCRIVERO PER ORDINE TVTTE
LE MANIERE CHE SI DIE TENIR PER
tenger panni per l'arte maggiore.

PANNO ſcarlatino per alumminar torrai lire 24. de lume & lire 3. de grana, & fa che l' ſia menato a ceppo come ſi debe, & poi che è luminato, chel ſia rilauato dal lume, & poi li da ſopra un bagno nouo, lire. 25. de ciocchi fini in ſu queſto bagno bigoncioli 16. di acqua forte, & ſel uoleſti molto pieno dani ſopra un bagno nouo, lire una e meza de uerzino ſecondo che ui conuiene.

Cardinaleſco.

Per ogni panno per aluminar lire 20. de lume & lire 3. de grana & poi

図1-7――ジョヴァンニ・V・ロゼッティの『プリクト』初版第二章冒頭の挿絵［Photo © Biblioteca Nazionale Marciana］。火にかけた染色漕に毛織物を浸け、搾るさまがあらわされている。

用の布や装飾品についてはその金額まで、いかにも商人らしい誠実さと正確さをもってその日記に書き残している。

プッチョ・プッチの亡くなった翌年、すなわち一四五〇年一〇月一五日より記載の始まるこの『日記』は、編者イオドコ・デル・バディーアが序文で詳しく解説しているように、さまざまな歴史的事件——パッツィ家の反乱（一四七八年）、ロレンツォ・デ・メディチの死（一四九二年）、サヴォナローラの処刑（一四九八年）、フランス軍のイタリア侵攻（一五〇二年）など——が著者の日常的な出来事のなかに折りこまれて語られているために、絶えず歴史家の注目を集めてきた[☆50]。

ところがこれを書いたルカ・ランドゥッチ個人に関しては、『日記』を別にすれば、一四三六年にアントニオ・ディ・ルカ・ディ・ランドゥッチョと妻アーニョラのあいだに生まれたという記録しか情報がない。そしてその『日記』を見るかぎりでも、子どもの時分に読み書き算盤を習い、一六で薬種商に見習い奉公に入り、年ごろになって妻を娶り、彼女の嫁資で自分の店を開き、一二人の子をもうけ、一五一六年に天寿をまっとうするという、当時としてはごく平凡な人生を送った一庶民にすぎず、生涯歴史の表舞台に出ることはなかった。それゆえにかれの暮しぶりや家族については、公的な事件ほどには関心をもたれず、この一四六六年の嫁入り衣裳一覧にしても、これまでまったくと言っていいほど顧みられることはなかった。奢侈禁止令や年代記、プライヴェートな覚書、書簡にまで抜かりなく目を通すはずのピセツキーでさえも、このランドゥッチの日記については、その存在にすら言及していないのである。

ところがこれらの衣裳は『日記』が始まってすぐ、かなりのスペースを割いて細大もらさず書き連ねられ、当時の花嫁姿を彷彿とさせるものとなっており、きわめて価値の高いデータであると思われる。そしてサルヴェストラの名が『日記』にあらわれるのは後にも先にもここだけなので、この時代の庶民の女にとって結婚という行事がいかに大きな比重を占めていたか、そしてそれにさいして親と夫から受ける衣裳が彼女にとってどれほど重要な意味をもっていたかをよくわれわれに教えてくれる。中世・ルネサンス期のイタリアでは、財産相続の対象は男子に限られており、その代償として女子は結婚時に嫁資を家族から受けるのが慣わしだったが、この慣習は、貴族のみならず織布工や打毛工のような下層労働者や折半小作農までのすべての階層にいきわたっていた。もちろん各々の身分によって額に差はあるものの、嫁資については、嫁ぎ先のほうも多分に期待しているだけに、娘をもつ父親にとっては大なり小なり頭の痛い問題であった。☆51

さて、ルカもまたサルヴェストラの父親ドメニコ・パンニから四〇〇フィオリーノの嫁資を受けとった。ドメニコがいかなる階級に属する人物であるかについては、日記はなにも語ってはくれないが、やはり商人であるか、少なくともランドゥッチ家と同程度の経済状態の家柄であったと考えられる。であるから、これが舅にとってかなりの大金であったことは想像にかたくない。そして嫁資とは別に、三八フィオリーノ分の衣裳が用意されたのである。

一四六六年七月二七日、日曜日の夜に、妻をくだんのドメニコの家に連れていき、以下のものを贈与された。

ぴったりした袖と真珠の縫いとりのあるズビアダート（isbiadato）のサッコ一着

浮織錦の袖のあるパオナッツォのガムッラ　一着

丈の短い白のガムッラ　一着

糸織りの手用ファッツォレット（ハンカチ）　二四枚

糸織りのシュガトイオ（頭に巻くスカーフか）　六枚

ベンドゥッチョ・ダ・ラート（飾り帯の類か）　二四本

新品の半アーモンド目のカミーチャ（下着）　八枚

クッフィア（頭巾）　一二個

銀の留め金のついた白いベルト　一本

種類の異なるベッレッタ　三つ
銀の留め金のついた緑の巾着　一つ
真珠のついた針箱　一つ☆52

冒頭に挙げられたサッコ、ガムッラ、そして丈の短いガムッラという上衣類は、おそらく婚礼の御披露目のために用意されたものであろう。各々の金額は明記されていないが、当時の帳面の一般的な記載方法から考えて、高額のものから挙げられていると思われる。そうなるとズビアダートのサッコが最も高いということになる。

サルヴェストラのサッコは、真珠の縫いとりがあるとはいえ、衣裳の総額が三八フィオリーノでは、高く見積もっても一〇フィオリーノ前後といったところだろう。これに対しプッチ家の衣裳では、価格の点で上位にあるものはいずれも赤系であり、しかもそれらは一着五〇から一〇〇フィオリーノという高嶺の花であった。衣裳のこのような価格差を生みだす要因としては、もちろん仕立ての良さ、刺繍などの細工の巧緻、そして付けられた宝石や真珠などの装飾品の数と質の違いなども考えられるが、この時代には、生地の色のちがいがかなりのウェイトを占めていたと想像される。一生のうちで最も晴れがましい日であるはずの婚礼の折には、本来ならばカテリーナ・ストロッツィのように高価な赤い織物でつくられた衣裳を豪奢に着こなすべきであり、またそれが、当時の女たちが貧富の差を問わずひとしくもっていたささやかな願いだったに相違ないのだが、☆53残念ながらサルヴェストラのはズビアダート（sbiadire［色褪せる・青ざめる］という言葉から派生した青系の色名）という、『絹織物製作に関する論』の色別価格リストにおいても最低額にランクされる色なのである。

続いてルカは、新妻に買い与えた布やリボン、宝石、装身具を五五項目掲げている。この人一倍几帳面だった商人にとっては、そもそも自腹を切ったということが重大事であったのだろうか、こちらのほうは一つひとつきちんと価格が記載されている。なかでも人目を引くのは「ケルミーズィのゼターニのコッタ用の織物」（drappo, per la cotta di zetani, chermisi) 一五一リラ一〇ソルドという品で、ダイヤモンド一個一一リラ一五ソルド、サファイア一個一三リラ一九ソルド、ルビー一個八リラ八ソルド、真珠六デナーロ六リラ七ソルドといった宝石類と比べても桁ちがいに値の張るものである。プッチ家の目録やアレッサンドラ・マチンギ・ストロッツィの書簡にはあたりまえのようにあらわれる高級絹織物ゼターニではあるが、これが一商人ルカにとってどれほど法外な出費であったかは推して知るべしである。サルヴェストラは婚礼衣裳こそ赤ではなかったが、このゼターニで、いずれ訪れる晴の機会のためにコッタをつくらせることになるだろう。

さて、ルカは新妻のために、あえて大枚をはたいてこのゼターニを買い求めているわけだが、庶民には本来手の届きにくいこの赤い布や服は、彼らにとっていったいどのような意味をもっていたのであろうか。

ペスト後のイタリア社会で、生地プラートと当時教皇庁の置かれていたアヴィニョンを基点に、各地に次々と商館を開いて莫大な財を築きあげたフランチェスコ・ディ・マルコ・ダティーニ（一三三五—一四一〇年）は、今日ではその優れた商業活動よりも、むしろ彼の残した膨大な量の私的帳簿と書簡によって有名だが、その帳簿にも、かなりの数のロザート、パオナッツォ、スカルラット、ヴェルミリオの服や帽子が記載されている。最初に本格的なダティーニ研究をおこなったイリス・オリーゴの分析によれば、フランチェスコの出費のなかでもとびぬけて大きいのは衣類であり、彼も妻のマルゲリータも娘のジネーヴラもかなりの衣裳もちで、栗鼠やイタチの毛皮の裏地付きの絹やタフタの服など、その豪華さと価格はプッチ家のものにも匹敵すると思われるほどである。さらに一四〇七年の秋にジネーヴラとリオナルド・ディ・セル・トンマーゾの結婚披露宴がとりおこなわれたときに年若い花嫁が着た衣裳は、ケルミーズィのサマイト（sciamito［厚地の高級絹織物］）を三二ブラッチョ（約一九メートル）も使ってつくられたもので、この生地だけで一一八フィオリーノもかかっている。さらにこれにフランスの七宝の留め金の付いた同じ色のベルト（一七フィオリーノ）をつけるといういでたちであったから、同じ商人階級の妻となる身でありながら、サルヴェストラと比べると、はるかに豪奢な装いであったと言える。オリーゴも述べているように、ダティーニ一族のこの身の程知らずな贅沢ぶりは、虚栄心、富裕な商人としての威信を保つのにふさわしい外見の必要性、そして地位が上がるにつれて自分自身のなかで育ってきた最高の物に対する趣味のゆえであろう。☆54 しかしまた一介の商人――しかもフランチェスコの父親というのは貧しい旅籠の主人でしかなかった――から上層市民の仲間入りをしたという、いわゆる「成りあがり者」の貴族志向を表わしているとも考えられる。つまり彼やその家族の衣裳に赤のものが異常に多いのは、彼らにはどうしても得られぬ高貴な血筋への憧れを赤という色に託したからだとは言うことができないだろうか。後年フィリッポ・リッピはこの「名誉ある」同郷人を、聖母子像の左下に、赤いベッレッタとルッコをつけ、四人のプラート市民を差しだすという姿で描きこんでいる（図1‐8）。

ところが、このような人びとの赤い服への熱狂は宗教家にはまったく理解しがたいものであった。聖ベルナルディーノ・ダ・シエナ（一三八〇―一四四四年）は、フランチェスコ会の説教師としてイタリア各地を回り、その歯に衣着せぬ激烈な物言いがかえって民衆の評判を集めた。彼が一四二七年の八月から九月にかけてシエナのカンポ広場でおこなった一連の説教はとくに有名であるが、九月二〇日には黙示録を題材に、人間のおちいりやすいさまざまな罪科を一つひとつ数えあげていく。そして虚飾（vanità）の罪に話が及ぶと、かれの口調はいっそう熱を帯びる。

ああ、汝等の味わっているこういった悦楽を、そしてそれが汝等にとって高くつくことになりはしないかと恐れるのだ。ああ、どうして汝等に災いがふりかからぬと我らに言えようか。ロザートの布で着飾ったり、頭からギアンダ（飾り房の小球）を下げたり、銀細工だの不埒きわまるフラッパ（切りこみ飾り）だのをつけたがらぬ女がありえようか。☆55

この後もバルツォ（balzo［多彩な色リボンで編まれた円球状の被りもの］）やピアネッラ（pianella［スリッパ状の履物］）など、最新流行の装飾品に対する同様の非難が延々と続く。要するに聖人にとっては、ロザートの布は切りこみ飾り

図1－8――フィリッポ・リッピ《チェッポの聖母》一四五三年
プラート　市立美術館

や飾り房と同じく無意味でばかばかしいものにすぎない。これでもまだ怒りがおさまりきらなかった聖人は、その三日後にも、同じような調子で壇上から女たちを難詰する。

> 第三の罪のしるしは「見栄」である。この罪はじつによく世間にはびこっており、ひとの目にとまる一番値のはる布を探しもとめぬような者はどこにもおらぬということなのである。ああ、そういった輩は持参金のうちから二五リラをはたいて、夫にロザートの布を求めさせるのだ。ああ、なんと嘆かわしい。かつて私は、一件の家には、女が窓に掛けている服三着以上に値のはるものはないと思ったものだ。こんなことが誉められたことだろうか？　スカルラットだのパオナッツォだのロザートの布だのを欲しがらぬような女はめったにいやしない。☆56

この日の聖人は、終始華美な服装への攻撃にあけくれる。そして「見栄」のために女たちが欲しがる布として、スカルラット、パオナッツォ、ロザートの三種類を挙げているが、これらはすべて赤の系列に属す色である。

シエナの画家サーノ・ディ・ピエトロは、説教をする聖ベルナルディーノの姿を何点か描いている（図1-9）。ここでの聖人は、清貧を宗《むね》とするフランチェスコ会士らしく、灰色の粗い毛織物の修道服を身にまとっているが、かれの説教に耳を傾ける人びとに目を向けると、黒衣や灰色の衣に混じって赤い衣をつけている者も意外と多い。むろん画家は、聴衆の姿を正確に写しとったわけではなかろうが、それにしても聖人の警告は、「見栄」にとらわれた赤衣の人びとの胸にはどのように響いたことだろうか。

ランドゥッチの日記に話を戻そう。ルカは七一歳のとき、火事にあう。

> 一五〇七年八月二日、主の思し召しにより、私が住んでいた私の家が火事になった。中に家を一軒挟んで店の

図1-9――サーノ・ディ・ピエトロ《シエナの聖フランチェスコ教会前での聖ベルナルディーノの説教》一四三〇年頃
カピートロ・ディ・シエナ

となりにある家であったが、部屋はすべて丸焼け、またそこに私の持ちもの一切合切があったものだから、金貨二五〇ドゥカート以上を失ってしまったことになる。私は家財道具を布でできたものも木でできたものもすべて買い直し、必要なものを全部揃えた部屋を三つつくりなおさなければならなかった。息子アントニオだけでも五〇か六〇ドゥカート以上の損失になった。新品のロザートのマントとパオナッツォのチョッパ、そして他の衣類全部と絹のファルセット、二五ドゥカート以上もした本が置いてあった書斎も焼けてしまった。☆57

老年のルカにとって、この損失はさぞかし痛手だったことだろう。まるで死んだ子の年でも数えるように、かれは焼失した品々を思いだし書き留めていく。概して家財道具（masserizia）といった非常に大まかな書き方がなされているのに、こと衣類に関しては「ロザートのマントとパオナッツォのチョッパ」のように非常に具体的に記されている。つまりこの記事は、当時の人間にとって衣類というものが、財産のうちでもかなり大きな割合を占めるものであることをうかがわせるのみならず、ロザートやパオナッツォの服が、この商人にとっていかに大切なものであり、またその喪失がショックであったかを伝えている。ルカは日記を書き進めるにあたって、大体において感情を交えず、パッツィ家の陰謀に荷担した人びとがパラッツォ・デイ・シンニョーリの窓から吊るされたときも、かれ自身かなり心酔していたサヴォナローラが処刑されたときも、じつに淡々と、事実だけを語っている。その彼が、自らに降りかかった災難については懸命に神の試練と考えて耐えてみせようとするものの、語り口には、喪われた赤い服に対する未練がにじみでている。平凡なフィレンツェ一市民の、赤い服への執着の一端を垣間見せるエピソードである。

「僧院の木箱に」――レオナルド・ダ・ヴィンチの着こなし

一九六六年にマドリッドの国立図書館の書棚で偶然に発見された二冊のノートは、世界中の美術史家を驚かせた。

それというのも、これこそ一八六六年以来行方知れずになっていたレオナルド・ダ・ヴィンチ（一四五二―一五一九年）の手稿だったからである。

レオナルドの手稿のうち、現存しているものは六五〇〇ページほどであるが、彼がアンボワーズで死去したときには、ゆうにその四倍の量があったものと推定されている。ここには、依頼された絵の下書き、絵画論、幾何学の図形、建築物の設計図、おびただしい量の計算、日々の覚書、寓話、手紙の下書きなどがとりとめもなく書き連ねられているのに加えて、哲学的な思索の跡もとどめられている。さらにその余白には、工房で買い求めた画材や食料、果ては弟子に買い与えた下着の類の値段までが書き留められている。これらの一見無意味なメモ書きこそ、「芸術家」レオナルドの日常生活の一端を垣間見させてくれる貴重な資料なのである。

さて、冒頭で触れた通称「マドリッド手稿」二冊は、ともに縦二一センチ横一五センチの大きさで、レオナルドのミラノ時代の後半から第二フィレンツェ時代にかけて書かれたものである。これをひもとくと、相変わらずの機械工学や軍事技術に関するデッサンばかりが目につくが、手稿Ⅱの二紙葉裏から四紙葉裏にかけて、フィレンツェに遺しておく書籍と衣類のリストが見られる（図1-10）。書籍については、レオナルドの知識の程度を示すものとして、再発見当初から大いに注目を集めてきたが、なぜか衣類のほうは手つかずの状態である。しかしレオナルドの全手稿を見渡してみても、これほど整ったかたちの衣裳目録はなく、詳細な分析が必要であると思われる。

僧院の木箱に
タフタのガッバネッラ（男性用上着）　一着
ガッバネッラ用のヴィロードの裏地　一枚
アルベルヌッツォ（マントの一種）　一着
くすんだロザートのガッバネッラ　一着

ロザートのカテラーノ（部屋着）　一着
大きな襟とヴィロードの頭巾のついた暗いパオナッツォのカッパ（マント）　一着
フランス風紐締めの、サライのガッバネッラ　一着
ヴァレンティーノ公（チェーザレ・ボルジャ）のものであったフランス風カッパ　一着、現在サライのもの
灰色のフランドル製ガッバネッラ　一着、サライのもの
パオナッツォの繻子のジュッボーネ（膝上丈の厚手の上衣）　一着
ケルミーズィの繻子の、フランス風ジュッボーネ　一着
黒ヴィロードの袖つきの、サライの別のジュッボーネ　一着
パオナッツォの呉絽のジュッボーネ　一着
暗いパオナッツォのカルツェ（靴下）　一足
くすんだロザートのカルツェ　一足
黒いカルツェ　一足
ロザートのベッレッタ　二つ
グラーナのカッペッロ　ひとつ
フランス風に仕立てたリンネルのカミーチャ　一枚
それから、つづれ織の仕切り幕　一枚[☆58]

ヴァレンティーノ公チェーザレ・ボルジャの軍事技術者であったレオナルドは、一五〇三年から次の年にかけて、ピサと交戦中のフィレンツェを勝利に導くべく、アルノ川の河筋を変更するための調査を命じられた。この「僧院の木箱に[☆59]」保管された衣裳のリストは、ピサまたはピオンビーノへの調査旅行を控えてフィレンツェで作成された

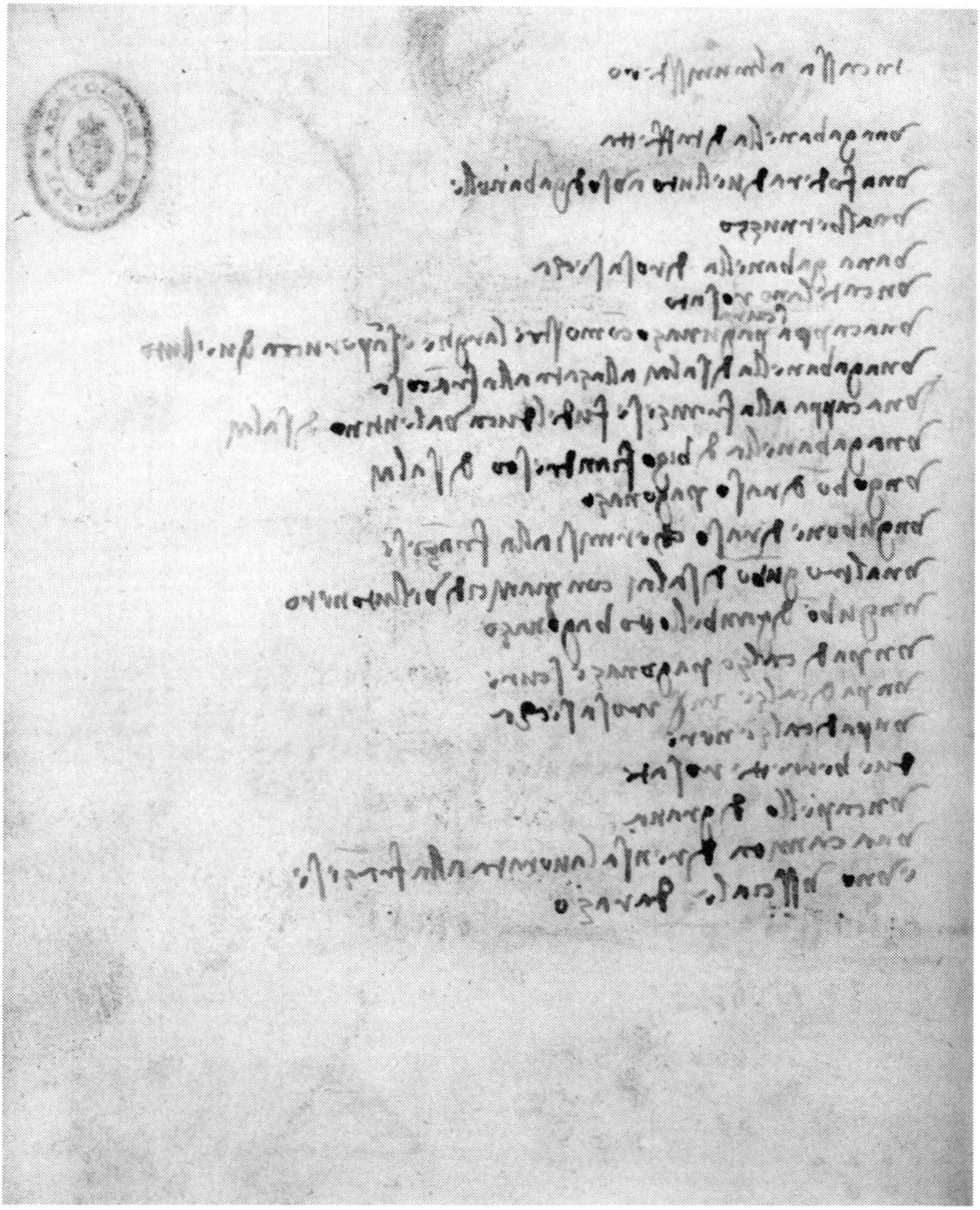

図1-10———マドリッド手稿 II の4紙葉裏

ものだと考えられている。

これは、上衣、脚衣、被りものの順に、色と材質と付属品（襟や袖など）、そして所持数をメモしただけのごく簡単な備忘録であり、金額の記載はない。つまり衣類一つひとつの価値を知ることはできないのだが、それでもここに挙げられた色のデータは示唆に富んでいる。色名だけをざっとチェックしてみると、ロザート、パオナッツォが各四回、黒二回、灰色、ケルミーズィ、グラーナ各一回であるから、プッチ家の人びと等と同様、レオナルドもまた赤系の色を好んで着たということがわかる。このリストには彼の愛したサライ（ジャコモ）の衣類も四着含まれているが、彼の服に関しては色が記載されていないか、もしくは「灰色のフランドル製ガッバネッラ」とか「黒ヴィロードの袖つきの……ジュッボーネ」のように、赤以外の色であるというのは興味深い。

レオナルドのプライベートな覚書にたびたび割りこんでくる、このサライなる人物について、若干の説明を加えておこう。かれは顔だけは天使のごとき美少年だが、「こそ泥　嘘つき　強情っぱり　大食漢」（C手稿 15v）で、しかも画家としての才能はいたって凡庸であった。しかしレオナルドはこの不肖の弟子にせっせと服をつくってやり、むしろ自分の衣類についてよりも多くのメモを書き残している。

一四九七年四月四日のサライのカッパ	一五リラ四ソルド
銀色の布地四ブラッチョ	九リラ
飾り用の緑色のヴィロード地	九ソルド
リボン	一二ソルド
（装飾用の？）小環	一リラ五ソルド
仕立て代	五ソルド
前部に付けるリボン	

計　二六リラ五ソルド[60]

このカッパの色も銀色および緑であって、赤ではない。もっともレオナルドは一五〇三年四月八日に、サライに「ロザートのカルツェ一足」(un paio di calze rosate) をつくるようにと、金三ドゥカートを与えているが（アランデル手稿 229v)、赤い上衣を彼のために誂えてやることはなかった。赤はサライの好みではなかったのか、それともいくら寵愛する弟子とはいえ、レオナルド自身がなんらかの理由で彼にはあまりふさわしくないと思ったのか。とにかく手稿から察するかぎりでは、赤はレオナルド専用の色なのである。

マドリッド手稿の衣裳リストに話を戻そう。なかでも「くすんだロザートのガッバネッラ一着」、「ロザートのカテラーノ一着」、「くすんだロザートのカルツェ一足」、「ロザートのベッレッタ二つ」という項目にはとくに注目すべきである。というのも、ここにあらわれるすべての色のうちでロザートだけが上衣、脚衣、被りものと全身に使われているからである。そしてさらにアノニモ・ガッディアーノなる人物による次のような証言がある。

彼は美しく、釣りあいのとれた軀つきをしており、顔だちも整っていた。その当時、人びとは長い衣をまとうのが常であったものだが、彼は膝までしかないロザートの短衣《ピトッコ》を着ていた[61]。そして美しく波うつ髭をよく梳《くしけず》り、胸の中ほどまで垂らしていた[62]。

「万能の天才レオナルド・ダ・ヴィンチは、いかなる姿恰好をしていたか」ということが話題になるとき、必ずと言っていいほど引き合いに出されるのがこの一節である。長衣の流行、そしてアノニモ・ガッディアーノがレオナルドを実際に見てこの手稿をものしたという事実を考えあわせると、ここに描きだされているのは早くとも一五〇〇年代初頭、すでに五〇の坂を越した巨匠の姿であると推定され[63]、マドリッド手稿のリストが作成されたのとほぼ同時期だということになる。レオナルドは本当にロザートの服がお気に入りだったのだ。

それにしてもアノニモ・ガッディアーノがわざわざこの一節を書き残したのは、レオナルドが当時としては特異な服装をしていたからにほかならない。それは流行おくれの短い服のゆえだろうか。必ずしもそうとばかりは言い切れないだろう。貴族と同じ明るいロザートの服――これがアノニモ・ガッディアーノの脳裏に強烈に焼きついたのかもしれない。

ある芸術家が語られるとき、しばしばその奇矯な言動が話題となる。己の作品に身を入れすぎるあまり、着るものに無頓着になってしまう者も珍しくない。ミケランジェロなどはその典型であり、彼の「貧困」（miseria）と破滅的な暮らしぶりは父親の頭痛の種であった。[☆64]またポントルモのように、自らの『日記』に食べたものと体調と当時手がけていた作品の制作進行状況しか記さず、衣服については一言も触れないという者もいる。[☆65]

そんな彼らに比べれば、衣類の購入記録をノートのあちこちに書き残す癖のあったレオナルドは、たしかに身だしなみにかなり気を遣っていたと言えるかもしれない。そのことは彼の手稿から愛弟子フランチェスコ・ダ・メルツィ（一四九三―一五七〇年）が編んだ『絵画論』中の「絵画と彫刻のどちらがより優れた業か」という論にもよく表われている。ここで巨匠は、彫刻家は制作中にほこりまみれになってしまうのに、「画家はよい身なりをして、自分の作品の前に心たのしく腰を下ろし、美しい色づかいでかろやかに筆をはしらせ、好みの服で身を飾る」（第三六項）と語り、画家の優越性を主張する。どうやらこの一節は、かの不衛生きわまる野暮ったい宿敵《ライヴァル》ミケランジェロを念頭において書かれたものであったらしいが[☆66]、当時芸術家の間で流行していた「諸芸術比較論」（paragone）においてでさえ、わざわざ服装のことにふれるあたり、レオナルドが身ぎれいにすることをいかに重視していたかを物語っている。

アノニモ・ガッディアーノはレオナルドについて、「彼は美し」かったと回想し、ジョルジョ・ヴァザーリ（一五一一―七四年）は「かれの躰の美しさは、いくら誉めても誉めすぎるということはないし、その物腰には、限りない優美さがあふれていた」と絶賛し[☆67]、またメルツィの友人ジョヴァン・パオロ・ロマッツォ（一五三八—一六〇〇年）は、「彼は長い髪、眉、そしてたっぷりとした髭をたくわえ、その仕事ぶりにはまことの高貴さが具わっていた」と書いている。[☆68]これら一六世紀の複数の証言と本人の言葉から想像するに、レオナルドの容姿の美しさと洗練された立居振る舞いは、生来のきれい好きと人一倍気を遣った服装に因るところが大きい。

とはいえ、彼は無闇矢鱈と着飾ることが好きだったわけでは決してなく、それどころか切りこみ飾り《インタリオ》だの縁飾り《フラッパ》だの大きな袖だのといった流行の装飾品を好んで付けたがる者のことを揶揄し（『絵画論』第五四一項）、また顔のゆきすぎた粉飾をことのほか嫌う。そして「君は知らないのか、輝ける若者の美しさが、凝りすぎた装飾のために損なわれてしまうのを」と嘆く（同四〇四項）。『絵画論』中のこのようなくだりは、先のかれ自身の言葉と矛盾するものではなく、わざとらしさのない、各人の「品位」（decoro）に見合った着こなしをすべきだと言おうとしているのである。

再びマドリッド手稿のリストを見直してみよう。すでに述べたように、これはプッチ家の衣裳目録やランドゥッチの日記中に見られたもののような完璧なリストとは性格が異なり、書き留められている付属品といっても襟や袖くらいで、それ以外には実際なにも飾りがなかったのか、それともレオナルドにはまったく関心がないことであったからなのか、記載がない。ともあれ彼にとっては「フランス風」の紐締めだろうが、当代きってのイタリアの僭主チェーザレ・ボルジャからの下賜品だろうが、高級毛織物の産地フランドルの製品だろうが、そんなことはどうでもよかったらしい。そういった御大層なしろものは、みんな出来の悪いサライにやってしまった。真にかれ自身の愛用品だったのは、パオナッツォ、ケルミーズィ、そしてロザートの衣類であった。

それではレオナルドがこれらの赤を好んで身につけたのにはいったいどういう意味が隠されているのだろうか。

まず考えられるのは、たびたび見てきたようにロザートは貴族の色であるので、レオナルドもその一員としての自覚ゆえにこれを着用していたということである。この説をとる学者もいないわけではない。たとえばロバート・

ペインは、先の伝記作者アノニモ・ガッディアーノの「(レオナルドの) 母親は高貴な血筋であった」[☆69]という証言をもとに、ロザートの服はかれが「母親の血筋によって自身を貴族とみなしていた」ことのあらわれだと主張する。[☆70]しかし実際のところ、レオナルドの出自は、まったく芳しからぬものであった。たしかに父のセル・ピエロこそ地主の出で、のちにフィレンツェのやり手の公証人となった人物であるが、一方の母カテリーナは、ヴィンチ村の農民の娘か旅籠の女中であったことはほぼまちがいなく、しかも彼女の両親がきちんと嫁資を払えなかったために、ふたりはついに結婚することができなかったのである。つまりレオナルドは貴族でないばかりか、りっぱな「私生児」であった。[☆71]それによしんばレオナルドが貴族であったとしても、つねづね流行を追う者たちを軽蔑し、他人に迎合するのをよしとしないかれのことであるから、ロザートの服を着ることによって、自分がなんらかの集団に属することを誇示しようとしたなどとは考えにくい。さらにブランリのように、「レオナルドはおそらく目立ちたがり屋なのだ」[☆72]の一言で片付けるには、かれはあまりにも複雑な人間でありすぎる。

そこで当時、貴族のほかにも、赤い服をよく身につけた人びとがいなかったかどうか、もう少し詳しく調べてみる必要があるだろう。たとえばボッカッチョは『デカメロン』(一三四九―五一年) 中の頓馬「医学博士」シモーネ・ダ・ヴィッラの物語において、話者ラウレッタに次のような興味深い台詞を言わせている。

わたくしたちがつね日ごろ目にしておりますように、わたくしたちの市民たちは、判事だの医者だの公証人だのになったりして、長い幅広の衣やスカルラットの服、栗鼠の毛皮の衣裳や、その他御大層な身なりをして、ボローニャから戻ってまいります。[☆73]

このボローニャ帰りの学士たちが、スカルラットやロザートといった赤を着るという風習がいつごろから始まったものであるかは定かでないが、一三九三年のボローニャの法学者の規約には、医者や学者は、概ね赤いトーガ(長衣）をまとい、毛皮の折り返しのついた帽子を被るものであったことが記されている。[☆74] そしてとりわけ医者が画中に登場する場合、つねに赤い服を身につけた姿をとるのも、こういった事情が背景にあるからである。たとえば、ピサのカンポサントにある《死の勝利》には、累々たる死屍の中に、右手に本、左手に検尿の容器をもち、白リスの裏地つきの赤いクラミデ（右脇をあけるマント）を着た医者が横たわっているし（図1-11）、アヴィケンナの『医学典範』のヘブライ語写本挿絵には、馬で患者の家を訪れ（画面手前右）、そして脈をとる（画面左奥）赤い長衣を纏った医者の姿が見える（図1-12・カラー図版2）。またフラ・アンジェリコやフィリッポ・リッピは、パトロンのメディチ家の依頼に応じて、医者の守護聖人コスマスとダミアヌスを多く描いた――つまりここにはMediciという家名が「医者」（medico）に由来するという一族の自負が隠されている――が、この聖人らもまた、赤い帽子や服、マントをつけている（図1-13・14）。コルシーニは、中世末期からルネサンス期にかけてのトスカーナ絵画に描かれた医者の服装について論じた書の中で、マントや衣服の赤色は、当時のフィレンツェの医者に特徴的なものであったと述べている。[☆75]

そして一六世紀になると、ベネデット・ヴァルキの『フィレンツェ史』（コジモ一世の命で一五四三年より執筆、一七二一年に刊行）の一五二九年の記事において、医者と赤衣の結びつきは明文化されることになる。

マンテッロは足首までとどく長い服で、その色は通常黒であったが、金持や貴族、とくに医者はロザートかパオナッツォのものを着用する。前あきで上の方に襞がよせられ、ルッコと同じく留め金でとめられるが、ルッコを常用する者がこれを着ることはない。冬でなければ、ヴィロードか毛織物のサイオの上にこれをまとい、防寒用には裏地がつけられる。[☆76]

では、そもそもなぜ医者は赤――とくにロザート――を着るようになったのだろうか。この問には以下のように

図1-11――ブォナミーコ・ブッファルマッコ《死の勝利》（部分） 一三三〇年代後半
ピサ カンポサント

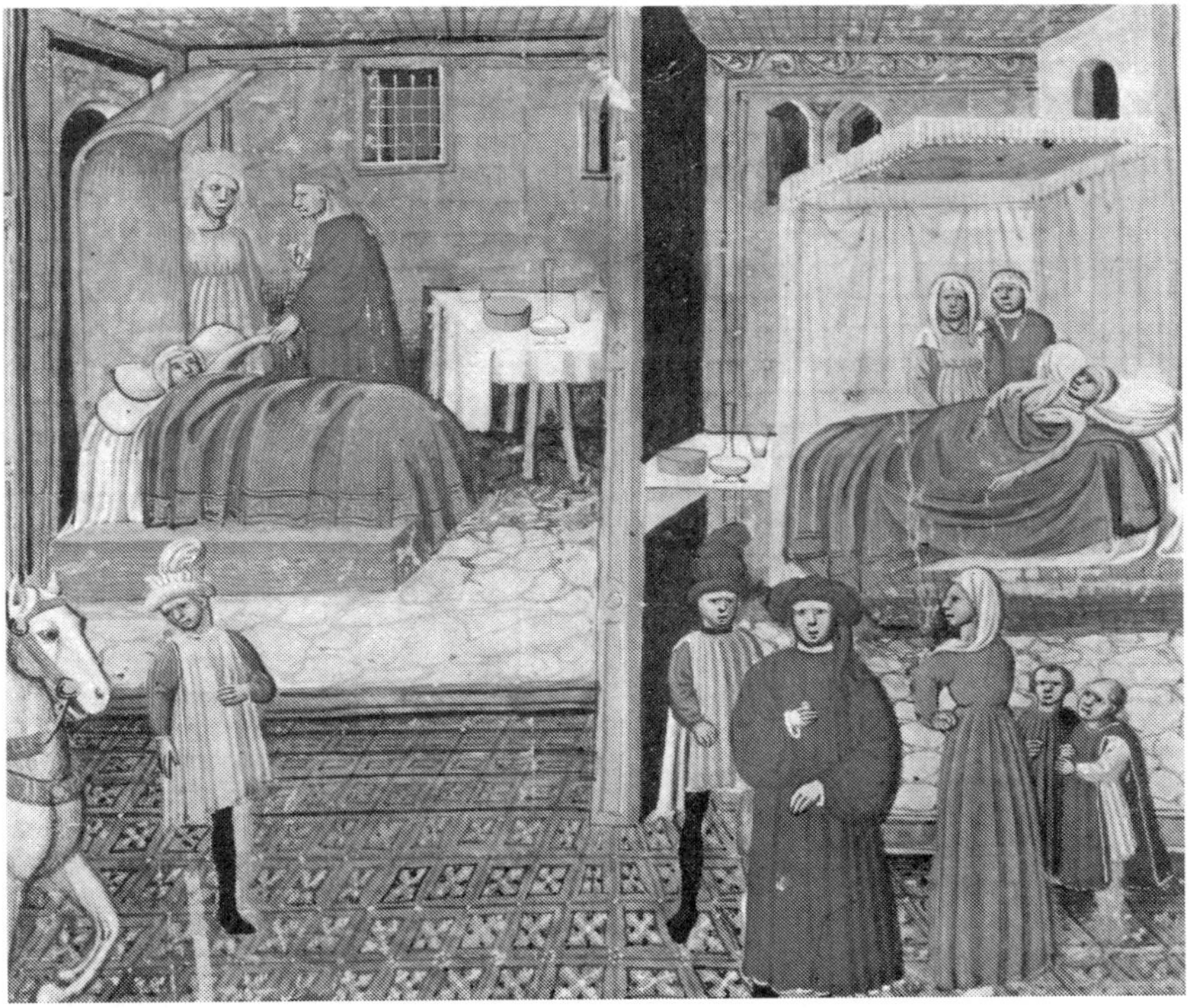

図1-12――アヴィケンナ『医学典範』ヘブライ語写本（ms. 2197, 38v）一五世紀　ボローニャ大学図書館

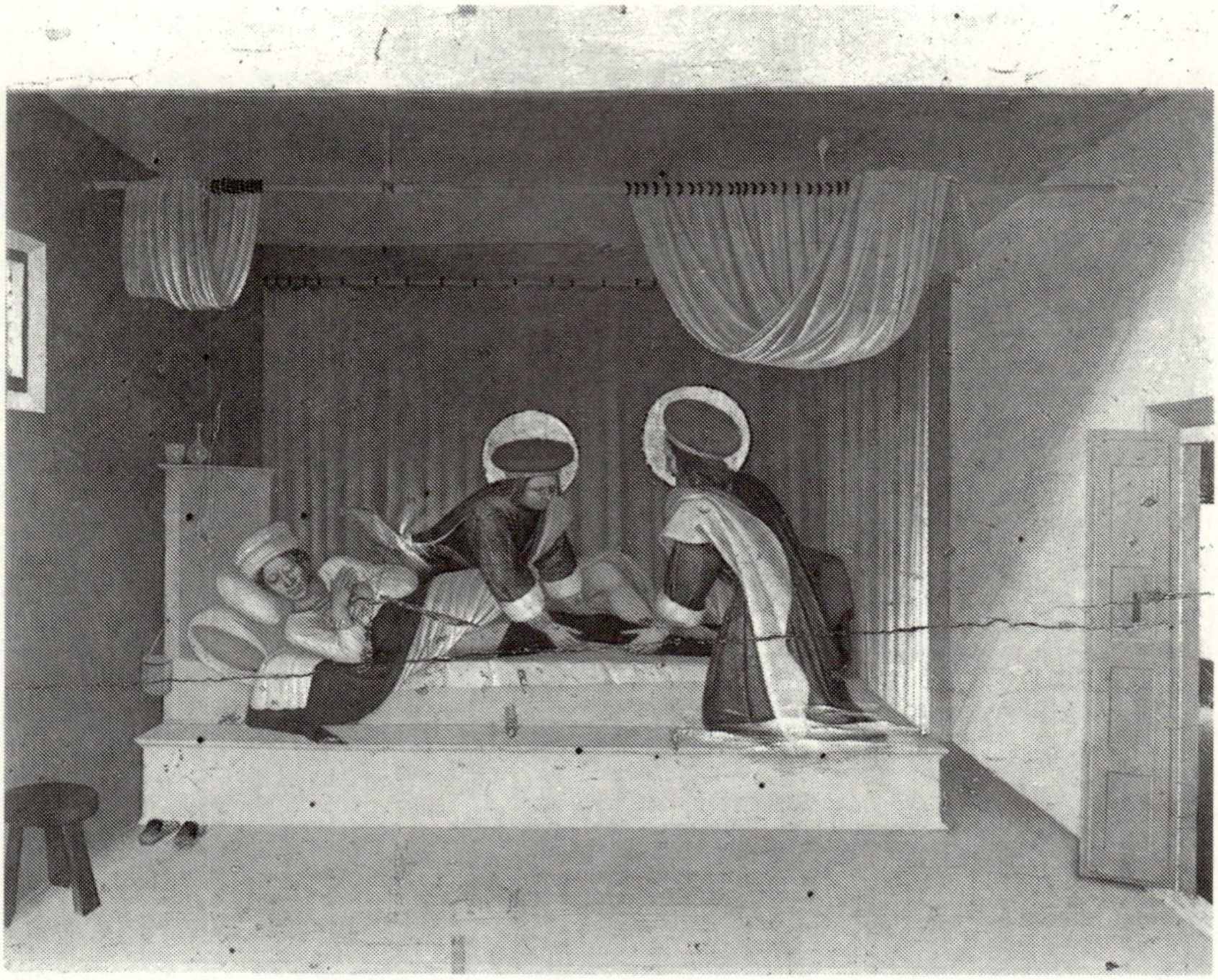

図1-13——フラ・アンジェリコ
《助祭ユスティニアスの治療》サン・マルコ祭壇画裾絵
一四三八—四〇年　フィレンツェ　サン・マルコ美術館

図1-14——フィリッポ・リッピ
《聖母子と四聖人》一四四五年頃
フィレンツェ　ウフィッツィ美術館

答えることができよう。コルシーニによれば、すでに一三世紀後半のヴェネツィアでは、医者は貴族の服装をすることが許されていた。[☆77] これは、当時の医者が貴族と同等の階級に属する者とみなされていたことを示している。また医者嫌いで有名なペトラルカは、パヴィアからボッカッチョに宛てた一三六四（—六六?）年一二月一〇日付の手紙（『老年書簡集』五・三）の中で、医者が「さまざまな色模様のあるポルポラの服」（vestes murice ardentes, sub suto vario distinctae）だの、ぴかぴか光る指輪だの、金鍍金の拍車だので身を飾っていると苦々しげに吐き捨てている。[☆78] つまり医者が貴族と同じ色を身につけたがったのは、もとをただせば貴族の身分とその財力への憧れという、至極単純な動機からであった。[☆79]

レオナルドの話に戻ろう。かれは貴族でなかったが、また医者でもなく、また大学で学問を修めた「学者」でさえなかった。ヴァザーリによってその才能を「神の恵みたもうた叡知」[☆80]（ingegno infuso tanta grazia da Dio）とまで称えられた巨匠は、実のところはまったくの「無学」だったのである。アトランティコ手稿中の次の告白は、レオナルドがそのことをよく自覚していたことを物語っている。

わたしはよく知っている、わたしが学者でないからといって、「彼奴《あいつ》は無学の徒だ」などと、もっともらしく非難できると思っている小生意気な輩がいることを。

この時代の「無学」（sanza lettere）という言葉は、lettere、すなわち文法、論理学、修辞学の欠如、簡単に言えばラテン語を知らないということを意味する。レオナルドは私生児であった。したがって父セル・ピエロは、かれをラテン語教育課程、そして大学へというエリート・コースを歩ませて、自分の跡継ぎ——公証人——にしようなどとは考えなかったのである。

しかしレオナルドのこの告白には、まともな教育を受けさせられなかったことについての恨みつらみや自嘲の気配などは微塵もなく、むしろ居直りともとれるようなものが垣間見える。まず彼は、自分を非難する者たちを「馬鹿な連中だ」と罵り、そして自信たっぷりにこう言うのである。

かれらはわたしに学がないので、自分のしたいことをよく言い表わすことができないとでもおっしゃるのだろう。さてさてこの連中は、わたしの仕事が他人の言葉より経験から導かれるべきものだということを御存じないのだ。[☆81]

「経験(sperienzia)の弟子」を自認するレオナルドは、「他人の言葉」、すなわち古典に盲従する上記三科より、「経験」に基づく残りの四科――幾何学、算術、天文学、音楽――のほうを優れたものと考えていた。レオナルドの手稿をひもとくと、光や流水の原理を解明するための計算式、「発明」した機械類のデッサンなどで埋めつくされていて、しかもその発想がけっして的外れなものではないことに、この科学技術の進歩した現代に生きるわれわれでさえいたく驚嘆させられる。つまり、彼は生半可な学者よりもはるかに学問を積んでおり、また自分でもそのことを強く意識していたのである。

もっともレオナルドは、このようなはったりめいた台詞を吐く一方で、自らの「無学」に対する不安を完全にはぬぐいさることができないでいた。その証拠に、一四九〇年前後の手稿には、ラテン語の名詞や動詞の活用を練習したページが見られ[☆82]、またマドリッド手稿Ⅱの二紙葉裏から三紙葉表にかけての書籍リスト全一一六冊のうち、ほぼ半数がラテン語のものである。しかもその中には、オウィディウスやプリニウスの著作に混じって、「ドナトゥスの文法書」のような初等教育で使われるラテン語の入門書までが含まれており、彼が人知れず努力を重ねて「無学」を克服しようとしていた、その涙ぐましい孤軍奮闘ぶりがうかがえる。にもかかわらずレオナルドのラテン語は独習者の域――主語と目的語の区別さえつきかねたという――を出ず、最終的には挫折してしまったという。[☆83]

そんな「無学者」レオナルドが、自分の日頃の着衣の色としてロザートを初めとする赤をわざわざ選んだということには、何か彼の「学者」の世界に対する屈折した「憧憬《あこがれ》」とも言うべきものが感じられる。つまり彼はいかに研究に邁進する生活を送っていようと、所詮「無学」であるために、「本物の」学者たちの着るようなロザートの長いルッコやマントを身につけることはできなかった。それに常々軽蔑してはばからないうわべだけの似非学者たちと同じ恰好をすることは、孤高の人たる彼のプライドが許さなかったにちがいない。とはいうものの、彼はやはり「学者の色」であるロザートにこだわらざるをえなかったのであり、せめてこの色を着ることによって、自分こそが真に学問の徒と呼ばれるべきであるという意思表示をしていたのかもしれない。ロザートは、知の探究に一生を捧げたレオナルドにこそふさわしい色であったと言えるのではなかろうか。

赤のシンボリズム

このように、中世からルネサンス期にかけてのイタリア社会では、染色においても実際に身につけるさいにも、赤が最も重要な色であったことは疑いない。パストゥローも、赤は全ヨーロッパ社会において「色のなかの色、もっとも美しい色」であり、赤い染料が高価であったがゆえに、中世にはもっとも高貴な色であるとみなされたと断言する。☆84 そしてそれはすべての人に求められる色であっただけに、染色工たちがさまざまな染料の量を加減することによってつくりだした微妙に異なる色調一つひとつに、それぞれロザート、パオナッツォ、スカルラット、ケルミーズィ、サングイーニョ（sanguigno〔血〔sangue〕に由来する赤、血紅色〕）、カルディナレスコ（cardinalesco〔枢機卿〔cardinale〕の着用する緋の衣に由来する赤〕）といった名称が与えられた。このような多様な色名は、緑や黄、黒などには存在しない。つまり当時の人間の赤に対する感覚は、他の色に対するそれに比べるとはるかに研ぎすまされたものであったと言える。

つねに「第一の色」として特別扱いを受け、あらゆる階層の人びとから重んじられてきたという経緯は、この色の象徴体系にも大きく関わっていくことになる。

1 「最も大いなるもの」

フィクション、とりわけ絵画作品中の衣服の色は、アトリビュート、すなわちその人物の本質を代弁してくれる道具として機能する場合が多い。もっとも色は、梟がミネルウァに、あるいは鍵が聖ペトロにというように、特定の人物にしっかりと結びつくというほどの力はもたないが、他のアトリビュートに比べると、観る者に古典の知識を要求せず、一般人でもある程度までは日々の生活の中で積み重ねられた経験によって、その意味を読み解くことができる。つまり衣服の色彩とは、われわれにとってもっとも身近で理解しやすいアトリビュートなのである。

さて、一三〇〇年代《トレチェント》の作家は、おしなべて寓意や象徴を得意とし、自作品中の登場人物に衣服を与える場合、その色に何らかの意味を付与しないということはまずないのであるが、これらの作家には二通りのパターンがある。ひとつはダンテやボッカッチョのように、自らのおこなったいわば「配色」に関して、なんのコメントもしない者、いまひとつはダンテの同世代にあたるフランチェスコ・ダ・バルベリーノのように、註解をほどこす者である。前者が解説を要しないのは、彼らのアレゴリーが古代から中世の間に築かれてきた伝統の延長線上にあり、そこそこの教育を受けた読者ならば容易に解釈できる性質のものだからであろう。一方、後者は作者独自の色彩観が強く働いてしまっているため、註釈によって読者に同意を求めなければならないのである。そして作家は自分の考えが荒唐無稽だと読者に思われないようにするために、できるだけ多くの古典――聖書はもちろん、古代ギリシャ・ローマの異教的な韻文・散文作品も含めて――に基づいて、世人の目にもっともらしく映る学究的な註を加える。

まずは、寓意文学のひとつの典型とも言うべきダンテの『神曲』の色彩シンボリズムをとりあげることにしよう。とりわけ『浄罪篇』(一三一二年)の「地上の楽園《パラディーゾ・テッレストレ》」の場面は、キリスト教的色彩象徴体系を知るうえで注目すべきである。

右の車輪には、舞ひめぐりつ、
来たれる三人《みたり》の乙女あり。そのひとりの赤き姿、
火中にても見わけ難し。
また次なる乙女、肉も骨も、
エメラルドにて作られしが如く、
第三の者、その姿全て雪白《せっぱく》なり（XXIX, 121-26）。

ウェルギリウスに導かれて地獄と浄罪山を経巡ったダンテは、浄罪山の頂にある地上の楽園で、神秘的な行列を目にする。その行列の中の凱旋車の右にいる赤、緑、白の三人の乙女らについては、最初期の『神曲』註解である『オッティモ・コメント』（一三三〇―四〇年頃）以来、それぞれ「慈愛」（Carità）、「希望」（Speranza）、「信仰」（Fede）という、キリスト教の三つの対神徳の擬人化であると解されている[☆85]。続く第三〇歌で、ベアトリーチェが真白なヴェールの上に知恵のしるしのオリーヴを巻きつけ、「燃えさかる炎の色」の服に緑のマントを羽織るといういでたちであるのも（vv.31-33）、彼女が三対神徳を一身に具現した存在だからである。一四世紀の第三四半期に北イタリア（おそらくジェノヴァ）でつくられた『神曲』写本には、赤、緑、白の三人によって、ダンテがヴェールをはずしたベアトリーチェに引きあわされる次第が、テキストにきわめて忠実に描きだされている（図1‐15・カラー図版3）。

この赤‐慈愛、緑‐希望、白‐信仰という色彩とキリスト教の三対神徳との結びつきは、最も基本的な色彩シンボリズムであると言えるもので、文学作品はもちろん、絵画作品中でも必ず守るべき約束事のひとつとなっている。たとえばアンブロージョ・ロレンツェッティの《マエスタ》（図1‐16）では、聖母子の台座が下から白、緑、赤の三段でできているが、そこにはそれぞれ FIDES、SPES、CARITAS の文字が見える。そして一段に一人ずつ有翼の乙

女が坐り、この三人の服もまた白、緑（ただし彼女にかぎって台座の色調とは異なり、かなりくすんだ色合いである）、赤で彩色されている。さらにアンドレア・ディ・ボナイウートの《聖トマス・アクィナス礼讃》（図1‐17）でも、聖トマスの頭上を飛翔する三対神徳の装いが、この色彩シンボリズムに則ったものになっている。[☆86] この「原則」は、のちにチェーザレ・リーパの図像学辞典『イコノロジーア』（一五九三年初版、挿絵が入ったのは一六〇三年の第三版から）のなかではっきりと明文化されることになる。[☆87]

もちろんこれには例外がないわけではない。同じアンブロージョの作品でも《善政のアレゴリー》（一三三八―四〇年、シエナ、パラッツォ・プッブリコ）では、〈慈愛〉は全身が赤く、〈信仰〉は白い服をつけているのに、〈希望〉はピンク色の服を着ている。また、中世に多数つくられた聖史劇のひとつ『魂の霊的な詩』（*Commedia spirituale dell'Anima* ［一三世紀］）では、〈希望〉は緑、〈慈愛〉は赤い衣をまとっているのに対し、〈信仰〉は空色（color celeste）の服をまとっている。[☆88]

しかし赤‐慈愛という結びつきは、他の二徳のそれと比べるとはるかに固い。「それゆえ、信仰と、希望と、愛、この三つは、いつまでも残る。その中で最も大いなるものは、愛である」と聖パウロは言う（「コリントの信徒への手紙一」第一三章一三節）。そして赤は、一二四五年頃に教皇インノケンティウス四世が、他の官職と区別するために、枢機卿が赤い帽子を被ることを制定し、さらに一二九五年にはボニファティウス八世が、これに聖人の血を象徴する赤い服を付け加えたことなどにより、教会典礼に欠かせぬまでに昇格した色である。[☆89] 対神徳のなかでも最高位の慈愛が、枢機卿のような高位聖職者が身につける赤で表わされるようになったのは、至極自然なりゆきであった。

このように教会内での動向は、色彩象徴体系に大きな影響を与え、それらがキリスト教的主題をもつ韻文・散文作品、聖史劇、寓意画に反映される。しかし一三〇〇年《トレチェント》代の多くの文学作品における色彩シンボリズムは、宗教的な観点からだけでは必ずしも理解できないものもあり、それはとくに赤系の色において顕著に見られる。次に、もう少し世俗的な匂いのする作品を見ていこう。

図１‐15――『浄罪篇』第31歌挿絵（ms. Holkham misc. 48, 107r）一四世紀の第三四半期（ボードリアン図書館）。画面左から、マテルダがダンテをレテ川（忘却の川）に浸ける様、次いでマテルダに導かれ、４人の枢要徳の化身に囲まれる様、そして３人の対神徳がダンテをベアトリーチェに引き渡す様子が表わされている（Photo © Bodleian Library）。

アンドレア・ディ・ボナイウート
図１‐17――《聖トマス・アクィナス礼讃》1366-68年
フィレンツェ　サンタ・マリア・ノヴェッラ聖堂スペイン人礼拝堂

図1-16――アンブロージョ・ロレンツェッティ
《マエスタ》一三三五年
マッサ・マリッティマ　市庁舎

アレゴリーの手法において、ボッカッチョはダンテから多くのことを学び、初期にはかなり類似した内容の作品を書いている。そこで七元徳を登場させた作品として、『フィローコロ』（一三三六―三八年？）、『フィレンツェのニンフ譚』（一三四一―四二年）、『愛の幻影』（一三四二年）を見ていこう。

2 赤の偏重

『フィローコロ』は、一二世紀フランスの『フロワールとブランシュフルールの物語』、またはそれに基づくイタリアの俗謡等を素材としており、スペイン王子で異教徒のフローリオと、囚われの女の娘として彼と共に育てられたビアンチフィオーレ（実はローマの貴族クイント・レリオ・アフリカーノの娘）との恋愛が物語の軸となっている。つまり話そのものはいたって単純なのだが、自伝的・寓意的要素がかなり加味されているうえ、文章全体に修辞的な工夫が凝らされているのが特徴的である。

この作品中で、寓意性がもっとも強く表われているのは、主人公フローリオが、フィローコロと名を変え、東方商人によって連れ去られた恋人ビアンチフィオーレを追ってアレクサンドリアへと向かう途上のナポリでの一場面である。いまだビアンチフィオーレを見つけられぬことに焦りをおぼえ、浜辺でもの想いに沈むフローリオの眼前に、突如として一艘の小舟があらわれる。そしてその中には、非常に美しい七人の乙女が乗りあわせている。

フィローコロが、自分をとりかこんでいる四人の乙女に目を遣りますと、最初の者は、純金にもみまごう服をまとい、美しく気品ある顔つき、頭には黒いヴェールを被り、右手に鏡をもち、それで時折自分の顔をながめ、左手には本を抱えていました。彼女はおおいにフィローコロの気に入りましたが、二番目の乙女に目を移しますと、こちらは燃えるような色の衣を身につけ、真っ白なヴェールの下に慎まし気な面もちを隠し、右手には鋭利な剣、左手には真直ぐな棒を携え、それで己の軀を支えているように見えました。第三の者については、フィローコロはその服の色をはっきりと言い表わすことはできませんでしたものの、それはさながらダイヤモンドのようでありました。そして陸と海とさまざまな王国を描いた大きな球を左足で踏まえ、あらゆるものにひとしく目をくばり、右手には権杖をもっていました。……それから第四の乙女は菫色の服と慎み深いヴェールというでたちで、口を閉ざしたまま右手を胸に添え、左手の人指し指を口にあてていました。……あとの三人のうちひとりは全身顔も服も燃えるがごとくヴェルミリオに染まり、次の者はいかなるエメラルドよりも濃い緑、そして第三の乙女は雪をもあざむく白さでありました（IV 74, 5-8, 18）。

七人のうち最初の四人が、古代ギリシャ以来、市民がもちあわせるべきとされた枢要徳、あとの三人は対神徳の擬人化である。対神徳の描写については『浄罪篇』の詩句の影響があからさまであるが、四枢要徳のほうには、金、「燃えるような色」（ardente colore）――すなわち赤、「ダイヤモンドのよう」（adamante l'assimigliava）な色（透明な、あるいは白い輝きを意味するのだろうか）、そして菫色（violato）の四色が配されている。枢要徳の色彩は伝統的に決められているわけではないので、その「配色」は作家あるいは画家の判断にまかされる。たとえばダンテは四人の枢要徳の乙女の装いをポルポラ（porpora）で一括してしまっているが（XXIX, 130-32）、ボッカッチョは異なる四色をあてたのである。しかしここでボッカッチョが示した色彩シンボリズムだけでは、徳目を特定するには至らない。そこでわれわれ読者は、他のアトリビュート――鏡と本、剣、権杖、ヴェール等――から、彼女らがそれぞれ〈賢明〉×〈正義〉〈剛毅〉〈節制〉の化身であることを察しなければならない。

しかしこの数年後に書かれた、異教とキリスト教が混淆したいささか荒唐無稽な教訓的寓意物語『フィレンツェのニンフ譚』（以下『ニンフ譚』と略記）では、様相が一変する。その内容は、フィエーゾレを舞台に、粗野で無教養な狩人アメートが、七元徳の擬人化であるニンフたちと三位一体の神を象徴するウェヌスの力添えによって知性を具えた人間へと生まれ変わるというものであるが、物語全体に緻密に計算し尽くされたアレゴリーが張りめぐらさ

図1-18——ボッカッチョ『フィレンツェのニンフ譚』(ms. Add. 10299) 一四二五—五〇年頃にヴェネツィアでつくられた写本であるが、欠落フォリオが多く、ミニアチュールとして残っているのは、ここに挙げた五枚のみである（大英図書館）[Photo © British Library]。

（a）冒頭の犬を連れたアメートと七人のニンフたちとの出会いの場面（1r）。水による損傷が激しいが、薔薇色、白、緑、赤、金色の服を着た女性が確認でき、テクストにかなり忠実に描かれていることがわかる。

（b）モプサ（33r）

（c）エミリア（40r）

（d）アディオーナ（50r）

（e）リーア（94v）

れている点に大きな特徴がある。ここでボッカッチョはアメートに真実の信仰を諭す使命を帯びたニンフたちから、『フィローコロ』で示したような図像学的なアトリビュートいっさいをとりはらい、服の色彩だけで、「信仰」「慈愛」「希望」「賢明」「正義」「節制」「剛毅」を表わしている（図1 - 18）。

ニンフたち	徳	服の色
リーア	信仰（Fede）	金（oro）
アガペス	慈愛（Carità）	ヴェルミリオ（vermiglio）
アディオーナ	節制（Temperanza）	ポルポラ（porpora）
エミリア	正義（Giustizia）	サングイーニョ（sanguigno）
フィアンメッタ	希望（Speranza）	緑（verde）
アクリモニア	剛毅（Fortezza）	白（bianco）
モプサ	賢明（Prudenza）	ロザート（rosato）

この『ニンフ譚』のすぐあとに書かれた『愛の幻影』は、『神曲』の三行詩《テルツァ・リーマ》という詩形と物語構成を模倣しただけの愚作だが、ここでのボッカッチョのアレゴリーの組み立て方には注目すべきものがある。詩人は夢のなかにあらわれた世にも麗しい「菫色の服の」（vestir suo tinto di viole [I 39]）貴婦人にみちびかれ、救いの道を求めて幻の城内をめぐりあるくうちに、えも言われぬほど美しい庭園にたどりつく。そこにある四角い水瓶の四隅にひとつずつ置かれた彫像は、アトリビュートから「さまざまな色の服」（gli suoi vestir di vario e tale color）をつけているのが〈正義〉、「雪の如く白くあかるき衣」（vesti bianche e chiare: come di neve pura biancheggiava）をまとっているのが〈賢明〉、完全武装して「鉄で出来ているかのやうにおもはる、」（Parea di ferro questa ivi formata）のが〈剛毅〉、「東洋のエメラルドの

図1・19——ロレンツォ・ディ・ニッコロ（?）『フィレンツェのニンフ譚』一四一六年頃（メトロポリタン美術館［Rogers Fund, 26. 287. 1-2］）。ピサのディ・ルーポ・パッラ家の依頼によって、結婚記念のためにつくられたお盆だと推定されている。作者については、ワトソンとカークハムは一五世紀初頭のフィレンツェの画家ロレンツォ・ディ・ニッコロを推しているが、確たる証拠はなく、現在では「一四一六年の画家」とのみ表記されることのほうが多い。表（上）には、アメートとニンフたちの出会い、およびニンフたちの狩の場面が、裏（下）には羊飼いのアルチェストとアカーテンが、アメートやリーアたちの前で歌比べを披露する場面が表わされている。物語の時代設定は、異教の神々の住まう太古であるが、ここに描きだされている風俗は、完全に制作年当時のものである。とくにアメートは、作品中には顎髭のある野卑な男として登場するが、ここでは赤い胴着を優雅に着こなした洗練された若者として描かれている（Photo © 1979 The Metropolitan Museum of Art）。

やう」(d'oriental smeraldo fatta fosse)なのが〈節制〉であるとわかる。[☆90]

これらの作品を見ていくと、ボッカッチョの徳の色彩象徴体系からは青が完全に外されていることに気づかされる。その「不在の色」の代役を果たしているのが赤であり、とくに『ニンフ譚』では、ヴェルミリオ、サングイーニョ、ロザートという微妙に色調の異なる三つの赤が使われているのは興味深い。つまりボッカッチョはあえて赤の色相を複数使用し、極端な偏りも辞さない。この偏重は、メトロポリタン美術館に所蔵されている『ニンフ譚』を描きだした有名な一二角形のお盆からも確かめることができる(図1-19・カラー図版5)。これは物語を完全に再現しているわけではないし、それぞれのニンフの名を特定することもできないが、彼女らの服は赤、ピンク、暗緑色、灰色、金色で描かれており、画家の脳裏からも、青という色相は完全に除外されていたことがうかがえる。

徳についてのみならず、ボッカッチョは作品中に青という色彩をあまりもちこまない。[☆91] このような青の排除と赤の偏重はボッカッチョに限ったことではなく、同時代の他の作家、ひいては中世の文学作品全体に見られる一般的な傾向である。人びとの赤への極度の執着はこの色を分化させ、そうして生まれたさまざまな色調のひとつひとつが、固有の意味を負わされることになる。

3 叡知-ロザート

彼(アメート)は、自分の右隣に坐っている薔薇色《ロザート》の服をまとったこのうえなく美しい乙女に、お話の口火を切ってもらいたいとほほ笑みつつ頼みます(『ニンフ譚』XVII, 8[図1-18b・カラー図版4])。

ロザートの服を身にまとった「賢明」の乙女モプサは、ウェヌスの祭りの折、日中の暑い時間の徒然《つれづれ》を慰めるために、アメートを囲んでニンフたち七人で順番に物語をしようということになると、最年長者として最初の語り手となる。つまり彼女は他の六人を先導するという役割を果たしているのである。この件に関して、これまでいかなるボッカッチョ研究者も疑問を差し挟んだり、「賢明」という徳とロザートとの関係を解き明かそうとすることはなかった。しかしこの一見しただけではわかりにくい結びつきは、けっしてボッカッチョの単なる思いつきなどではない。彼がロザートという色に託した意図は、『ニンフ譚』の三〇年ほど前に書かれたひとつの寓意詩のなかに見いだせるのである。

フランチェスコ・ダ・バルベリーノ（一二六四―一三四八年）は、ダンテと同時期に、やはりフィレンツェを中心に創作活動をおこなった詩人である。当初は貴族である父の希望によりボローニャで研鑽を積み（一二九〇年代）、公証人として活躍していたが、やがて当時のフィレンツェ文壇を席捲していたグイード・カヴァルカンティやダンテといった新優美体《ドルチェ・スティル・ヌオーヴォ》派の動きに触発され、詩作を始める。その後公証人を辞め、パリに遊学したり、パドヴァで博士号を取得するなど、きわめて知識欲旺盛な作家として知られる。

そのバルベリーノの代表作『愛の訓《おし》え』（一三一〇年頃）は、愛神が彼に仕えたいと望むすべての人びとに〈雄弁〉（Eloquenza）を介して出した訓《おし》えを、〈従順〉（Docilità）、〈勤勉〉（Industria）、〈節操〉（Costanza）、〈分別〉（Discrezione）、〈忍耐〉（Pazienza）、〈希望〉（Speranza）、〈賢明〉（Prudenza）、〈栄光〉（Gloria）、〈正義〉（Giustizia）、〈無垢〉（Innocenza）、〈感謝〉（Gratitudine）、〈永遠〉（Eternità）と呼ばれる一二人の女性がまとめるという内容の教訓詩であり、全体が一二部で構成されている。内容は極端に晦渋であるが、バルベリーノは自分の用いたアレゴリーを読者によりよく理解させるため、俗語の無韻詩にラテン語訳の詩、ラテン語による詳細な註解、そして挿絵をつけている。☆92

さて、この作品では各部の冒頭に徳の女性の容姿や衣裳――とくに色彩――についての言及が必ずあり、さらに註解で、彼女らがそのような姿をとっている理由が述べられている。加えてそれが作者自身の手になる挿絵によって視覚化されていることは、色彩用語と実際の色とを照合できるのでいっそう意義深い。☆93

　我らの主（愛神）は我らに〈勤勉〉をおくりたまひ、

来たりて、そして教へん、
徳のうちに入ることを。
若く、そして思慮《おもんばかり》を具へし
齢《よはひ》なり、
して我がために肉の苦しみを和らげたまふ。
その軀つきこそ並なれども、
身のうちには
大いなる権能《ちから》を貯《たくわ》ふ。
薔薇色《ロザート》の服をまとひて、
声高にほめたゝへられ、
一心に袋に細工をほどこす。☆94

このIndustria――これを日本語に完全に移し替えることはきわめて困難だが、「最後まで物事を成し遂げようとする知的な勤勉さ」を意味する――と呼ばれる女性（図1-20・21）が、なぜロザートの服を身に着けているのかについて作者自身に説明を求めると、

……この色はおおいに好まれ、ひとの眼を愉しませる。たしかに無知な者どもはこの色を好まぬが、勤勉な者は好むのである。加えてこれは、もし勉学に身を入れなければ、才知や勤勉の恩恵にあずかるにふさわしくないということを容易に明らかにしてくれる色である。実際この服は大いに気を配る［熱心に学習する］ことによって保たれるように、才知と勤勉のおかげでもたらされることを、われわれは熱心に学んで保持することが必

図1-20——〈勤勉〉『愛の訓え』(ms. Barb. Lat. 4076, 32v)
一三一三—一八年頃　ヴァティカン図書館

図1-21——〈勤勉〉『愛の訓え』(ms. Barb. Lat. 4077, 22v)
一三一三年頃　ヴァティカン図書館

要なのである。☆95

つまりロザートは、知的活動をおこなう者にこそふさわしい色だというのである。そしてstudiumという言葉に「配慮・管理」と「学習」というふたつの意味をもたせ、ロザートの服を「保つ」ためには、物理的な手入れと、たゆまぬ勉学を要するとバルベリーノは語る。

ロザートの服はきわめて高価なものであるだけに、その保管には細心の注意を払う必要があっただろうことは想像にかたくない。ではなぜ学問に精進することがロザートを保持することになるのだろうか。

このロザートと勉学とのつながりは、おそらく医者や学者がロザートをはじめとする赤い服を好んで着ていたことからの連想によるのであろう。先に見てきたように、彼らがこの色を着るようになったのは、単に貴族の真似をしてみたかったからだったかもしれない。しかし歳月が経つにつれ、いつしかそんな当初の経緯は忘れ去られ、ロザートはひとの「叡知」と分かちがたく結びつくことになったのである。

さて『愛の訓《おし》え』自筆稿本の挿絵には、〈勤勉〉と似たような濃いピンク色の服を着けた女性がいま一人存在する（図1‐22・23）。

周りには乙女らを
その分別の力を示すべくはべらせ、
なべての徳と善の母として坐し給へり。
その服こそ
桃の花の色なり。
されば我らの眼を愉しまずす。☆96

図1-22——〈分別〉『愛の訓え』(ms. Barb. Lat. 4076, 61r)　一三一三—一八年頃　ヴァティカン図書館

図1-23——〈分別〉『愛の訓え』(ms. Barb. Lat. 4077, 50r)　一三一三—一八年頃　ヴァティカン図書館

ここに、この女性が桃の花の色の服を身につけているとある。その理由は以下のとおりである。すなわち彼女は眼にとって心地よく、さらにはあらゆる人の眼に好ましい。したがって愛神は、この世の例《ためし》を与えんがため、ひとの眼に大変好ましい服を彼女に授けるのである。[☆97]

そして註解では、

こちらでは眼に快い「桃の花の色」（colore di persico nel fiore）と「分別」という徳が結びつけられている。この〈分別〉も人智に関わる徳の乙女であり、〈勤勉〉と同じ理由から赤い服をまとわされているものと考えられる。

一三四八年にヨーロッパ全土を襲った黒死病がバルベリーノの命をも奪ったとき、サンタ・クローチェ聖堂にある彼の墓の碑文を書いたのはボッカッチョであったという。[☆98] ボッカッチョはのちに『異邦人の神々の系譜』（一三五〇—七五年）においてバルベリーノに讃辞を送っているが（XV 6, 6）、これらのことからもうかがい知れるように、彼にとってのバルベリーノは寓意文学の偉大な先達であった。とはいえ、ボッカッチョはことアレゴリーの組立て方——色彩象徴体系を含めて——については最も心酔していたダンテの手法を踏襲しており、伝統にとらわれずに独自の色彩観に従ってキャラクターの着衣を決めるバルベリーノとは共通するところが少ないように思われる。[☆99] ただし彼が『ニンフ譚』で示したロザートのシンボリズムについては、どうしてもバルベリーノの影響を考えないわけにはいくまい。これは宗教的なものとは異質の、トレチェントの実生活から生まれた新しいシンボリズムであった。

4　贖いの貴婦人——サングイーニョ

ダンテがその生涯を通して精神的な愛を注ぎつづけたベアトリーチェ。中世・ルネサンス文学に登場する数多の貴婦人の中でも最もよく知られ、その美しさ、徳の高さにおいて並びなきこの女性について、かつてどれほど多くの言葉が費やされてきたことだろうか。その彼女が『浄罪篇』で赤い服をまとっていたことは先にも少し触れたが、ベアトリーチェと赤とのつながりは、けっして一過性のものではない。若き日のダンテがいまは亡き彼女への尽きせぬ想いを綴った『新生』（一二九一―九三年）では、彼女の着衣の赤は、よりいっそう重要な意味を担っている。

かの女は血紅色《サングイーニョ》という、いとも高貴で慎ましく、また気高い色の服に、その幼さにふさわしいような帯を締めて飾りをほどこした姿でわたしの眼前にあらわれた（II, 3）。

九歳のダンテが同い年のベアトリーチェをはじめて目にする場面である。彼女の姿は未だ幼い詩人の心に強烈な印象をあたえ、以来、愛神がかれの魂を支配することになる。

それから多くの月日が流れ、先に述べた至高の淑女の出現からちょうど九年が経過するという、その最後の日に、この奇蹟の貴婦人が純白の衣をまとい、ふたりの年長の貴婦人のあいだにはさまれて、わたしの前にあらわれた（III, 1）。

このときダンテは、ベアトリーチェからはじめて会釈を受ける。長年想いを寄せていた婦人に存在を認められたという予期せぬ出来事のために、詩人は喜びに満たされ、自室で彼女のことを思いめぐらしているうちに、眠りにおちる。

部屋のなかには焔の色の雲があるように思われ、そしてその内には見るも怖ろしい顔の主の姿がみとめられた。

ふしぎなことにかれ自身としては、いたく喜んでいるようであった。かれは多くのことを語ったが、それはわたしにはほとんど理解できなかった。ただ一言、「我は汝の主なり」という言葉がわたしの耳を打った。かれは腕に、裸で血紅色《サングイーニョ》の布にくるまれて眠っている者を抱きかかえていたが、よくよく見ると、それはわがさいわいの淑女、昼間わたしに会釈をくれた淑女であることを悟った（III, 3-4）。

この後しばらくの間、詩人はベアトリーチェの着衣に触れることはない。彼が再び彼女の装いに目をとめるのは、ベアトリーチェが一二九〇年六月八日に他界してから後のことである。最愛の婦人を失い、悲嘆に明け暮れていたダンテは、ある日ひとりの美しい貴婦人（Donna Gentile）が窓から彼を眺めているのに気づき、暫しのあいだ、彼女に関心をよせることになる。しかしそんな日々を送るうち、彼はふたたび象徴的な幻を視る。

その日の九時ごろ、ひとつの強烈な幻がわたしを襲った。そこにわたしは、かの栄光のベアトリーチェを、はじめてわたしの目の前にあらわれたときと同じ、あの血紅色《サングイーニョ》の服をまとった姿を見たようにおもわれた。そしてかの女はわたしが最初に見かけたときと同じくらいの年頃であった（XXXIX, 1）。

このことがあってからは、詩人はもう二度と他の女性に迷うことはなかった。彼の余生は、ひたすらベアトリーチェへの愛の記憶を護ることに捧げられたのである。

さて、以上のとおり『新生』のベアトリーチェはサングイーニョ（sanguigno）を三回、そして白を一回着て登場する。彼女の着衣については、マーク・ムーサのようにサングイーニョを「慈愛」（caritas）、白を「純潔」（purity）の象徴であるとみなすのが研究者間では一般的な解釈となっているようである。[☆100] しかしそのようななかでも特異な考察を加えているのは、ロバート・ポーグ・ハリスンである。彼はまずベアトリーチェの女性としての実体の稀薄性を指摘し、「彼女はなによりも彼女の衣裳としてあらわれる」、つまり肉体よりも衣裳のほうに比重があると主張する。そしてこの「紅色（crimson）の布」は、ダンテが彼女の身体を見ようとはせずに見ることを許し、「主人公の愛を禁断すると同時に是認している」と述べる。さらにこの衣裳の色であるサングイーニョに関しては、葡萄酒として弟子たちに分け与えられたキリストの犠牲の血を間接的に呼び起こし、ベアトリーチェを「聖餐的」（sacramental）性質のものに変えるとしている。☆101

ハリスンの論は極端に晦渋で、読者を納得させるだけの明快さを欠いているが、ことベアトリーチェの衣裳に関しては、その象徴性をこれまでになく深く追求しているという点で、きわめて意義深いものである。しかしハリスンは、この衣裳の「隠蔽」という機能に強い関心を示している一方で、色彩のとらえ方はかなり大雑把である。「サングイーニョ」を、安易に英語の「クリムソン」に置き換えているのは、果たして正しいことだろうか。彼にとっては「サングイーニョ」というかなり特殊な色名も、単に「赤《ロッソ》」の同義語としか映らないようである。

しかしわれわれは、「サングイーニョ」という言葉そのものについてもっと考えてみなければならないだろう。つまりベアトリーチェの着衣の色は、よりポピュラーな色名である「赤《ロッソ》」でも「ヴェルミリオ」でも「スカルラット」でもなく、なぜ「サングイーニョ」でなければならなかったのかということに注目する必要がある。そこで彼女がいかなる場面においてサングイーニョを身につけていたかを思い起こしてみると、まずダンテとの最初の出会いの場面、その九年後、ダンテと再会した直後の夢の中、そして彼女の死後、他の婦人へ心が傾きかけるダンテをつなぎとめたヴィジョンの中という、いずれも物語の進行を左右するきわめて重要な局面においてである。とすると、サングイーニョはベアトリーチェの存在意義を読者に確認させる何かしら記号的な役割を担っているのではないかと想像されよう。

それでは、ここで問題となっているサングイーニョとは、果たしていかなる色調を表わす言葉なのであろうか。これに関しては、従来多くのダンテ研究者に受け入れられているひとつの「定説」が存在する。

ミケーレ・バルビはサングイーニョの謎に真剣にとりくんだおそらく唯一の研究者であるが、彼によれば「サングイーニョはかつては控えめで黒に近い色調であったので、喪服にも用いられたことがあったという」。この説の根拠として、彼は一三三三年頃にピストイアで出された女性の装飾に関する規約のなかの一節「死者が出た場合を除き、いかなる者も、黒（nigri）、サングイーニョ（sanguinei）、ペルソ（persi）、パオナッツォ（pavonazi）、ガロファナート（garofanati）、その他黒系の色のものを新たに仕立てたりせぬよう気をつけるべし」[☆102]を挙げ、「ベアトリーチェは彼女にふさわしい高貴な色の服を身につけているが、その色は目立ちすぎもせず、大袈裟でもない」と述べている。[☆103]つまり当時の「いとも高貴な色」といえばやはり赤なのであるが、赤のなかでも色調が暗く控えめで、喪の折に身につけてもおかしくないサングイーニョは、「慎ましさ」というベアトリーチェのもうひとつの性格をもよく表わしうる色だというのである。

しかしサングイーニョは、本当にそれほど黒っぽい色なのであろうか。バルビが引用しているピストイアの規約では、喪にさいして用いられる色として、黒のほかにペルソ、パオナッツォ、そしてガロファナートが挙げられていた。まずペルソは、ダンテが百科全書的著作『饗宴』（一三〇四―〇七年）において示した定義に従えば、「ポルポラ（purpureo）と黒の混合色で、黒に近い」[☆104]、いわゆる「紫紺」とも言うべき暗色である。またパオナッツォは、現代では「青みがかった、あるいは菫色がかった色」を意味するが、『絹織物製作に関する論』が、この色をつくるのにケルメスやグラーナ、ブラジルスオウの染料を挙げていたことからも察せられるように、少なくとも中世・ルネサンス期においては明らかに赤系の色であった。[☆105]さらにガロファナートは丁字（garofano）に由来する黄色で、暗色の範疇に含めることが可能かどうかに関しては、多くの疑問が残る。したがってこの記述だけを根拠にサングイーニョを黒に近い色調であるとみなすことにはやや問題があるように感じられる。サングイーニョのより正確な色調に近づくには、もう少しさまざまな事例を検証する必要があるだろう。

そこで次に、ダンテが『新生』以外の作品においてサングイーニョという言葉をどのように使用しているかをみていくことにしよう。

あゝ心やさしく慈悲にあふれ、
紫紺《ペルソ》の空に分け入り、
血紅色《サングイーニョ》にて世を染めし我らを訪ふ方よ（*Inferno* V, 88-90）。

ダンテが地獄の第二圏で出会ったフランチェスカ・ダ・リミニが、その夫ジャンチョット・マラテスタによって恋人パオロとともに刺し殺された次第を語ってきかせるという、『地獄篇』中の有名なくだりである。このフランチェスカの台詞のなかにあらわれる「血紅色《サングイーニョ》にて世を染めし我ら」については、『オッティモ・コメント』が、次のような解説を加えている。

すなわち「血紅色《サングイーニョ》にて世を染めし（落命した折の）我ら」。……「血紅色《サングイーニョ》」は「血」を表わす。すなわちカルディナレスコであり、それをわれわれは血紅色《サングイーニョ》と呼ぶ。☆106

要するにこの著者は、ここでのサングイーニョは血（sangue）を意味し、さらにカルディナレスコとも同義であると述べている。カルディナレスコは先にも述べたように、枢機卿が身につける衣の色のような緋であるから、サングイーニョもまたそれと同様の色調であるということになる。

さらにボッカッチョが最晩年に著した『神曲註解』（一三七三—七四年）では、「血紅色《サングイーニョ》にて世を染めし我ら」、「われわれが殺されたとき」。すなわち彼らの血が流され、至るところ血紅色《サングイーニョ》

に染まった。[☆107]

ここでもまた『オッティモ・コメント』とほぼ同様の主張がくりかえされている。このように血を語源とするサングイーニョが黒っぽい色を表わす言葉であるとは考えにくい。イニャツィオ・バルデッリははっきりと、『地獄篇』の **sanguigno**（血紅色《サングイーニョ》）は血管より流れでる血の色を指すと断言している。[☆108]

またサングイーニョがそれほど暗い色ではないと想像させるもうひとつの事例がある。アヴィニョン時代のペトラルカのカンツォーネを見よう。

かつていかなる女人も我が恋慕せしひとほどに、
緑、血紅色《サングイーニョ》、暗色《オスクーロ》あるひは紫紺《ペルソ》を美しく着こなす人なく、
またかくもうるはしく
金髪映えて編む人もなし。[☆109]

恋人ラウラの比類なき美しさをうたった有名な詩句である。この冒頭の二行を「彼女（ラウラ）のようにどんな色を着ても似合う女性は一人としていない」という意味にとらえた場合、ここに挙げられた四色——**verde**、**sanguigno**、**oscuro**、**perso** は、いずれも当時の女性に着られた代表的な色相であると解釈される。**oscuro** は本来「暗い」という意味の形容詞であるから、「黒」を表わすと考えてよい。[☆110] また **perso** は先に見たようにポルポラと黒の混合色であるが、古仏語のペール（**pers**）、つまり「濃い青」を意味するという見方もある。[☆111] その生涯において、南仏とイタリアを絶えず往来したペトラルカならば、このようにペルソをフランス語風に解釈していたと考えたほうが、たしかにより自然かもしれない。

ともあれこのうえサングイーニョまでも濃く暗い色と考えるとすると、ここに提示されている四色のうち三つまでが黒っぽくきわめて似通った色調となってしまい、「どんな色を着ても」という解釈が成り立たなくなってしまう。であるからこの詩句でのサングイーニョは、それほど暗い色というわけではなく、韻律の都合上、赤の色相を代表するものとして詠みこまれているのではないだろうか。このように考えると冒頭に掲げられた四色はすなわち、緑、赤、黒、青であるということになる。

したがってベアトリーチェのまとうサングイーニョにしても、暗色と決めつけてしまうことにはかなり問題がありそうである。そもそもサングイーニョという色名は、アルフレート・ドーレンが引用しているような当時の織物商取引の記録にはかなり頻繁にみられるが、肝心の染色マニュアルや衣裳目録類での言及が極端に少なく、実態をつかみにくい。[☆112] となると、ダンテがベアトリーチェの着衣にあえてこの色を指定した理由は、色調よりもむしろ、「血の色」という、その名称自体にあるのではないかと想像される。

その「血の色」に対して、ルネサンス期以前の人びとはいかなるイメージを抱いていたのだろうか。時代は二〇〇年ほど下るが、一五〇〇年代《チンクエチェント》のイタリアで書かれた複数の色彩論は、ルネサンス期のみならず、古代から中世に至るまで連綿として人びとに受け継がれてきた色彩観をもわれわれによく教えてくれる。たとえば、一五五九年にブレーシャで出版されたジョヴァンニ・デ・リナルディの『奇怪きわまる怪物、二つの論攷、第一に色彩の意味について、第二に草花について論ず』には、次のような赤と血の関わりを述べた一節が見られる。

> 同様に聖なる教会もまた、殉教聖人の祝祭の折にはこの色をつかう。これはわれわれにその惨い責苦と恐るべき死、そして過酷な復讐を示すためである。……そのようなわけで赤は血に類似しているために、復讐、残忍、責苦をもたらす。このマルスは凶暴、残忍にして形相凄まじく、行ないにおいて傲慢と怒りに満ち、和平の敵、不和とたしかならざる血の友、血みどろの戦と残忍なる復讐の神である。彼は輝ける金属の鎧をつけ、腕に血

の光を帯びた楯をもち、戦と殺戮の血によってあらゆる色に彩られた四頭立ての馬車を操る。かれの御者をつとめる女神ベローナも同様に血紅色《サングイーニョ》で身を飾っていたことを詩人たちは伝えている。[113]

復讐、責苦、戦争、殺戮――これら流血の事態を司る神マルス、そしてその妹ベローナはサングイーニョで装う。ここでは血の負のイメージがことさらに強調されている。

またヴェネツィアの劇作家ロドヴィーコ・ドルチェも、『色彩の質、多様性、属性に関する対話』（一五六五年）の空色[114]（Ceruleo）に関するコメントのなかで、サングイーニョが戦や死と強く結びつく色であることを伝えている。

……古人のある者は、ホメロスの『イリアス』の表紙を、この詩人が作中で戦いや死を物語っているという理由から血紅色《サングイーニョ》にし、その一方でウリクセースの航海を扱った『オデュッセイア』は空色《チェルーレオ》で装丁したという。[115]

しかし血は必ずしもこのような負のイメージだけをもつものではない。アラゴン・両シチリア王国のアルフォンソ五世の紋章官を勤めていたシシルと呼ばれる人物によってフランス語で書かれた『色彩の紋章』（一四三五―五八年頃）は、リナルディやドルチェの論に一世紀以上も先行する中世末期ヨーロッパを代表する色彩論であり、一五六五年にはイタリア語訳も出ているが、この書のヴェルメイユ（vermeil［イタリア語のヴェルミリオに相当する赤を表わす言葉］）に関する記述からは、血のもつもうひとつの側面を垣間見ることができる。

……「イザヤ書」第六三章の伝えるところによれば、天に昇られるまことの神の子なる主イエス・キリストに、天使たちがなぜにあなたの衣は赤いのかと尋ねると、主は、わが衣を汚した酒ぶねのゆえだとお答えになったという。霊的に言えば、かれの受難の血が、その高貴な人性を赤く染めたのである。……このようなわけで聖書では、赤はよき聖人聖女の受難を意味するのである。これに関して教会は、殉教者の祝祭日には赤い衣服や祭壇の覆いや垂れ幕を用いる。……裁判官がこれを身につけるのは、けっして故なきことではない。というのは、彼らが犯罪者、違反者、さらに自殺者に正義を下すことにおいて、いかに堅固で忍耐強くあらねばならないかを、よくよく示すべきだからである。かれらの服の意味において、罪人の血を流すことを恐れてはならない。法が神のなしたもう権利でそうすることを求めるときには。

どの史書にも、古代の画家は正義の像を手や顔も含めてヴェルメイユで塗ったという記述をわれわれは目にする。これは彼らが公正さとよき熱意にみちた、よき不変の裁き手でなければならぬことを表わすためにほかならない。☆116

このくだりは、「イザヤ書」第六三章や「ヨハネの黙示録」第一九章に見られる、神あるいは主イエス・キリストが、イスラエルの敵を葡萄搾り器のなかに入れて踏みつけ、その衣を血で汚したという話を踏まえて書かれたものである。☆117この流血は、死すべき人間ではなく、神の御心によって引き起こされたものであり、キリストの受難を暗示する。受難や諸聖人の殉教において流される聖なる血は、世の人びとの罪を贖い浄める。このように血、あるいは血の色には善悪両義性が具わっていると言うことができる。☆118

さらにシシルは、裁判官が赤い服を着るのは、かれらが正義を下す——すなわち犯罪者たちの血を流すことを恐れないようにするためだと述べていた。「ヨハネの黙示録」において正義によって裁くキリストが血染めの衣を着ていたように、血や血の色である赤と、粛正および「正義」という徳とのあいだにはきわめて緊密なつながりがあることが理解できよう。古来、正義の像が全身ヴェルメイユで彩色されたということには以上のような事情が背景にあったことをシシルは伝えている。

ところが実際に中世・ルネサンス期の絵画作品を見渡してみても、シシルが断言しているほどには赤を着る「正義」の擬人像にはお目にかからない。[119]〈正義〉と言えば、先に見た『愛の訓え』、あるいは時代がかなり下って『イコノロジーア』において定義されているように、どちらかといえば裁きにおける公正さ、二心のなさを表わす白を着せられることのほうが多い。[120]

しかしボッカッチョの『ニンフ譚』に登場する「正義」のニンフ・エミリアは、まさしくサングイーニョを着ていた。

……彼女は背が高く、ふくよかな四肢とこのうえなく均整のとれた躰つきをしておりました。そしてトルコ人の手になる、金の小鳥の模様のある血紅色《サングイーニョ》の極薄の衣を身にまとい、腰掛けていましたが、広い襟刳りからは白い胸がのぞき、それは観る者の目にもあらわでありました（XII, 13）（図1 - 18 c）。

じつはボッカッチョは、エミリアが「正義」の化身であるとは、物語中でいっさい口にしてはいない。『ニンフ譚』は、七人のニンフが語る各自の体現する美徳にまつわるきわめて暗示的な教訓的寓話で構成される一種の「額縁《コルニーチェ》小説」であって、エミリアについても、読者は「傲慢」の象徴である若者イブリーダを正道に導いたという彼女の話から、その本質を悟らねばならないのである。しかしエミリアの登場時に先の服飾描写はすでに提示され、さらに彼女の語りの始まる直前にも、作者は再度その衣服の色について触れる（XX, 5）。これは色を明示することによって、彼女の正体を読者にいち早く認識させるためであると考えられる。すなわちサングイーニョは、中世の人間に「血の裁き」、そしてその際に求められる「正義」を容易に連想させる色であったと言えるのではないだろうか。

最後に再び『新生』に戻り、サングイーニョを着るベアトリーチェとはいかなる存在だったかを知るために、作者ダンテが彼女に対して用いた呼称をすべて挙げてみよう。

「栄光の」（gloriosa）la gloriosa donna / questa gloriosa / questa gloriosa Beatrice（II, 1; XXXIII, 1; XXXVII, 2; XXXIX, 1）

「至高の」（gentilissima）questa gentilissima / quella gentilissima / la gentilissima donna / la mia gentilissima donna / la gentilissima Beatrice / la loro gentilissima Beatrice（III, 1; IV, 1; V, 1-2; VI, 1; VIII, 2; IX, 3; X, 2; XII, 6; XIV, 1, 4-5, 7; XVIII, 2, 9; XXI, 1; XXII, 3; XXIII, 3, 15; XXVI, 1 ; XXVIII, 1; XXXVIII, 6; XXXIX, 2-3; XL, 1）

「奇蹟の」（mirabile）questa mirabile donna / la mirabile donna / la mirabile Beatrice（III, 1; XIV, 5; XXIV, 3）

「さいわいの」（salute）la donna de la salute（III, 4）

「至福の」（beatitudine）la mia beatitudine（V, 1; IX, 2）

「いとも高貴な」（nobilissima）questa nobilissima Beatrice / quella nobilissima e beata anima / l'anima sua nobilissima / la mia nobilissima donna（XXII, 1; XXIII, 8; XXIX, 1; XXXVI, 1）

「祝福された」（beata）questa Beatrice beata（XXVIII, 1）

「聖なる」（benedetta）questa benedetta / quella benedetta Beatrice（XLII, 1, 3）

「あらゆる悪を免れ、徳を統べる淑女」la quale fue distruggitrice di tutti li vizi e regina de le virtudi（X, 2）

「わが貴婦人」la mia donna（XXVII, 1）

このようにダンテはベアトリーチェに言及するとき、gentilissima、nobilissimaといった最上級、あるいはsalute、beata、benedetta、gloriosaというキリスト教的な形容詞を使い、さらには「詩人ホメロスの『彼女は死すべき人の女《むすめ》とみえず、神の女《むすめ》と見える』という言葉も彼女にはたしかにあてはまるのである」（II, 8）という最大級の讃辞を送っている。したがって彼女については、複数のダンテ研究者によって聖女やキリストとの類似性が指摘されている。たとえばシングルトンは、ベアトリーチェとキリストは、救いと至福へ導くという行為（actions）において類似していると述べ[121]、またブランカはベアトリーチェに神やキリストの面影を見てはいないものの、「神へと導く天の光の目に見えるしるし——『キリストの鏡』（*speculum Christi*）、『神の鏡』（*speculum Dei*）」と呼んでいる[122]。彼女が完全にキリストと同一視されうるかどうかについてはさまざまに論議の分かれるところであるが[123]、多かれ少なかれ神格化された存在であることは疑いないだろう。

そんなベアトリーチェにサングイーニョの衣が与えられたのは、自らの「血」を流すことによって世の人びとの罪を贖ったキリストを想起させるためではないだろうか。ハリスンはこの衣に「キリスト教の聖餐儀式」（Christian sacramentality）を見いだしていたが[124]、もう一歩進んで言えば、これはダンテにとっての彼女の意義——贖罪、救済、正義——を読者に強烈に印象付けるための道具なのである。のちに彼女は「地上の楽園」において、緑のマントと白いヴェールとともに、慈愛を表わす「燃える炎」の衣をつけてダンテと再会することになるが、『新生』におけるベアトリーチェはいまだ完全な対神徳ではなく、祝福された「聖なる血」の色の衣をつけた生身の女性であり、キリストになぞらえられる者であると言えよう。

5　戦いと愛と——ヴェルミリオ

クロード・カザレの緻密きわまる調査によれば、ボッカッチョの『フィローコロ』には vermiglio という色名が二八回あらわれるのだが、これはこの作品中の赤を表わす言葉の中でももっとも使用頻度が高い[125]。それもそのはず、rosso、rosato、sanguigno など、他の赤系の色名の使用が主に一四世紀に入ってからであるのに対し、vermiglio だけはすでに一三世紀後半からかなり使われており、最も古い「赤」と言えるものだからである。

『フィローコロ』では、たしかにヴェルミリオの服が男女を問わずさまざまな場面で着られている。以下、主人公のふたりがこの色をどのような場面で身に着けているかをみていくことにしよう。まず最初に、フローリオの父王の誕生日の祝宴に出席するビアンチフィオーレのいでたちである。

タッデオ・ガッディ
図1-24——《サタンと神の戦い、およびヨブの最初の試練》（部分）
1341－42年　ピサ　カンポサント

その日王妃は……ビアンチフィオーレに、ヴェルミリオのサマイトの服を着せ、金髪をきれいに編んで頭に巻きつけ、その上に高価な宝石で豪奢に飾られた小さなコロネッタ（冠）をのせました（II 33, 2）。

この宴の折、ビアンチフィオーレは、なんとしてでもフローリオとの仲を裂こうとする王妃によって、王の食事に毒を盛ったという濡れ衣を着せられ、投獄されてしまう。留学先のモントロでビアンチフィオーレの危機を知ったフローリオは、すぐに彼女を助けにいこうとする。教育係のアスカリオンは逸《はや》る王子の気を鎮め、武具と武器をあたえる。

それから彼（アスカリオン）は［フローリオに］ヴェルミリオのゼンダードの大きめのジュッバを着せ、きれいな編み靴下と尖った拍車をつけさせました。その靴下には、腿当てと白銀でできているかのように光りかがやく臑当てがついていました。さらに袖、腰当て、喉当て、軽い鋼でつくられた胸当てをつけてヴェルミリオのサマイト地で覆い、およその高貴な身分にふさわしいと考えられるかぎりのいでたちをさせました（II 45, 1-2）。

ここでは武装の下着として「ヴェルミリオのゼンダード」（zendado vermiglio）、そしてビアンチフィオーレの盛装と同じ「ヴェルミリオのサマイト地」（un vermiglio sciamito）という高級絹織物が用いられている。このように武人が鎧甲冑の下に赤を身につける習慣があったことは、当時のいくつかの絵画作品から知ることができる（図1-24の剣を振りかざす人物）。これにはもちろん血糊を目立たせないようにするという実利的な目的もあっただろうが、シシルの

ヴェルメイユは武人が、他人の手にかかって血を流されるのを見るとき、躰に剛胆さ（hardiesse）を増し加えて

くれる。☆126

という、ヴェルメイユは気分的昂揚を促すものであるからという説明にもまた一理ある。つまりヴェルミリオは血気盛んな若者にふさわしい色である。この真っ赤な衣裳、そして素晴らしい造りの剣、宝石のたくさんついた兜、ヴェルミリオの薔薇の花飾りが六つ付けられた純金製の楯が効を奏したか、故郷のマルモリーナへと向かったフローリオは、策略のいわば実行犯である侍従長を決闘で倒し、処刑寸前のビアンチフィオーレを救うに至る。

さらにフローリオはアレクサンドリアで、当地の総督の囲われの身となっているビアンチフィオーレのもとに赴くべく、彼女の住む塔の門番を懐柔して、彼女に送り届ける花の箱のなかに入れてもらう。首尾よくビアンチフィオーレの部屋に潜りこんだフローリオは、旧知の侍女グロリツィアの忠告に従い、夜半まで物陰に隠れていることにする。そこにビアンチフィオーレが入ってきて、わが身の不遇をかこつ。グロリツィアはそんな女主人をすぐに喜ばせてやるような野暮な真似はしない。彼女は、昨晩見た幻と称して次のように物語る。

どこをどうやって入ってきたのかは存じませんが、あなたの部屋にあなたのフローリオがいたような気がします。そしてかれはヴェルミリオの薔薇のような色のゴンネッラを着て、その上にあなたの髪と同じ色(金色)の布をはおっていました。そしてかつてないほど嬉しそうな様子で、寝床で眠るあなたをただひたすら見つめていましたよ(IV 113, 4)。

これがその晩には現実のものとなるのは言うまでもない。ともかくグロリツィアの幻視のなかのフローリオの衣裳は、先刻彼女自身が目にしたままのものであると考えてよいだろう。その色がなぜヴェルミリオであるかについてはボッカッチョは語っていないが、『フィローコロ』の原典である『フロワールとブランシュフルールの物語』では、このときフロワールが「ヴェルメイユのブリオーを着た」(Un bliaud ot vestu vermel) のは、自分が隠れる箱のなかの花と色をあわせるため、つまりカムフラージュのためであるといういたって現実的な説明がなされている。[☆127]

しかしボッカッチョがフローリオの着衣に込めた意図は、それほど単純なものであるとは思えない。たとえば彼の最初期の作品『ディアナの狩猟』(一三三四年頃)を見ると、処女神ディアナに仕える乙女たちが女主人に供犠することを拒み、ウェヌスに自分たちに恋人を授けてくれるように祈願する場面がある。彼女らの喚び声に応えてあらわれたウェヌスは、贄《にえ》として捧げられた狩の獲物にひとつのしるしをおこなう。

火に焼《く》べられし獣すべて、
男《をのこ》の姿にかはりて、焔のうちより
輝かしく美しき若者あらはれ、
草上の花を踏みつゝ走れり。
みな共に傍らの小川に入り、
あがりて各々　紅《ヴェルミリオ》　の
気高き衣、身にまとひたり。
みな百合の如く瑞々しき若者なりき。
ウェヌスかれらにむかひて言うやう、
――わが命と忠告にしたがひて、
かの女《むすめ》らの僕として、愛せよ、
汝らのあはれみとくるしみに
勝利《かち》をおさめるまで――　(XVII, 39-51)

ここではウェヌスの介添で女たちとめあわせられた男たち——もとはと言えば、彼女らに捕まえられた森の獣なのだが——がヴェルミリオをまとっているが、のちの『愛の幻影』では、金と鉛の矢という馴染みの持物《アトリビュート》を携えた愛神がやはりこの色を身につけている（XV, 29-30）。つまりvermiglioは恋愛となんらかの関わりをもっていると言えそうなのだが、そのような結びつきは、一三世紀後半に成立した『ノヴェッリーノ』第八二話にもすでに見られる。このアーサー王伝説の翻案では、さる高貴な家柄の娘が、湖の騎士ランチロット（ランスロット）に片思いの末焦れ死にしてしまうが、その遺言によって、盛装した亡骸が「ヴェルミリオのサマイトの布を張りめぐらした豪奢な小舟」（una ricca navicella, coperta d'uno vermiglio sciamito）に乗せられて海に流される次第が語られている。

カザレはフローリオのヴェルミリオの服が「高貴」（noblesse）、「大胆」（hardiesse）、「力」（force）、「不変」（constance）、「英雄的行為」（héroïsme）を表わすと述べているが[☆128]、これに「愛」を付け加えることも可能だろう。ただしこの場合の愛は「慈愛」ではなく、人間的な「性愛《アモーレ》」である。つまり『フィローコロ』でのヴェルミリオは、やがて訪れる「愛の悦楽」の場面を予感させる色なのである。

シシルは『色彩の紋章』第一部で、金、銀、ヴェルメイユ、青、黒、緑、プールプルという基本的な七色について、各々があらわす事物や徳目を論じ、その根拠を聖書や聖人伝、古代ローマの文学作品中に求めている。先に引用したヴェルメイユの章の一部からも十分に感じとれるように、その論調は極端に回りくどく、けっして明快なものではない。

その第一部を締めくくるにあたって、シシルは実際の紋章考案作成に役立つようにと、各色のシンボリズムを簡潔なかたちで再度列挙している。ここでわれわれ読者はそれまでの煩瑣な論旨を容易につかむことができるのだが、その象徴体系をまとめると次ページのごとくになる。

シシルの象徴体系

色	金	白	ヴェルメイユ	青	黒	緑	プールプル
(Couleurs)	(Or)	(Blanc)	(Vermeil)	(Azur)	(Noir)	(Verd)	(Pourpre)
紋章 (Armoirie)	Or	Argent	Gueulles	Azur	Sable	Sinople	Pourpre
現世の徳目	富	純潔	高尚	誠実	率直	歓喜	善の豊かさ
(Vertuz mondaines)	(Richesses)	(Pureté)	(Haultesse)	(Loyaulté)	(Simplesse)	(Lyesse)	(Habondance de biens)
その他の徳目	高貴	正義	大胆	知識	悲嘆	美と善	神と現世の恩寵
(Aultrement)	(Noblesse)	(Justice)	(Hardiesse)	(Science)	(Tristesse)	(Beaulté et bonté)	(Grace de Dieu et du monde)
宝石	トパーズ	真珠	ルビー	サファイア	ダイアモンド	エメラルド	沢山の美しい石
(Pierreries)	(Topaze)	(Perles)	(Rubis)	(Saphir)	(Dyamant)	(Esmeraulde)	(Plusieurs fines pierres)
年齢	青年期	幼年期	壮年期	少年期	老衰期	青春期	老年期
(Sept aages de l'homme)	(Adolescence)	(Enfance)	(Virilité)	(Puérice)	(Decrepite à mort)	(Jeunesse)	(Vieillesse)
四気質	—	粘液質	多血質	胆汁質	憂鬱質	—	—
(Quatre complexions)	—	(Fleumatique)	(Sanguin)	(Coléricque)	(Melencolicque)	—	—
四大元素	—	水	火	気	土	—	—
(Quatre élémens)	—	(Eaue)	(Feu)	(Air)	(Terre)	—	—
惑星	太陽	月	火星	木星	土星	金星	水星
(Sept principalles planettes)	(Sol)	(Luna)	(Mars)	(Juppiter)	(Saturnus)	(Vénus)	(Mercurius)
七元徳	信仰	希望	慈愛	正義	賢明	剛毅	節制
(Sept principalles vertus)	(Foy)	(Espérance)	(Charité)	(Justice)	(Prudence)	(Force)	(Atrempance)
曜日	日曜	月曜	水曜	火曜	金曜	木曜	土曜
(Jours de la sepmaine)	(Dymenche)	(Lundy)	(Mecredy)	(Mardy)	(Vendredy)	(Jeudy)	(Samedy)
四季	—	—	夏	秋	冬	春	—
(Quatre saisons de l'an)	—	—	(Esté)	(Autonne)	(Yver)	(Printemps)	—

これを見ると、七色のうち、ヴェルメイユ、青、黒はすべての象徴体系に入っているが、ヴェルメイユによって表わされるものは、「高尚」「大胆」などの徳、四気質のうちの「多血質」、四大元素の「火」、週の「水曜」、そして四季の「夏」といった具合に、すべて中心的で主要なものである。そしてなにより、七元徳のうちでも最も重要な「慈愛」の象徴である。シシルには紋章に使われる七色を、すべて好意的に見ようとする傾向があるが、それでも彼は色彩の両義性というものを十分わきまえており、たとえば緑を「最も高貴さに欠ける色であるとみなす者もいる」、またプールプルについては「ある人びとによれば、……最も価値の低い色である」などと、否定的な見方をされる場合があることも忘れない。が、ヴェルメイユに限っては、「もっとも主要な色」であり、輝きは比類なく、またこのうえなく高貴であると手放しの誉めようである。赤には欠けるところなく、また良いものはすべて赤い――これが中世末期からルネサンス初期にかけての色彩概念であった。

第2章　不在の色　青

語られぬ青

フィレンツェの『絹織物製作に関する論』が、中世からルネサンス期にかけての染色に関して、多くの貴重な情報を提供してくれるということは、すでに前章において詳しく見てきたとおりであるが、すべての色の染め方が均等に述べられているわけではない。一見して気づかれるのは、青に関する言及の少なさである。すなわちこの色に関しては、ケルミーズィ、パオナッツォ、ヴェルミリオ等の赤や紫系、そして緑の染色の説明がひととおり済んだあと、ようやく第二九章に至ってとりあげられており、しかもこの章は次の謎めいた一文をもって始まっている。「青（azzurri）とは重要性に欠け、語るよりもむしろ口を閉ざしておくべき色だ」[☆1]。

これは現代のわれわれにとってはまったく不可解な言葉であり、いったい青という色のいかなる点を指して敬遠すべきであると断じているのかについては、このマニュアルの著者は何も語ってくれてはいない。しかしこのような青に対する扱いの低さは、『絹織物製作に関する論』にかぎらず、一五世紀から一六世紀にかけてつくられた他の染色マニュアルからも読みとることができる。たとえばコモ手稿では、全一五九章のうち、青の染め方が解説されているのは、第四四章のみである。そして『プリクト』においても全二二二項目のうち、青を扱っているのはわずか五項目、他の青系の色にしても、トゥルキーノ一一項目、ビアーヴォ（biavo［古仏語で青を意味するblaveを語源とする言葉」）二項目、アレッサンドリーノ、ズビアダート、空色（celeste）各一項目にすぎない。

青の影の薄さは、染色マニュアルのなかだけにとどまらず、当時の衣裳目録にも及んでいる。プッチョ・プッチ一家の財産目録においては、青い服飾品は赤や黒や緑のものと比べると格段に記載数が少ない（一六―二一ページ参照）。しかもこれら青とトゥルキーノあわせて四点の服や帽子類は、すべて長男アントニオの一家に属するものであり、プッチョの妻や他の兄弟姉妹は、驚いたことに一着も青い服をもっていないのである。レオナルドが「マドリッド手稿Ⅱ」のなかに書き留めた衣裳リストにしても、青系の色の衣類はまったく見当たらなかった。

以上のような服飾における「青の不在」に関しては、すでにピセツキーが「一三〇〇年代《トレチェント》の男性服の色としては、青《アッズーロ》と空色《チェレステ》は稀である」と指摘しているが、[☆2]彼女はその理由を明らかにしていない。なぜ『絹織物製作に関する論』の著者は、青に対してあのような低い評価を下したのだろうか。当時の衣裳目録に青い服の記載が少ないということは、本当にこの色が他の色に比べてあまり着られなかったことを意味するのだろうか。そしてルネサンスという時代の波は、青の着られ方にも何がしかの変化をもたらしたのだろうか。

卑賤の色

一四世紀から一六世紀にかけてのイタリアの青について考察を深めるまえに、まずは中世以前のヨーロッパで、この色が人びとにどのような意識で迎えられていたかということを、先行研究によって確認しよう。

話は古代に遡る。ブルネッロ、パストゥロー、ルッツァットとポンパスらが指摘しているように、ローマ時代には、青は明らかに蛮族と結びつく色であった。[☆3]彼らが口をそろえてそう主張する根拠は、カエサルの『ガリア戦記』（前五二―五一年）中の一節、「ブリタンニア人は皆、空色（caeruleus）を生みだす大青（vitrum）で己を彩色するがゆえ、戦時においては怖ろしげな様相を呈する」[☆4]にあり、この奇妙な風習が存在したことは、プリニウスによっても証言されている。[☆5]そこでパストゥローは、とりわけ共和制時代および帝政期初期のローマでは、辺境に住むケルト族やゲルマン族の色である青をまとうことは蔑まれたと述べる。つまり野蛮さの象徴たる青は、誉れ高いローマ市民が身にまとうにはふさわしくないとみなされたのである。

このような青の不遇の時代は中世に入ってからも長く続いたが、一二世紀に至って人びとの意識に変化が起こったと主張するのが、これまたパストゥローである。

彼はまず、画中の聖母マリアのマントの色に注目する。わが子イエスの死を悼むマリアの着衣が、喪の色としての黒、灰、茶、菫、あるいは濃い青や緑で塗られるということは、初期キリスト教時代の作品にすでに見られたが、一二世紀前半以降、完全に青に定着する。そしてマリア信仰が盛んになるにつれ、この色の地位が飛躍的に向上し、ステンドグラス、七宝細工、彩色写本などの装飾に青が多く用いられるようになる。また紋章においても、カペー王家の「青地に金の百合」に代表されるように、それまでもっとも人気のあった赤にかわって青が目立つようになることが統計的にもたしかめられるという。

こうした象徴体系での青の昇格を支えたもののひとつが、染色における技術革新である。従来は青に染めると褪せて薄汚れた感じにしか仕上がらなかったため、この色は農民など下層階級の仕事着専用であったという。しかし一一八〇年から一二五〇年の間に、大青を用いる染色技術が飛躍的に進歩したことにより、はじめて輝きと深みをもつ美しい色調が得られ、青は貴族のあいだで好んで着られる色となった。そしてついに聖王ルイの治世(一二二六—七〇年)の末期には、青はフランス王家の服の色として採用されるに至る。以上のような一二世紀から一三世紀にかけて起こった一連の青をめぐる動きを、パストゥローは「青の革命」(révolution bleue)と呼んでいる。[☆6]

このように、フランスにおいては、青は色彩象徴体系の中で大いに昇格したというが、その一方でこの色を避けようとする意識もまた、厳然と存在した。青の染めあがりが以前より格段に美しくなったとはいえ、褪せた感じのする出来の悪い品はやはり身分の卑しい人びとのものであった。中世フランス史家フランソワーズ・ピポニエが、一四世紀末のブルゴーニュ地方に在住していた農民の死後財産目録を調査したところによれば、記載されている上衣、帽子、脚衣すべてにおいて、青の一種であるペール（pers）の衣類が、白、赤など他の色調のものに比べると圧倒的に多いという。☆7

青が下層階級を特徴づける色であることは、同時代のイタリアにもみとめられる。たとえば植物や食物の性質、その健康に対する効能や害を解説した『タクイヌム・サニタ－ティス（健康全書）』の一四世紀末に北イタリアでつくられた写本では、全二〇六枚におよぶ挿絵に見えるさまざまな階級に属する人物のうち、農民は大体において青、もしくは染色加工がほどこされていない白の服を身につけている。「ホウレンソウ」のページ（図2‐1・カラー図版6）の頭に籠をのせた人物は、頭巾と前掛けをつけていることから農婦と判別できるが、彼女の服もまた、くすんで光沢のない青である。さらにチェーザレ・ヴェチェッリオの『古今東西の服装』（初版一五九〇年、第二版一五九八年、第三版一六六四年）は、古代ローマ時代から一六世紀末に至るヨーロッパ、アフリカ、アジアの服飾を図版と文章で解説した書であるが、ここでは「ローマの農婦」（Contadine del territorio Romano）がトゥルキーノか緑（図2‐2）、「トレヴィーゾ領の農婦」（Contadine della Marca Triuisana）が空色かビアーヴォの服を着ていると定義されている。☆8 この書に登場するさまざまな階級や職業の人物約五〇〇名のうち、青を着るとコメントされている者はきわめて稀であるが、その数少ない例はこれら農民のほか、果物売り、布告役人など、いずれも上層階級に属する者でないというのは注目すべきである。

なぜ農民は青を着るのか。その理由はいたって単純である。『絹織物製作に関する論』第四九章の一リッブラあたりの絹の価格一覧（三五―三六ページ参照）によれば、ケルミーズィの二度染めの絹は四〇ソルド、パオナッツォのものは三五ソルドであるのに対し、青いものは二四ソルドとなっている。つまり青の染色は、他の色に染める場合と比べると、コストをやや低く抑えることができるため、概して青い布や服は安価になるのである。

それではなぜ青は安く染めることが可能なのであろうか。その原因は、先にも少し触れたが、古代からルネサンス期にかけて青色染料を採るのに最もよく用いられた大青（学名 Isatis tinctoria）という植物にある。大青はヨーロッパのほぼ全域に自生するアブラナ科の多年草であるが（図2‐3）、当時のイタリアにおける栽培の中心地は、ロンバルディア、ボローニャやアレッツォの周辺、ウンブリア、マルケなど、中・北部の地域であった。☆9 赤の染料が採れるケルメスがオリエント、グラーナが西地中海域、そしてブラジルスオウに至っては東南アジアに求めねばならないということを考えると、国産でまかなえる大青は、輸送費があまりかからないという利点がある。☆10 実際、ペゴロッティの『商業指南』に見えるピサでの取引記録には、コリントとスペイン産のグラーナがチェンティナイオ（一〇〇リッブラ、すなわち三三・九キログラム）あたり一二ソルドと記されているのに対し、大青はミリアイオ（一〇〇〇リッブラ、すなわち三三九キログラム）あたり九ソルドとなっており、大青がグラーナの一〇分の一以下の価でしかとりあつかわれていなかったことがうかがえる。☆11

大青は、開花前の七月に収穫した葉を天日で乾燥させたのち、挽いてペースト状にしてから発酵させる。約二週間後、これを丸い塊にまとめ、さらに乾かし、簀子《すのこ》の上で発酵を完成させる。市場に出回るのはこの塊状のものであり、染色のさいにはこれを媒染剤とともに熱湯に入れて溶かして使用する。☆12 この染料の扱い方に関しては、『絹織物製作に関する論』以外の染色マニュアルではかなり重きが置かれており、たとえばコモ手稿は第四九章から六八章までを費やし、また『プリクト』も序文のすぐあとに長大な一章をもうけて論じている。さらにリッカルディアーナ図書館所蔵の写本二五八〇番に含まれている、一五世紀フィレンツェの毛織物製作のマニュアルは、☆13 赤の染色よりむしろ、大青を用いて青、ズビアダート、トゥルキーノに染める方法を説くことのほうに力を入れている。多くのマニュアルが大青染料のとりあつかいに関してある程度詳しく説明しているのは、ロゼッティが「大青の章」で述べているとおり、これが青のみならず緑から黒に至るまでの多様な色調をつくりあげるきわめてポピュラーな染料だったからである。☆14 その一方で『絹織物製作に関する論』が大青について一言も触れていないのは、絹のような高価なものは、最も染色費のかかる赤に染められるのが普通で、その一方、安い青に染める機会は少なかったからだと考えられよう。☆15

図２－１——「ホウレンソウ」『タクイヌム・サニターティス（健康全書）』（Codex Vindobonensis Series Nova 2644, 27r）14 世紀末　オーストリア国立図書館

Libro Primo de gli habiti d'Italia. 27

Delle Contadine del territorio Romano.

NE i villaggi, & Castelli di Roma, & in tutti i luoghi soggetti a' Signori, & Baroni Romani la maggior parte delle donne portano una veste di panno turchino, ò uerde, lunga fino sopra i piedi, listata con una lista di uelluto attorno, & con busti scollati, che lasciano il collo nudo, i quali busti ornandoli di alcune brocche di argento allacciano alquanto larghi. Si cingono vn grembiale di tela di lino con frange da' piedi, & si calzano vna certa sorte di scarpe simili alli stiualetti, ò mezzi bolzacchini, che si allacciano con le stringhe di dentro delle gambe. In testa portano vn panno di lino riuolto in dietro.

Rusticæ Romanos agros incolentes.

OMnes ferè mulieres uillas, Romanosq; agros incolentes panneacea ueste cerulea, seu uiridi ad talos usque deiecta, & lacinia hæteromalla circũdata vestiuntur, cuius thorax quibusdam argenteis bullis ornatus ita est excisus, laxèq; adligatus, ut collum denudatum aspiciatur: castulæ sunt laciniatæ, & linææ, calceos à tergo armatis ligulis adstrictos, ad semicothurni similitudinem gerunt. caput lineo panniculo, ac circunlaciniato obducunt. Hæ, cum sponsæ sunt, purpureas atque sericas manicas gestant.

D 3

図2-2——「ローマの農婦」チェーザレ・ヴェチェッリオ『古今東西の服装』第二版（26v-27r）一五九八年　ヴェネツィア、マルチャーナ図書館［Photo © Biblioteca Nazionale Marciana］
右ページの解説によれば、「ローマの農村や城下町の農婦は、おおむねトゥルキーノか緑の服を着る。それは踝の上までの長さで、ヴィロードの縁取りがあり、襟はなく、頸をあらわにするものである」。

図2-3——大青（アダム・ロニツァー『薬草図鑑』、フランクフルト、一五五七年）

笑話のなかの青衣

したがって青は、けっして忌み色ではない。ただ、この色は赤に比べると、たしかに庶民的なもの、大衆的なものを連想させやすいのである。

一四世紀から一五世紀にかけてのイタリアの韻文および散文作品において、青を着る人物がけっして多いと言えないのは、作家たちの頭の中に、このような実社会における青の価値の低さが強く染みついてしまっているためであろう。それでもその青衣のイメージを逆手にとって、物語の展開にうまく利用しているケースもある。たとえば『デカメロン』の第八日第二話には、ヴァルルンゴの司祭が農婦ベルコローレに関係を迫り、彼女がその代償にせしめた五リラの抵当として、自分の「ズビアダートのタバッロ（前開きの外衣）」（tabarro di sbiavato）を置いていくという場面がある（図2-4）。このタバッロにそれだけの価値があるのかと怪しむベルコローレを、司祭は「これはドゥアージョ産の生地だから」と巧みに言いくるめる。ドゥアージョ（duagio）、すなわちフランドルのドゥエー産の織物は、ペゴロッティの『商業指南』にも取引記録が見える高級品であるが[☆16]、当の司祭はこれを古着屋から購入しており、その出所ははなはだ疑わしい。まして色は『絹織物製作に関する論』で最低額の染色費であった「ズビアダート」である。ランドゥッチの妻の花嫁衣裳のリストですでに見たとおり、これはくすんで褪せた感じのする青を指す言葉であるが、ピエロ・グァルドゥッチが調査したシエナの染物師ランドッチョ・ディ・チェッコ・ドルソの遺した一三七八年の覚書によれば、羊毛一リッブラを青（azurina）に染める費用は五ソルド一一デナーロ、空色（cilestra）の場合は三ソルド三デナーロ、ズビアダート（sbiadata）は二ソルド三デナーロであるから、問題のタバッロはどうもさほど高価な品ではなさそうである[☆17]。さてこの吝嗇司祭は、いざ女を手に入れてしまうと、彼女に金を与えるのが惜しくなり、なんとかただでタバッロをとりかえそうと躍起になるのだが、彼がこだわるこの冴えない色の外衣が、持ち主の印象をいっそう鄙びたものにさせ、読者の笑いを誘うのである。

図2-4――『デカメロン』フランス語写本（ms. Fr.239, 213v）一四三〇年頃
パリ　フランス国立図書館［Photo © Bibliothèque nationale de France］
画面左では、ベルコローレと司祭が抱擁している。そして右では、ベルコローレが借金のかたにとった司祭の青いタバッロを、彼の下男に返そうとしている。

またサッケッティの『三百話』中のガッバーデオ・ダ・プラートの物語（第一五五話）も注目すべきである。フィレンツェで医者が一人亡くなったため、藪医者ガッバーデオはその後がまを狙って開業しようともくろむが、服を新調する必要にせまられた。彼の妻もさすがに夫の服を恥じ——実際、その一張羅の裏打ちに使われている白栗鼠の毛皮は、元の獣の種類が判別しかねるほどに毛の抜けたしろものであった——て、「わたしの空色の長上衣（guarnacca celestra）についてる白栗鼠の毛皮の縁取り（un orlo di vaio）を［あんたの服に］つけたげるわ」と提案する。このように毛皮をくりかえして使おうという思いつきも、この夫婦の日頃の暮らしぶりをすでによく物語っているが、さらに医者の妻の晴れ着の色が青系であるというのは、当時の読者には少々奇異に感じられたにちがいない。それというのも、前章で見てきたように、上層階級の一員で貴族とも並び称される医者やその家族は、本来ならば主として高価な赤い織物でできた服を身につけるものであり、安い青を着ることは、彼らにとってけっして名誉なことではなかったはずだからである。つまり夫婦ともに医者という身分にふさわしからざる恰好をしているところに、この話の可笑しさがある。

したがって中世末期の笑話における青い服は、それをまとう人物たちの身分の卑しさ、あるいは金銭的な貧しさを読者に知らしめる記号的役割を果たしているといえる。そしてその青衣のもつ大衆性や庶民性が、時として読者から笑いを引きだす重要な要素となりうるのである。

「高尚なる思索」

このように、イタリアの青は、一般庶民を象徴する色である。それゆえにこの色を肯定的にとらえようという動きは、少なくとも一四世紀以前には見られなかった。その証拠にダンテやボッカッチョの寓意文学作品を見わたしてみても、青と徳が結びつけられる——すなわち擬人化された徳が青を着る——という例は皆無である。つまり青は徳ときわめて縁遠い関係にあったといえよう。

ところが一六世紀に入り、芸術理論に対する関心の高まりにともなって書かれた数々の色彩論からは、すでに見てきたような従来の青に対する人びとの意識とはやや異なるものが感じとれる。たとえばイタリア語で書かれた最初の色彩論であるフルヴィオ・ペッレグリーノ・モラートの『色彩と草花の意味について』（一五三五年）は、ペトラルキズモの詩人セラフィーノ・アクィラーノ（一四六六―一五〇〇年）のソネットを冒頭におき、各詩句に対するコメントというかたちで論を進めている。

緑（Verde）は無に帰し、
見よ、赤（Rosso）は確たるところ少なくして、
黒（Nero）は狂気の想ひにみち、
白（Bianco）は欲と断たれし願ひとをやどす。

黄（Giallo）は、新たなる希望《のぞみ》もち、
タンニン色（Taneto）は、己のうちに愚昧を隠し、
モレッロ[☆18]（Morel）こそ愛もて死を乗り越え、
ベッレッティーノ[☆19]（Berettin）をまとふ者、世をあざむくなり。

肌色（Incarnato）は愛の想ひをいだき、
混色（Mischio）は、頭の可笑《おか》しきことあらはし、
トゥルキーノ（Torchino）は、高尚なる思索をもつ。

信仰をやどす者、また権威ある者、みな金（oro）をまとひ、
銀（Argentino）は、欺かるゝことをあらはし、
黄緑（Verde Gial）には、希望すくなしと見えたり。[☆20]

このうち「トゥルキーノは、高尚なる思索をもつ」（Il Torchino hà il pensier molto eleuato）という詩句について、モラートは次のような註釈を加えている。

なにゆえにこの色が嫉妬を意味すると考える者が多いのか、わたしは知らない。わたしにとってきわめて明白なのは、処女《おとめ》らの女神が息子の死にさいしてまでもこの色を身につけていたということである。そして使徒、あらゆる聖職者はこの色を着ることを命じられた。聖グレゴリウスはいわゆる十字架持ちの司祭たちに対して、この色で装うようにとしばしば命じたという。[☆21]……

トゥルキーノ、すでに述べたように、「トルコ石」に由来する青をあらわす言葉である。ここではこの色を身につける者として「処女らの女神」（la Dea delle vergini）――すなわち聖母マリア、使徒、聖職者が挙げられ、この色がキリスト教に深く関わるものであることが明確に示されている。

このあとモラートはさらに古代へと話題を移す。

……エステル記の第一章に述べられているように、アハシュエロス王はその気高い思索を示すべく、この色で部屋という部屋を蔽いつくした。ペルシウスは最初の諷刺詩においてこの色が重要なものごとを冀《こいねが》う人びとのものであることを示している。そこではIanthina色の服について述べられているが、その色はIacinthinoとも呼

ばれる。したがって天上の奥義を観想し、そして重要なものごとを冀う者は、この色をまとうにふさわしい。[☆22]

トゥルキーノに関しては、リナルディやドルチェも、モラートとほぼ同様の論説を展開しており、いずれもこれが「高尚な思索」(pensiero elevato)を表わす色であると断言している。[☆23] さらにリーパも、〈知恵〉(Sapienza)の擬人像を「トゥルキーノの服を着た若い女」と定義しており[☆24](図2 - 5)、ここにおいてこの色は人間の思考や叡智と分かちがたく結びつけられることになるのである。

これはたしかに前世紀までは存在しなかったシンボリズムであるが、いったいどこからきたものなのだろうか。モラートの論を追っていくと、彼はまずトゥルキーノが、青色サファイアを指すラテン語 hyacinthinus に相当するとみなしている。その上で「エステル記」第一章六節に見られる、アハシュエロス王(クセルクセス)が国の民のために設けた酒宴において「ヒュアキントス色(hyacinthina)の帷」を用いたという記述や、紀元一世紀の詩人ペルシウスの『諷刺詩』第一歌中の、「ヒュアキントス色の外套」(hyacinthina laena)をまとって低俗な詩を好んで朗唱する輩がいる(v. 32)という一節を、トゥルキーノを思索の色とする考え方の根拠としている。しかし「エステル記」にしてもペルシウスにしても、ヒュアキントス色が思索と関わるとは明言しておらず、とくに後者に関してはモラートは明らかに誤解しているので、彼の論の運び方にはいささか強引すぎるものが感じられる。

一方リナルディはその書の冒頭に置いたソネットの一節「トゥルキーノはひとの気高き思索をあらわす」(L'alto pensier altrui il Torchin dimostra)について、モラートとはやや異なる解釈を下している。

トゥルキーノは、見かけの上では空の色を表わすがゆえに、いわゆる空色(celeste)である。神の子、われらが救い主キリストの母は、かかる悲哀の世をこの色をまとって彷徨われたという。もしその理由を尋ねる者があれば、わたしは次のようにお答えしよう。それはその魂、あるいはかのおん方の想いがつねに天の父なる神の御業に揺るぎなく向けられ、われわれが現世《うつしよ》にてありがたがる地位、王位、富、名誉を蔑み、ただひとえに天の高み、生きとし生けるものの師のもとへと上げられることのみを心に掛け、至高なるものへと想いを馳せ、この上なき神の美を切望したからであると[☆25]……。

つまりこちらではトゥルキーノが思索の色とみなされる根拠を、聖母マリアの着衣に見いだそうとしている。たしかに美術の領域においては、中世末期の絵画技法を詳細に伝えるチェンニーノ・チェンニーニのマニュアル（一四〇〇年頃）からも読みとれるとおり、聖母の着る青、そしてそれをつくるウルトラマリン（azzurro oltremarino）というラピスラズリから採る高価な顔料に、古くから格別な敬意が払われてきた[☆26]。そもそも聖母のマントの色は、パトゥローも述べていたとおり、息子の死を悼む気持を表わす暗色から青に定着したが、神の観想に生きる聖母のイメージが、絵のなかで彼女のまとう色の象徴性にもプラスに作用したであろうことは容易に想像できる。

ともあれいずれの色彩論も、これまでどちらかと言えば負のイメージで捉えられがちであった青という色相を積極的に評価しようとしている点が注目される。このような色彩観の変化を引き起こした要因としては、まず第一に青の染色技術そのものの進歩が考えられる。一四九八年にヴァスコ・ダ・ガマによってインドへの直接航路が発見され、大航海時代が到来すると、インドからヨーロッパに大量のインド藍（学名 *Indigofera tinctoria*）がもたらされた。マメ科コマツナギ属の植物インド藍は、すでに古代エジプトにおいて染料の採れる植物として知られており、プリニウスも「インドより来たる」ものと書き記しているが[☆27]（『博物誌』XXXV, 46）、中世までは布を染めるのにはあまり用いられず、絵画の顔料としての使用が中心であった。ところが一六世紀以降になると、大青と同じくらいの早さで、低価格かつはるかに鮮やかに染められるというので、広く普及した[☆28]。実際インド藍は一五世紀の『絹織物製作に関する論』ではまったく触れられておらず、コモ手稿でも予染段階で用いられる染料としてしか言及されていないのに[☆29]、一六世紀の『プリクト』では青や緑の染料として大青よりも頻繁に記載されている[☆30]。こうしてできた美し

図2・5——〈知恵〉リーパ『イコノロジーア』一六〇三年第三版
説明には、「夜の闇に佇むトゥルキーノの服を着た若い女。油の満ちたランプに火を灯して右手で掲げ、左手には聖書を抱えている」とある。

い青い布が市場に多く出回るようになったことは、青という色が見直されるきっかけを与えたと想像されよう。

さらに隣国フランスにおける青の「昇格」も、イタリア人の色彩観にまったく影響を及ぼさなかったとは思われない。フランスでは一三世紀以来、紋章や芸術作品に青が積極的に用いられてきたことは、先にパストゥローの説によって見たとおりであるが、『色彩の紋章』第一部においても、いまや王家の紋章の地色として定着した青（azur）に非常に高い評価が与えられている。

これ（青）は空、そして四元素のうち、火に次いで高貴な空気をあらわす。というのもそれ自体もっとも純粋で透過性があり、光の影響を受けやすいからである。この光なくして生きものは命を保つことができない。そしてその色は高価な宝石であるサファイアに喩えられ、徳としては誠実、気質としては多血質を表わす。[☆31]……フランスの紋章において金の百合が配されるのが、天の静謐ともいうべき青、あるいはサファイアの色の地であるのはなにゆえであるかを問いたい。一言でいうならば、この色はさまざまな理由からキリスト者たる王にきわめてふさわしかった。その第一の理由は、キリスト者たるフランス王は、いわば主イエス・キリストの花嫁たる教会の付き添いであり、その役目は神の誉れを伝えひろめ、キリスト教の栄光をほめ称えることだからである。その威厳のしるしが明るい晴れわたった空に似ているのは、王のなかの王、主のなかの主なる神の子の盾にさまざまに光り輝く星を鏤めた空が描かれているのと同じく、まことにふさわしきことである。[☆32]

曰く、大絶賛である。このあとシシルは「高価な宝石」サファイアの功徳に論の中心を移し、これが「快く、美しく、歓びにみちた宝石であ」って、「王の掌中にもっともふさわしく、天にも比すべきであり、その徳によって他のすべてのものを圧してしまう」と讃えている。[☆33]

先に述べたように、『色彩の紋章』は一五六五年にヴェネツィアでイタリア語版が出されているが、翻訳にあたったジュゼッペ・デリ・オロロージは、序言において「多くの者が色をごた混ぜにし、［いいかげんに］仕着せ（liuree）をつくっている」現状を憂えてこの書をイタリア語に移し替える必要を感じたのだと説明している。[☆34] しかし当時のイタリアでは、アントニオ・テレージオのラテン語による色彩論（一五二八年）、モラート、リナルディの書がすでに流布していた。にもかかわらず、オロロージがシシルの伊訳に踏み切った背景には、フランス人の色彩感覚をイタリア人とは別個のものとして尊重する風潮が存在したからではないだろうか。

そしてこの伊訳が出る以前にも、『色彩の紋章』の内容、あるいはそこで論じられているフランスの色彩観が、イタリアの知識人の間ではかなりよく知れわたっていたことをうかがわせる形跡がある。たとえばシシルの書の第二部では青（bleu）について「嫉妬（jalousie）を表わすという者もいる」と説明されているが、[☆35] セラフィーノ・アクィラーノも別のソネットにおいて「トゥルキーノは嫉妬」（v.2）と詠い、[☆36] またマリオ・エクイーコラの恋愛論『愛の性質に関する書』（一五二五年）にも「フランス人は……空色（colore celeste）を嫉妬（gelosia）の色とみなす」という一節がある。[☆37] さらにモラートやドルチェも、理由は定かでないと述べつつも、トゥルキーノが嫉妬を意味すると考えられるケースがあることを伝えている。[☆38] つまりモラートらはフランス人の色彩観を全面的に受け入れているわけではないが、けっして無視できないものとして紹介しているのである。

さらにシシルは「青《ブルー》、あるいはペールは、若い娘が帯や紐の色に使い、また村人は好んでこの色の帽子、長衣、胴着、靴下を身につける。イギリス人はこの色をよく仕着せに用いる」と述べ、[☆39] 青が農民や、当時のヨーロッパでは田舎者の範疇にあったイギリス人が着るものであることを伝える一方、次のような定義をも提示している。

> 青《ブルー》は男が身につければ知識（science）を、女がつければ礼儀正しさ（courtoysie）を表わす。子どもがつければ鋭い才知（engin subtil）を、小旗につければ戦時における裁量（discrétion de bataille）を示す。[☆40]

先の定義とはうって変わって、ここでは青を身につけることが、頭脳の明晰さのあらわれであるとされている。シシルはその根拠までは明らかにしていないが、ここで思いだされるのがモラート、リナルディ、ドルチェらも、トゥルキーノを「高尚な思索」の色と述べていたことである。先に示したリナルディの論からも察せられるとおり、おおむねイタリア人は、天空の色であるトゥルキーノは、天上という、より高い次元にある事象と結びつくものであるからと説明している。しかし一五世紀半ば以前のイタリアでこのようなシンボリズムが一般化していた形跡がなく、また学者や教師といった知的活動に従事する人間が青を着たという歴史もない以上、青を「思索」と結びつける思想は外来のものではないかと想像されるのである。一六世紀前半のイタリア服飾には、フランス、スペイン、ドイツなど周辺諸国の流行をとりいれたものが少なからず見受けられたばかりか、「宮廷人たる者にふさわしい衣裳、祝祭、祝宴、武装、その他あらゆる物事におけるイタリア人の長所は、すべてフランス人から学びとったものである」という極端なフランス至上主義的な考え方まであったことをカスティリオーネは伝えている。[☆41]とすれば、モードと連動する色彩観も、フランスのそれに影響を受けた可能性があるということは十分に考えられよう。

曖昧な青の概念

このようにイタリアにおける青は、色彩論から汲みとれるかぎりでは、一六世紀以降、たしかに「昇格」しているように思える。

しかし、青は単に「軽んじられることはなくなった」だけなのかもしれない。一六世紀にはラファエッロ、ブロンヅィーノ、ティツィアーノ、その他優れた画家によって数多くの王侯貴顕の肖像画がつくられているが、そこに描きだされた男女いずれも、青で装うことはきわめて稀で、多くの場合、赤、あるいは黒を身につけている。とくにヴェネツィア派による男性肖像画には黒衣が顕著に見られる。

また一六世紀に複数書かれた女性論のひとつ、アレッサンドロ・ピッコローミニの『女性の良き作法についての対話』(一五四〇年)には、当時の女性が身につけるのにふさわしいとされた色に関する興味深い一節がある。

……たとえば、目も鮮やかな色白の肌をした女性の場合を考えてみましょう。その場合、白を除いて、緑や黄色や玉虫色(cangianti)といった明るい色は控えるべきです。また青白い肌の女性はほとんどいつも黒を身につけています。赤ら顔の女性はいつものぼせあがったように見えるのですが、濃い黄褐色(leonato scuro)や灰色を身につけています。

赤は一般的に好ましくなく、どんな肌色の女性にも似合いません。反対に白はたいてい誰にでも似合います。というのも白は若さの特権の色だからですよ。[☆42]……

前世紀まではもっとも美しい色とされてきた赤が否定されていることもさりながら、青については完全に無視されており、身につけるべき色として良いとも悪いとも言っていない。つまりこの時代に至っても、青は着衣においては「不在の色」なのである。そのことは一六世紀末のヴェチェッリオによる服飾解説書において、青い服を着た人物が非常に少なかったということからもうかがい知れる。

また当時の人びとの青の認識力そのものにもおおいに問題がある。『絹織物製作に関する論』の著者の言葉に象徴的に示されるとおり、概して中世・ルネサンス期のイタリア人は、「ラピスラズリ」を意味するペルシャ語に由来する azzurro という色名を避ける。そのかわり、青を表わす言葉としては語源的に最も古い celeste(ラテン語で空を意味する caelestis 起源)、そして turchino が多く使われる。しかしこれらの青の色調の違いとなると、それを正確につかむことはほとんど不可能に近い。というのは、それらの使い分け方が、人によってまちまちだからである。たとえばすでに見たとおり、モラートは turchino をラテン語の hyacinthinus にあたると述べ、リナルディはこれを celeste と完全に同一視していた。またオロロージはシシルの翻訳にあたって、azur は同語源である azzurro、pers は perso に置き換えているが、bleu に関しては、当時この色にあたる適切な言葉がイタリア語になかったために[43]、時として turchino、別の箇所では azzurro をあてるなど、訳語の統一性を欠いている。現代イタリア語では、色調の濃い順に turchino、azzurro、celeste となるが、この定義が一六世紀までのイタリアにおいてもあてはまるとは言い切れないのである。『プリクト』も、絹を turchino に染めるには「インド藍の花」(fior de endego) の染料を用い、一方 azzurro に染めるには菫色染料であるオリチェッロに浸け、さらに「インド藍の花」の染色液にも浸けるように指示しているだけで、当時の実際の色調を知る手がかりは何も与えていない[44]。中世以来、赤に関しては並外れた識別力をもち、多くの色名を適材適所に使いこなしていたイタリア人であるが、その一方で長年軽視してきた青については、赤に匹敵するほどたくさんの色名が存在するにもかかわらず、いまだ確固たる概念を形成していないように感じられる。

パストゥローは、ドイツとイタリアでは赤のモードの勢力がきわめて強かったために、青のモードの受容がフランスよりもやや遅れたことを認めている。しかし一三世紀から一四世紀にかけてのフィレンツェにおいて、高級な青系の毛織物が少なからずとりひきされていることから[45]、フィレンツェでは、ミラノ、ジェノヴァ、ヴェネツィアよりも早く、王侯貴族のあいだで青が流行色となり、最終的に青がヨーロッパ全域を凌駕するに至ったと断言している[46]。

しかし、たとえ数量的に青い毛織物や衣類の需要が増えたとしても、それは青の真の勝利を意味するものではない。イタリアでは、一五世紀に入っても教皇は相変わらずケルメス染めの赤をまとい、上層階級に好んで着られたのもやはり赤であった。つまりここでたしかに言えるのは、パストゥローが「青の革命」と呼んだような劇的なものは、イタリアには訪れなかったということである。一六世紀の色彩論の中に一定の座を占め、一応の評価が与えられるようになっても、赤のようにはけっして手放しで讃えられることはない。また青が人びとに進んで迎え入れられる——着衣の色として称揚される——こともついぞなかった。イタリアにおける青は、どこまでも影が薄く、そして「口を閉ざしておくべき」色でしかなかったのである。

第3章　「異端の色」か「希望の色」か　黄

忌まれる黄

黒い縁なし帽をかぶる恩恵に浴したユダヤ人の医者がいる。すなわちラザロ師、カロ師、……師、そしてモイゼ師である。彼（モイゼ）は占星術師であるので、他の者と同様、終生黄色い縁なし帽をかぶるのがふさわしい。☆1

ヴェネツィアに生き、一四九六年から一五三三年まで、同市における公私の生活、そしてイタリアと周辺諸国の主要な事件をつぶさに書き綴ったことで知られるマリン・サヌードの『日記』一五一七年三月一一日の記事である。先にわれわれは、一四世紀から一五世紀の医者が好んで赤い服や帽子を着用したという次第を見てきたばかりである。しかしここからは、一六世紀のヴェネツィアの医者は概して「黒い縁なし帽」（bareta negra）をかぶるのに、同じ医者でもユダヤ人である場合は、特別な恩恵（gratia）を受けた者を除いては、通常「黄色い縁なし帽」（bareta zala）をかぶらねばならないという風習を読みとることができる。

一般の医者が黒い帽子や服を身につけるようになる経緯は次章に譲るとして、なぜこのモイゼなる占星術師は、「終生黄色い縁なし帽をかぶるのがふさわしい」と言われてしまったのだろうか。その理由は至極簡単である。中世以来、黄色はまず何よりも「ユダヤ人の色」として認識されてきた。すなわち一二一五年のラテラーノ公会議以後、ヨーロッパ各国は共通してユダヤ人に黄色の「しるし」（多くの場合、フェルトなどの布でできた直径五センチ程度のマーク）を身につけることを義務づけた。それは正当なるキリスト教徒が誤ってユダヤ人と通じるのを防ぐべく、服装によって容易に見分けられるようにするためだったのである。[☆2] この差別的な悪習はルネサンス期に至っても根強く残る。たとえば先のサヌードの『日記』は、「ユダヤ人の恰好をして黄色い縁なし帽をかぶった」フランス人の間諜がヴェネツィアで逮捕されたこと[☆3]（一五〇九年六月二一日の記事）、さらにアンセルモ・ダル・バンコというユダヤ人の息子が黒い頭巾（**scufia negra**）をかぶり、やはり黄色い縁なし帽を手に持った姿で逮捕された次第[☆4]（一五二五年七月二〇日の記事）をも伝えている。

そしてたとえ「黄色い縁なし帽」をかぶらなくてもよいという恩恵にあずかった者でも、それで終生安泰というわけではない。事実、冒頭の引用に見えるラザロ師他は、わずか二カ月後の同年五月二五日には、重い刑罰を受けて「総督《ドージェ》風の服と絹の帽子の垂れ」をつける権利を剝奪されてしまうのだから。[☆5]

このような事情から、一般市民が黄色を着るということは、通常ではまず考えられなかった。その証拠に、プッチ家の衣裳目録にもランドゥッチの妻の婚礼衣裳一覧にも、レオナルドの衣裳リストにもまったく見られなかった色名が、このgialloである。また他の文献類においても、黄色の服や装飾品を見るのはきわめて稀であり、青以上に「不在」である。そしてその稀な例には、つねに芳しからざる評判がつきまとう。

くだんの一三二六年一二月、公爵（カラブリア公カルロ）は、フィレンツェの婦人等が、かれの妻たる公爵夫人に対してなした嘆願について、くだんの婦人等に、黄と白の絹の太い組み紐という好ましからざる破廉恥な飾りをおみとめになった。それは顔の前に編み毛のかわりに垂らすものであった。この飾りはかつてフィレンツェ人の間では評判がいたって悪く、破廉恥かつ不自然だという理由で、先の婦人等には禁じられ、あとで述べるように、これやその他のふしだらな飾りに対する条項がつくられたものであった。しかし斯くの如くして、女

どものふしだらな好みは、男の理性と分別にうち勝つものなのである。☆6

ジョヴァンニ・ヴィッラーニは、その『年代記』のなかでたびたび女性の華美な服装やそれに対して政府が出した奢侈禁止令について触れているが、右に掲げたものもそのひとつである。ここでは当時のフィレンツェ女性の間で流行した髪飾りの一種が問題となっているが、このような装飾品自体はさして珍しいものではない。それではこの紐の何がジョヴァンニをして「破廉恥な」(disonesto)だの「ふしだらな」(disordinato)だのと言わしめたかというと、顔の前にぶら下げるという滑稽さもさりながら、黄色が用いられていたことが関係していた可能性も否定できないだろう。なぜならば周辺諸国を見渡してみると、黄色に「ふしだらさ」を見る歴史はさらに古く、女性のモードにうるさいことで有名な一三世紀ドイツのフランチェスコ会士ベルトルト・フォン・レーゲンスブルクも、説教のなかでたびたび「黄色いゲベンデ(顎の下まですっぽりと蔽うヴェール)」(gelwen gebende)を蓮っ葉な婦人の着けるものだとして槍玉に挙げているからである。☆7

その「ふしだらさ」の目印として、とくに黄色を課されたのが娼婦である。見た目ではユダヤ人が一般のキリスト教徒と区別がつきにくかったように、娼婦もまた、堅気な婦人とは見分けがつかないことのほうが多かった。フィレンツェ大公コジモ一世は、一五四六年に公布した法令において、娼婦は黄色のヴェール、少なくとも指一本の幅以上の黄色のリボンを、誰からもはっきり見えるように身につけることを義務づけさせ、こうして一般人と「ふしだらな婦人」が誤っておつきあいする危険を回避させようとしたのである。☆8 ピッコローミニが「色白の肌をした女性」は「白を除いて、緑や黄色や玉虫色といった明るい色は控えるべきです」と忠告していたのも、黄色は淑女にはふさわしからずとする世間一般の風潮があったからだと考えられよう。

以上のように、黄色は社会から最も排斥された者に強いられたという事情があったために、象徴体系においても、この色は多くの場合、負の価値を担わされている。これについてもわれわれは、まずパストゥローの言説に耳を傾けねばならないであろう。彼は一九八三年に発表した黄と緑の組みあわせについての論考において、アーサー王物語に登場するきわめて気性の激しい騎士サグルモールや、イズーとの破滅の愛に生きたトリスタンの紋章が黄と緑であることから、この配色が「狂気」を意味すると述べている。そして実社会で例外的にこれらを身につけるのは宮廷の道化であり、このことは一四世紀から一五世紀にかけてのヨーロッパ全域のミニアチュール、衣類の購入記録、衣裳目録などから読みとれるという。こうして黄色は、狂気、不安、虚偽、敵意、裏切り、下劣など、人間の最も忌むべき精神状態を象徴することになる。しかしこの色にもやはり両義性があり、「金」(or)と同一視される場合にかぎり、富、高貴、信仰といった正の価値をもつことになる。☆9

実生活上の黄色の着用は卑しまれた特殊な階級にかぎられ、そのため人間が考えうるかぎりの劣悪なシンボリズム体系を形成してきた――これ以上、この色について何を語る必要があろうか。しかし『絹織物製作に関する論』、コモ手稿、『プリクト』を繙いてみると、giallo の染色法は、項目数こそやや少ないものの、他の色のそれとほぼ同等にとりあつかわれており、これほどまでに人びとに忌み嫌われてきたという歴史を感じさせない。それは黄色染色が、後述するように緑という別の色彩をつくる前段階の重要な一工程であって、マニュアルの著者がこれをよく書き留めておかねばならないと判断したからであると考えられるが、黄色そのものにも、まったく需要がなかったわけではないということをも意味している。そこで黄色染色のレシピ、その着用の実態、そしてこの色に対する当時の人びとの感情を、あらためて根底から捉えなおしてみる必要があるだろう。

姿を変えた黄

先述の染色マニュアル中に見られる giallo 染色のレシピによれば、その染料を得ることができるものとしてはモクセイソウ(guada)、ミズキの実(corniola)、ハグマノキ(scotano)、サフラン(zafferano)、ウコン(curcuma)等があり、赤や青の染料を得られるもの以上にその種類は多い。なかでもよく目にする名がモクセイソウとサフランであり、いずれもイタリア国内、あるいはスペインやフランスなど近隣諸国から容易に入手できる植物である。[☆10] モクセイソウは学名を Reseda luteola といい、茎の丈は二〇から一五〇センチ、四月から九月にかけて房状の花をつけるが、この時期に収穫した葉が染料となる（図3-1）。非常に堅牢だが、染めあがりがしばしばくすんだ色合いになるのが難点であり、より金に近い深みのある色調を望むなら、サフランに頼ることになる。こちらは学名 Crocus sativus、雌しべの赤い花柱と柱頭を乾燥させ、粉末状に挽いたものが染料として使われる[☆11]（図3-2）。サフランは柱頭一キロを得るのに一二万個の花を要するが、[☆12] 染色費はモクセイソウとさほど差がない。『絹織物製作に関する論』第四九章にある絹一リッブラあたりの価格一覧（三五—三六ページ参照）によれば、giallo の価格は赤、青、緑、黒のものよりもさらに安く、サフランで染めたものが一三ソルド、ハグマノキによるものが一二ソルドとなり、どちらも染色費としては最も安価な部類に入る色であることがわかる。

このように染色マニュアル中にはしばしば姿を見せる giallo も、衣裳目録となると、いかなる階級に属する人物のそれであろうと、まったくその名に出会うことはなくなってしまう。本当に「黄色の服」は存在しなかったのだろうか。

giallo は皆無なのではなく、単に姿を変えているだけなのかもしれない。たとえばプッチ家の財産目録には、pelo di lione という一風変わった色名があった。次男ピエロ一家の所持していた小さめのチョッパと、プッチョの息子バルトロメオのやや丈の短いゴンネッラの色であるが、その原義は「獅子の毛」である。メルケルによれば、その原義から判断して、これは lionato ——ライオンの毛並みに似た淡黄褐色、あるいは fulgere（輝く）というラテン語を起源とする fulvo と同義であるという。[☆13] また「タンニン色」や丁字色を意味する「ガロファナート」もしばしば衣裳目録中で目にする色名であるが、これらもやはりモクセイソウやハグマノキの染料を用いてつくられる黄系の色である。つまり「黄系の色の服」はわずかながらもたしかに存在したのだが、それを衣裳目録に giallo と記載する習慣はなかったのだと想像される。

図３‐１——モクセイソウ（C. Cennini, *Il libro dell'arte*, cit., fig.10）

図３‐２——サフラン（*Le piante coloranti*, p.131）

図3-3――〈栄光〉『愛の訓え』(ms. Barb. Lat. 4076, 85r)
一三一三―一八年頃　ヴァティカン図書館

図3-4――〈栄光〉『愛の訓え』(ms. Barb. Lat. 4077, 74r)
一三一三年頃　ヴァティカン図書館

そしてそれら黄系の色も、一括して芳しからざる色という扱いを受けたことには変わりがない。そのことは『絹織物製作に関する論』の著者がタンニン色の染め方を説明するにあたって、いきなり「タンニン色というのは気狂いじみた変な色（uno colore pazzo e strano）だ」と切りだしていることからも十分に感じとれよう（XXX）。

「金色」それとも「黄色」？

こうして実際の衣裳箱のなかでは価値が低く忌まれたこの色の服も、物語世界においては場合によって高く評価されることがある。

見よ、〔〈栄光〉の〕美しさ、そはいかに大いなるものか、
して、そのまなざしより
われらに注がれし
はなたれたる効力《ききめ》の大なるか。
この女《をんな》、草の上に坐し黙《もだ》して花を摘む。
そはかの女、前に見ゆる
愛らしく美しき鳥たちの
歌ごゑ聴くことを好みたればなり。

齢《よはひ》二五にして、
黄の衣まとひたりしが、
そはかの女の内なる慶《よろこ》びをしめす

あまたの切りこみあり。
この地は木と草に蔽はれ、
して、かの女は身のまはりに
小犬や森より連れ来《きた》る
おほくの愛らしき獣を侍らせたり。☆14

『愛の訓え』中の〈栄光〉(Gloria)の描写である。彼女がまとう「黄の」(gialletta)衣についての註解には、

「黄の衣まとひたりしが」(vestem citrinam habet)――それはよりすばらしく清らかな金色に喩えられる。つまりこの〈栄光〉は、その身のうちにいかなる虚飾ももたず、適度にかぎられた憩いだけがあるように、清らかにしてまた素朴でなければならないのである。☆15

giallo の語源は、実は galbus という、黄色とも緑色ともとれる色をあらわすラテン語であるが☆16、バルベリーノは自らの詩をラテン語訳するさいにこの言葉を使わず、citrinus という単語に置き換えている。citrinus は、citrus(レモン)を語源とする中世ラテン語で、いうなれば「レモン色」であるが、さらに註解においてはこの色が aureus(金色)に喩えられると述べている。この一節は、数ある中世・ルネサンス期イタリアの文学作品のなかで、黄色の服を肯定的にとらえた唯一の事例であるが、ここでの giallo は、おそらく韻律の関係上配することができなかった「金色」(oro)のかわりに用いられた言葉なのであり、それゆえに輝かしき「栄光」という徳と結びつきえたのである。バルベリーノがこの場面に付した二種類の挿絵(図3-3[カラー図版7]・4)のうち、とくに彩色の鮮やかな四〇七六番写本のほうは、緑と赤の鋸歯状模様のある黄色の服をよく示している。

このように「黄色」は、しばしば「金色」として扱われ、パストゥローも指摘していたとおり、このケースにかぎって正の価値を有する。たとえばシシルの書の第二部では、黄色（jaune）は「太陽に比せられ、金属においては金（or）に喩えられる」とはっきり述べられている。[17] また「黄色はいかにして身に着けられるべきか」（Comment se doibt porter le jaulne）と題する項目においては、

黄色は兵士、小姓、その他戦《いくさ》に携わったり宮廷に仕える人びとが、マントや胴着、靴下に好んで用いる色である。そしてこれはよく他の色と組みあわせて用いられる。王、王子、騎士らは黄色の金鍍金《めっき》をほどこした兜、鞍、拍車をつける。女性もまた黄色をした金の指輪をたくさんはめる。黄色は歓《よろこ》びのうちにある人びとにふさわしい色である。[18]

ここでも「黄色」と「金色」の同一視がみられる。さらに後のページに曰く、

黄色は男が身につければ歓喜（jouyssance）と富（richesse）を、女がつければ嫉妬（jalousie）を、子どもがつければ軽度の狂気（petites follies）を表わす。小旗や旗に用いられれば勝利への欲求（appétit de daingner）を、家においては富を表わす。[19]

太陽に比せられ、貴人の身を飾り、富を表わす――これらは『色彩の紋章』第一部では、金の徳目として述べられていたことである。そこでは「なにゆえにかくも高貴にして寛容、至高のキリスト者たるフランス王の紋章には、銀や他の金属や色でなく金の百合が配されているのであろうか」という問に対する九つの理由が延々と列挙されているが、[20] ここに挙げられている金の長所を黄色はすべて請け負ったのである。

図3－5――マザッチョ《貢の銭》(部分) 1425-28年頃
フィレンツェ サンタ・マリア・デル・カルミネ聖堂ブランカッチ礼拝堂

図3-6――マゾリーノ
《タビタの蘇生と跛者の治癒》（部分）
一四二五―二八年頃　フィレンツェ
サンタ・マリア・デル・カルミネ聖堂
ブランカッチ礼拝堂

図3-7――ジョット
《ユダの接吻》
一三〇三―〇五年
パドヴァ　スクロヴェーニ家礼拝堂

またシシルは金色を「信仰」（foy）の色と定義しており（一〇〇ページ参照）、『フィレンツェのニンフ譚』の女主人公、「信仰」の乙女リーアもまさしくこの色をまとっていたが（図1-18e）、聖ペトロが鍵や司教杖とともに持物《アトリビュート》として身につける金色に輝く黄色の服も、この意味を担っている。[☆21] たとえばフィレンツェのサンタ・マリア・デル・カルミネ聖堂ブランカッチ礼拝堂を飾る一連の聖ペトロ伝においては、マザッチョもマゾリーノも、ペトロにトゥニカの上から黄色のマントを羽織った姿をとらせている（図3-5・6）。

一方、同じキリストの弟子ユダも、伝統的に黄色をまとわされるが、こちらは「裏切り」の色である。ジョットの《ユダの接吻》（図3-7・カラー図版8）では、キリストをパリサイ人に売り渡すユダの黄色いマントが中央に大きく広がり、観る者に強烈な印象を与えているが、画面左、キリストを棍棒で殴りつけようとする大祭司マルコスの手下の耳を小刀で切り落とすペトロもまた、黄色をまとっている。ただ、ペトロの黄色はユダのそれよりも明らかに濃く深みがある。ジョッテスキの画家ジュスト・デ・メナブオイによってパドヴァのドゥオーモ洗礼堂に描かれた同主題の壁画でも、やはりユダの黄色はペトロに比べ薄い。ここには、キリストの「第一の弟子」と「裏切りの弟子」を、衣の色調によって区別しようとする画家の配慮が感じとれるのではないだろうか。[☆22]

古《いにしえ》の記憶

しかし黄色は、「金色」とみなされなければ、長所というべきものをまったくもたないのだろうか。黄色固有の徳というのは、存在しないのだろうか。

イタリア語で書かれた事実上最初の色彩論であるモラートの『色彩と草花の意味について』は、前章において見たように、冒頭にセラフィーノ・アクィラーノのソネットを置いている。古来、第一の色として不動の地位を築いてきた赤を否定し、赤に次いで人びとに好んで着られた緑をおとしめ、その一方で、従来あまり良い意味を与えられることのなかった青を「思索の色」とみなすその詩句は、一見、旧来の色彩観を根底から覆すものであるように感じられる。しかしセラフィーノは、けっして彼個人の思いつきでこの詩を書いたわけではない。たとえば第五章で詳述するように、「緑は無に帰し」という詩句が、現在でもよく使われる「一文無し」を意味する言い回し essere al verde に通ずるものであったり、「混色《ミスキオ》は、頭の可笑しきことあらはし」が、複数の色を一度に身につけることを極端に忌み嫌う中世以来の色の着こなしのルール[☆23]を反映したものであることからわかるように、ここには伝統的な色彩観とルネサンス期以降の新しいそれとが同居している。

そしてもっとも奇妙なのが、「黄は、新たなる希望《のぞみ》もち」（Il Giallo hà la speranza rinascente）という詩句である。これについてモラートは、まず「黄色は、ラテン語でわれわれがサフラン色（Croceo）と呼んでいるものにほかならない。そしてこれは炎の色（flammeo）でもあり、また俗にオレンジ色（ranzato）ともみなされる」と giallo の同義語を列挙している。このあたりは、アントニオ・テレージオがラテン語による色彩論『色彩について』（一五二八年）でおこなった用語定義と同様であるが[☆24]、次いで「アウロラ（暁）は一日の始めにあたって、かかる色で身を装う」と述べたあと、問題の詩句について次のような解釈を下している。

……アテナイ人がアウロラに希望を求めるのは故なきことではない。というのは、日が改まるにともなって彼女が誕生するときに、あらゆるものが生まれ変わるからである。われわれはすでに失われしものも新たに期待しはじめて、かかる色で装うことになる。[☆25]

モラートは、「マントヴァのホメロス」、すなわちウェルギリウスの作品にしばしば「サフラン色の」（croceus）衣をまとった暁の女神が登場することを引き合いに出している。実際はウェルギリウスは『アエネイス』において、

時にようやくサフランの、色する床を起き出でた、

ティトーノスのアウロラは、初光を放ち地を照らす（IV, 583-84［泉井久之助訳を一部改訳］）。

と詠い、アウロラの床が黄色だと言っているのだが、[26] ともあれこの女神と黄色との結びつきはさらにさかのぼることができる。すなわち、ホメロス以来 κροκόπεπλος（サフラン色のペプロス）は暁の女神エオスの着衣として定着しており、[27] ローマ神話のアウロラの衣もその流れを受けたものである。「アウロラ（暁）」にこの色がとくに結びつけられたのは、太陽、そして夜明け前の空の色からの連想であることは言うまでもない。そしてこの「アウロラ‐黄色」という繋がりゆえに、黄色は、日々の新たなる始まり、さらにその際に求められる「希望」と結びつくようになった――モラートはセラフィーノの詩句をこのように解釈したのである。

もっとも「希望」という徳には、古来、春の若草を想わせる緑が結びつくのが常であり、リーパの『イコノロジーア』においても、「希望」（Speranza）という見出しを掲げた八つの項目のうち四つまでが、この徳の擬人像を「緑の服を着た女性」（Donna vestita di verde）と定義しているが、一項目のみ「黄色をまとう女性」（Donna vestita di giraldo）としている。そしてその根拠は、

希望は黄色をまとっているが、これはアウロラの着る色である。そしてアテナイ人たちがアウロラに希望を求めるのは故なきことではない。日が改まるにともなって彼女が誕生するときに、あらゆるものが生まれ変わり、すでに失われてしまったものも新たに期待され始めるからである。[28]

すでにリーパは「アウロラ」の項目において、この女神が「黄色いマント」（manto giallo）をまとうと述べており、[29]「希望」の項目は、それを踏まえた内容になっている。そして最後の一行が若干異なることを除けば、リーパのこの記述は、先のモラートの一節をそっくりそのまま引用したものであることは明々白々である。

このようにセラフィーノ、そしてモラートは、giallo と oro を明確に区別し、シシルのように黄色の長所を金色のそれで代用するということはせず、古《いにしえ》の女神の着衣を根拠に、giallo を「新たに生まれいづる希望の色」としている。このような考え方は、後年書かれるリナルディやドルチェの書のいずれにも見られない、まったく特異なシンボリズムである。☆30

『色彩の紋章』第一部で、そのシンボリズムの根拠として引用されていたのは、主に聖書、『黄金伝説』、セヴィーリャのイシドルスやバルトロマエウス・アングリクスなどの百科全書的な作品であるのに対し、異教的作品はせいぜいプリニウスやウェルギリウス程度であった。片や一六世紀のモラートは、やはりウェルギリウスから最も頻繁に引用しているが、その他テレンティウス、ルクレティウス、ホラティウス、オウィディウスのような多種多様なラテン語作品に加え、ホメロス、プラトン、アリストテレスなどのギリシャ文学作品をも参照している。もっとも後者に関しては、ギリシャ語原文の引用がまったくみられないので、おそらくは一五世紀に人文主義者《ウマニスタ》たちによって相次いで出されたラテン語訳を用いたものと思われる。このことは一五世紀から一六世紀にかけてのイタリアで、いかに古典解釈がさかんにおこなわれ、それが哲学者や文学者のあいだに基礎知識として浸透していったかをよく物語っている。

キリスト教が絶対的に支配していた中世においては、黄色は「異端」や「邪悪」の目じるしとして機能し、衣服として身につけることは極力避けられ、そしてそのような事情はルネサンス期に至ってもなんら変わることがなかった。ところが古典に光があてられ、人びとがホメロスやウェルギリウスの作品に親しく接することができるようになったとき、「アウロラのサフラン色の衣」は見いだされたのである。このような黄色の使用は、この色に対して長く偏見を抱いていた当時のイタリア人にとって、非常に奇異に感じられたにちがいない。そしてこれを暁のもたらす「希望」と結びつけたのは、古代神話をキリスト教的な徳の理論で読み解こうという、いかにもルネサンス人の好みそうな強引な象徴解釈である。こうして古代の神々の「復活」は、書物というかぎられた空間においてではあるが、黄色の名誉回復に多少なりとも貢献したのである。

第4章　「死の色」から「高貴な色」へ　黒

黒の昇格

一六世紀前半、イタリア人の色彩観にひとつの重大な変化が起こる。「黒の昇格」である。

わたくしといたしましては、軽々しいものではなく、重厚で落ち着いたものを好みます。そこで思いますに、衣裳にもっとも優美さをあたえてくれる色は、黒を措いてほかにございません。さもなくば少なくとも暗い色であるほうがより好ましいかと存じます。もっともこれはあくまで普段着について言えることでして、鎧のうえに着けるのでしたら、もっと明るく陽気な色のほうがよいに決まっております。縁飾りなどがほどこされた絢爛豪華な衣裳にしても同じことです。また祭事の見世物や遊びごと、仮面舞踏会の場合も同様でして、そういった華やかな色彩が武芸や遊びごとにふさわしい活発で陽気な雰囲気を醸しだしてくれるのです。しかしこういった場合を除いては、スペイン流の落ち着きを示されるのがよろしいかと思われます。と言いますのは、まことに外見は内面をよく表わすものでございますゆえ。☆1

カスティリオーネが『宮廷人』においてジェノヴァの貴族フェデリーコ・フレゴーゾに語らせている右の台詞は、

イタリアにおける黒の流行の開始を告げるものとして研究者らの注目を集めてきた。また同じく一五二〇年代に書かれたエクイーコラの『愛の性質に関する書』にも、「もっとも高貴な色は、黒、タンニン色、そしてパオナッツォである。またイタリアの別の地域ではモレッロ（morello）がよいとされる」との記述がみられる。[☆2]モレッロとは、moro（黒ずんだ）の縮小辞であるが、チェンニーニはこれを濃赤紫色のパオナッツォと完全に同一視しているし（『絵画術の書』第七六章）、またロゼッティの書にも「絹をグラーナ、あるいはアカネでモレッロに染めるには」という項目が見えることから、[☆3]かなり濃いめの赤系の色であると想像される。ともあれ、エクイーコラは、黒をはじめとする暗色を高く評価していることがわかる。

この黒の好尚の発端について、ピセツキーは二つの説を提示している。ひとつはカスティリオーネ自身が間接的に述べているように、「落ち着き」（riposo）をそなえた暗色系のモードは、スペインからもたらされたとする説である。スペイン・ハプスブルク家のカルロス一世は神聖ローマ皇帝位をフランスのフランソワ一世と争って勝利し、カール五世として即位する（一五一九年）。飛ぶ鳥を落とす勢いの帝はオーストリア、ネーデルラント、そしてイタリアにまで触手を伸ばした。すでにナポリやシチリアは一五世紀末からスペインの支配下にあったが、一五二五年にはついに北のミラノも陥落した。このような状況のもと、モード面でもスペイン風が幅をきかせるようになったというわけである。ラファエッロ描くところのカスティリオーネも、彼の代弁者フェデリーコの言葉そのままに、黒衣に身をつつんでいる（図4-1）。

いまひとつは、流行の起源をヴェネツィアに求める説である。ヴェネツィア派の巨匠ティツィアーノが、《手袋を持つ男》（図4-2）、《男の肖像》（一五一五—二〇年頃、ウィーン、美術史美術館）、《ジローラモ・アドルノ（?）の肖像》（一五二〇—二二年頃、パリ、ルーヴル美術館）など、数多くの黒衣の男性肖像画を残していることからも明らかなように、黒い長上衣や帽子（bareta）はこの都市の市民服であり、[☆4]これがイタリア全土に波及したというのである。[☆5]

パストゥローはこれらとはやや異なる説を提示している。彼によれば、黒の流行はもっと早く、すなわち一三五〇年から六〇年にかけて、イタリアの貴族や富裕商人層を中心に始まり、一四世紀末以降は、ミラノ公、サヴォイア伯、マントヴァ、フェッラーラ、リミニ、ウルビーノの各宮廷諸侯の衣裳目録に、黒衣の記載が多く見られるようになるという。このモードは、その後数十年でヨーロッパ全体に広まった。そして当時、市民に過剰な出費を抑えさせ、慎みや徳といったキリスト教的なモラルを保持させるために綱紀粛正だの奢侈禁止令だのが濫発されたこと、さらに染物屋がこれまでになかったような光沢のある美しい黒をつくりだせるようになったこと、これらすべての要因が結びつき、ブルゴーニュ宮廷に最初の本格的な黒のモードが生まれる。その後、これが体系化された他の礼儀作法とともにスペイン宮廷に伝えられ、一六世紀に入ると、奢侈や流行を極端に忌みきらうルターやカルヴァンらプロテスタントの厳しい「色彩破壊運動」(chromoclasme) と合流したのだという。☆6 つまりここに見られるのは、庶民に贅沢をさせまいとする為政者側の思惑と染色技術の進歩の融合、そしてカトリックとプロテスタントの黒の概念の結託である。

このパストゥローの説は、一六世紀の全ヨーロッパ的な黒のモードの胎動を、一四世紀のペスト大流行直後のイタリアに見いだしているという点でまことに興味深いが、残念ながらその根拠となる古文書のデータを欠いている。それにヴェネツィアでは、疫病がもっとも猛威をふるった一三四八年の八月六日に、市民に「悲嘆と悲痛の感情を呼び起こさせるゆえ」(inducunt afflictionem et merrorem)、黒衣は濃い緑や青の服と共に禁止されているので、☆7 長年積み重ねられてきたこの色に対する負のイメージが、わずか数年で貴族階級に進んで着られるほどに正に転じたとは、どうしても考えにくいのである。

しかし、ルネサンス期に黒の染色技術が格段に進歩したのは事実である。たとえば『絹織物製作に関する論』で黒の染め方が述べられているのは、一連の染色法解説の終盤にある第三二章のみであるのに対し、コモ手稿では冒頭の一〇章が黒にあてられ、さらに『プリクト』では、冒頭からの約五〇項目に黒の染色論が集中している。とくに第二六項目から第三三項目には、いずれも「最も美しい黒」(Negro bellissimo) という標題がつけられている。

図4・1——ラファエッロ《バルダッサッレ・カスティリオーネの肖像》一五一六年頃　パリ　ルーヴル美術館

図4-2――ティツィアーノ《手袋を持つ男》一五二〇―二二年頃　パリ　ルーヴル美術館

図4-3――「没食子」サレルノのマテウス・プラテアリウスの『薬草図譜』(ms. Fr. 12322, 189v)一四九〇年頃　パリ　フランス国立図書館

没食子《もっしょくし》。鉄の薄片。塩。粘土。ローマ産の硫酸塩。丁子。スペインの赤土。鉛屑。[8]
最も美しい黒

ここでロゼッティは、美しい黒に染めあげることのできる染料をつくるための材料を並べているが、冒頭に挙げられた没食子（galla, gallone）は、『絹織物製作に関する論』、およびコモ手稿にも、最もよく使用される黒や灰色の染料として記載されている。膜翅類の虫がカシの木の若芽や葉に産卵するさいにつけた刺し傷が、木の自衛的な反応によって瘤状に変化したもので、黒く染める力をもつタンニンを多く含んでいる。没食子は胃腸の病気の薬としての効能ももちあわせていたらしく、フランス国立図書館所蔵の『薬草図譜』（*Le Livre des simples médecines*）フランス語写本一二三二二番には、団栗とよく似た丸い実状のものが葉や枝についている様子が描きだされている[9]（図4-3）。

ともあれ『プリクト』には、没食子やウルシなどを用いた黒のレシピが立て続けに並んでいるが、これは『絹織物製作に関する論』が書かれた一五世紀初頭からコモ手稿の成立した同世紀後半にかけての約半世紀間に、人びとの要求する色彩が様変わりしたことを物語っている。また『絹織物製作に関する論』の染色費リストによれば、黒に染める費用は赤のそれの半額以下であったが、シシルの次の言葉は、必ずしもすべての黒い布が安かったというわけではないことを示している。

黒は毛織物や絹織物、ヴィロードの状態において最も忌まれ、かつ卑しい色とされる。これは染物屋の大鍋や窯のなかでは火の上でつくられる他の色よりも刷毛で扱いやすいからである。しかしそれは軽んじられるべきではない。エカルラット（イタリア語のスカルラットに同じ）と同じくらい高値のつく黒布もあるのだから。[10]

なるほど、プッチ家の新しい家長アントニオのもっとも高価な衣服は、「白栗鼠の腹側の毛の裏地と広袖付き、黒いゼターニのチョッパ」五〇フィオリーノというしろものであった。以前は赤にしか染められることがなかった高級な絹織物も黒く染められ、またそれに高価な毛皮などの装飾がつけられるようになったのである。

したがって、イタリアで黒の流行が本格的に始まったのは、早くとも一五世紀半ばであると考えられる。それにしてもそのような黒に対する意識の変化を予感させるものは、いったいいつごろからあったのだろうか。

弔いの人びと

黒は、……地を表わし、悲しみを意味する。というのは、それは他のどんなものよりも明るさに欠けているからである。こうした理由で、黒い服は悲しみのしるしとして着られ、悲嘆に暮れる人のものとなる。そしてそれは最も低く卑しい色であって、ある種の聖職者によって着られる。この色は、最も高価な石であるダイヤモンドに似ており、憂鬱質の人間をあらわす。……黒は、盛大にして悲しむべき葬儀の時に使われるという理由でしか重んじられないとしても、時として高い評価を受けることがある。王侯貴顕や貴婦人たちの悲しみは、黒によってもたらされ、弔いにはこの色がともなわれる。嘆きの女神ネメシスは、黒衣をまとって頭を同じ色で包んでいるし、教会はこの色に包まれる。☆11

『色彩の紋章』第一部における黒の定義である。黒が「悲しみのしるし」であり、ひとの死にさいして身につけられるという、今日まで変わることなく受け継がれている習慣は、すでにアイスキュロスの『コエポロイ（供養するものたち）』に、父王アガメムノンを母の愛人に殺されたエレクトラが、奴隷女たちとともに「黒々とした衣のかげを引いて」登場することからも察せられるとおり、遠くギリシャ時代にまでさかのぼるものである。☆12

ハンガリー王とポーランド王は、……弟アンドレアス王のむごたらしい死に様を聞いて深い悲しみに沈み、その妻である女王とプーリア（ナポリ）の王族に対してはげしい憎しみを抱いた。そしてかれらの仕打ちを裏切りとみなして、諸侯たちとともに黒衣をまとい、復讐を誓った。[☆13]

一三四五年九月一八日深夜、ナポリのジョヴァンナ女王の夫アンドレアスは、アヴェルサのムッローネ修道院で何者かによって暗殺された。王権をめぐってのナポリのアンジュー家とハンガリーのアンジュー家分家との抗争の果ての出来事であった。ここでハンガリー王ラヨシュ一世は、ナポリに在った弟王の死にさいして弔意と悲嘆を表わすべく黒衣をまとっている。中世において「黒を着る」という表現は、それだけで「喪に服す」ことを意味する慣用句であった。

そして葬儀が終わっても、遺された妻だけは、終生黒を着ることが要求された。デ・ムッシスの『ピアチェンツァ市年代記』の一三八八年の記事を見てみよう。

寡婦は［他の女性と］同様な服装であるが、それはすべて黒［い布］でできている。そしてそれには先に述べた黒い布でできたボタンのほかは、いっさい金も真珠もつけられていない。そして黒い頭巾か、木綿の白いヴェール、あるいは亜麻の薄くて白い［ヴェール］を用いる。[☆14]

まさしく黒と白のみの、モノクロのいでたちである。さらに『三百話』では艶笑譚をさかんに披露していたサッケッティも、『福音書註解』（一三七八―八一年）では、真面目くさって寡婦の服装を定義している。

妻が夫に先立たれ、やもめとなった場合は、髪を切り、黒い服を着るべし。[15]

古代から現代に至るまでの黒服の歴史を論じたジョン・ハーヴェイは、服喪の衣裳、とくに女性の喪服に、夫なきあとのわが身の運命《さだめ》である「自己抹消」、そして「自己否定」の覚悟を見ているが[16]、右のサッケッティの言葉は、いうなれば「自己否定の強要」である。男にとっては、自分がいなくなったあとに、妻が他の男に気を移すなどということは考えるだけでもがまんならないので、なんとか彼女に枷をつけようとする。フランチェスコ・ダ・バルベリーノは、『愛の訓え』と対をなす女性のための教訓書『女性の立居振舞について』において、日夜亡き夫を想って涙をながし、〈節操〉(Costanza) に諭されて最終的には夫の形見たる子どもたちの養育に生き甲斐を見いだすひとりの寡婦の姿を描いているが、ここで彼は服の指定こそしていないものの、はっきりと「やもめの身にては／化粧《けさう》すること勿れ……／化粧とは／夫のためにのみするものなれば[17]」と詠っている。脂粉をひかえ、黒を着続けることは、女性としての己を放棄することにほかならない。そしてそれは亡き夫への貞節のあかしとなり、世の嫉妬深い亭主諸君や口うるさいモラリストたちを安堵させるのである。ベネディクト会やドミニコ会などの修道服の黒に禁欲の意味がこめられているのと同じく、女の黒衣は、身持ちの堅さを喧伝する効果を大いにそなえていた。

恋する寡婦——クリセイダ

とはいうものの、年代記作者やサッケッティがわざわざ黒衣の着用を説くのは、実際にはこれを守らない寡婦があまりにも多かったからであるとも考えられよう。事実、極端な男系社会であった中世のイタリアでは、夫に先立たれた場合、財産行使権をもたない妻は経済的苦境に立たされるケースが少なくなかったが、その反面、夫の存命中には得られなかったような「気ままさ」と「自由意志」を享受できるという利点もあった。[18]

ここに当時の寡婦とはいかなる存在であったか、そしてそのまとう黒衣が世間の目にどのように映ったかをよく教えてくれる作品がある。ボッカッチョの『フィロストラト』（一三三五年?）である。『フィロストラト』は、フランスのブノワ・ド・サント=モールによる『トロイ物語』（一一六〇年頃）、グイド・デッレ・コロンネによるそのラテン語訳（一二八七年）、あるいはビンドゥッチョ・デッロ・シェルトのイタリア語散文訳（一三二二年）などをもとに、トロイルスとブリセイダのエピソードに絞って八行詩《オッターヴァ》に仕立てあげられたものである。以下、物語の内容を追いながら、ヒロインの服飾描写を見ていこう。

時はトロイア戦争の真最中。トロイアでは、パラス（アテナ）の祝祭が盛大に行なわれ、神官カルカースの娘で寡婦であるクリセイダも居合わせている。

彼らのうちに、カルカースの娘クリセイダあり。
かの女《をんな》、時に黒衣まとひたりしが、
薔薇がその美しさゆゑ菫に優るがごとく、
かの女、並ゐる女たちにまさりて麗し。
かの女ひとりにて他の女たちを圧し、
大祭に華を添へたり。
神殿の門前に佇めるかの女、
威厳にみち、麗しく、そして賢し（I 19）。

そこに陽気なトロイア王子トロイオロがやってくる。彼はあちらこちらの女性を値踏みしたり、また恋におちいっている者をからかったりしていたが、ふとクリセイダの姿が目にとまる。

図4-4「神殿にいるクリセイダを眼にし、恋にとらわれるトロイオロ」『フィロストラト』(ms. R 7, 10v) 一三八〇年代 アルトナ 神学教育図書館
ヴェネツィアでつくられた写本で、五つのミニアチュールを含む。中央のクリセイダの黒衣は、愛神に矢を射かけられる左端のトロイオロや、他の男たちの赤、緑、青などの色鮮やかな装いと、まことに異様な対照をなしている。

……さてそこに麗《うるは》しのクリセイダあり。
真白きヴェールと黒き衣まとひ
かくも厳かなる祭祀にて、他の女たちとともに佇めり（I 26, 6-8）。

先刻「恋にとらはれぬ者こそさいはひなり」（I 22, 7-8）と言い切ったその威勢のよさはどこへやら、トロイオロはたちまち恋の虜となってしまう（図4-4）。王宮に戻った彼は人目を避けて自室にひきこもる。眼に浮かぶのはただ、「真白きヴェールと黒き衣の／かくも麗《うるは》しき女」（I 38, 7-8）ばかりである。

トロイオロの恋煩いは悪化の一途をたどる。思いあまった彼はクリセイダの従兄パンダロに自分の想いをうちあける。恋のとりもち役を買ってでた友愛篤いパンダロは従妹のもとにやってきて、トロイオロの恋情を伝える。驚いたクリセイダは、夫の死とともに自分の愛も終わってしまったといって拒絶するが、パンダロは諦めない。

してお身、黒き衣をまとへども、
いまだ齢《とし》わかければ、恋に身をまかすべし。
時機を失ふことなかれ、やがて老いや死来たりて、
おん身の美をばうばふこと思ひみよ（II 54, 5-8）。

さらにパンダロは、トロイオロがおもわず洩らした愛神への嘆きの言葉までも説得材料にする。

愛神よ、汝黒衣の下に
焔《ほむら》ともすのをためらふか？（II 60, 1-2）

パンダロの熱意にほだされるかたちとなったクリセイダは、まずトロイオロと書簡を交わすことになり、ほどなくふたりは結ばれる。しかしふたりの幸福は長くは続かない。クリセイダは、トロイアの滅亡を予見していち早くギリシャに逃亡していた父カルカースの懇請により、捕虜になっていたトロイアの武将アンテノールの身柄と引き換えにギリシャ側に引き渡されることになる。事の次第を聞かされた彼女は金髪をかきむしってわれとわが身を呪う。

いまや我、まことのやもめとならん、
汝よりわが身の内なる魂、
離れ去るなれば。してかの黒き衣、
わが哀しみのまことのあかしとならん（IV 90, 1-4）。

さんざん愁嘆場を演じた末、ふたりは一〇日後に密会を約して別れる。だが彼らは二度と逢うことはない。恋敵があらわれる。ギリシャへクリセイダを護送したのはディオメーデという若者であった。聡い彼はふたりの間にある感情に気づいてはいたが、こちらも恋の手練《てだれ》、女をいともやすやすと陥落させてしまう。恋人の心変わりはやがてトロイオロの知るところとなり、彼は嫉妬に気も狂わんばかりとなる。だが、この煩悶にもやがて終わりが訪れる。自暴自棄になったトロイオロは、ある日戦場で千人以上ものギリシャ人を殺した末、彼自身もアキッレ（アキレウス）に討たれてあえなく落命するのである。

この七一三スタンツァ五七〇四行にわたる長編詩において、服飾描写があるのはこのクリセイダただひとりであり、主人公のトロイオロにすらない。しかもそのクリセイダの着衣というのは、終始黒（bruno, nero）である。☆19 とにかく他の登場人物についてはまったくその姿恰好に触れていないのに、彼女の黒衣に関してだけ六度も言及があるのは、やはり作者がなんらかの意図を以て意識的に行なったことだと考えてよい。

なぜボッカッチョは、クリセイダが黒を着ていることをしつこく読者に思いださせる必要があったのだろうか。その理由としてまず第一に挙げられるのは、彼女が寡婦であることを強調するためである。そもそも『フィロストラト』の原典であるブノワやビンドゥッチョの『トロイ物語』のブリセイダは寡婦ではない。彼女はアーミンの毛皮や金糸の刺繡のほどこされた絹織物で仕立てられた丈長の衣服（bliaut; sottano）や、オリエントの獣の毛皮で裏打ちしたマントで美々しく着飾った「生娘」（pucele; damigella）である。[☆20] ボッカッチョがヒロインの身分の設定を敢えて変えたことには、彼自身の寡婦好みが反映されているという。『フィロストラト』と相前後して書かれた『フィローコロ』第四之書には、主人公フィローコロを囲んで紳士淑女が恋愛に関して一三題の質疑応答をするという場面があるが、その第九問目「生娘（pulcella）、人妻（maritata）、寡婦（vedova）のうち、いずれが恋人としてふさわしいか」に対し、裁定者フィアンメッタは、寡婦であると答えている。というのは、人妻にとって他人に身をまかせるのは神の掟に反することだし、また生娘は不器用で男を悦ばす術を知らず、愛の技において賢くない。これに比べて寡婦はなにより経験豊富で、しかも彼女にとって「与えることはたやすい」（IV 54, 10）。一二世紀フランスに生きたアンドレアス・カペッラーヌスの『愛について』（*De Amore*）以来、「結婚ハ恋ノ妨ゲトナラズ」というのが宮廷風恋愛の常識となってはいたが、[☆21] ボッカッチョは女の立場の気軽さというものも考慮したうえで、寡婦が望ましいとしたのである。[☆22]

また黒衣は、作品の悲劇性の象徴であるとも考えられる。たとえば『フィローコロ』では、国王毒殺未遂の嫌疑で刑場に曳かれていくビアンチフィオーレが黒衣をまとっているが、これは陰謀を企んだ王妃が「高貴な女性が死に赴くにふさわしいようにと」彼女に贈ったものであった[☆23]（II 52, 1）。さらに別の箇所では、この黒衣が「来たるべき死を意味する」とあり（II 53, 3）、ビアンチフィオーレの生命の危機を読者に知らしめるという効果をあげている。

中世文学における死と黒の結びつきの例は枚挙に遑《いとま》がないが、ペトラルカも寓意的叙事詩『トリオンフィ』（一三五六―七四年）で、まさしく〈死〉(Morte) を名のる女性に黒をまとわせている。[☆24]

もっともクリセイダの黒衣の意味するところは、彼女自身の死ではなく、また恋人との別離による悲しみでもない（実際、彼女の悲嘆は一〇日と続かない）。『トロイ物語』の作者が、ディオメーデに身をまかせるに至るブリセイダの内面の葛藤に焦点をあてているのとは対照的に、ボッカッチョはクリセイダの新しい恋にもやがて訪れるトロイアの滅亡にもほとんど関心を示さない。そのタイトル『フィロストラト』（恋に打ち負かされし者）が示すとおり、[☆25]彼がこの作品で真に描きたかったのは「トロイオロの恋の苦しみ」である。ボッカッチョの創作動機は、実は『フィロストラト』序文に述べられている。そこでは、愛神の宮廷で行なわれたひとつの恋愛問答がとりあげられている。すなわちある若者がひとりの女性を愛したとき、運命女神がときどき彼女を見ること、ときどき彼女のことを噂すること、彼女のことをさまざまに思い浮かべること、のうちひとつしか許してくれなかった場合、どれがもっとも歓びを与えてくれるだろうかというものであるが、作者はトロイオロの物語を通じて「見ること」が最善であるとの結論に達するのである。したがってクリセイダの着る黒は、彼女が姿を消してしまうことによって生ずる男の苦悩、さらにはこの成就しえない昏《くら》い恋そのものであるとも言える。

そしてクリセイダの黒衣には、他の無垢な乙女たちの華やかな装いを圧倒するだけの力を秘めていた。人間は、時として光よりも闇に強く惹きつけられるものである。クリセイダは「悪女」とまでは言い切れないにしても、けっして「善女」ではない。彼女の心変わりは恋のあらがいがたい効力《ちから》のゆえだったとしても、少なくとも再会の約束を踏みにじったという点では、彼女にまったく非がないとは言えないだろう。加えていかに宮廷風恋愛が公認していようと、寡婦の情交は、当時の倫理観に照らしあわせてみれば、結局のところ罪悪でしかない。彼女にはトロイオロに出会う以前から、たしかに男を惑わせ、破滅させるだけの何かが具わっていた。クリセイダのまとう黒は、そんな彼女の罪深さを、そしてその背徳的な魅力を宿している。トロイオロはその力に抗しきれず、敗けたのである。

「気品ある黒服」

このように黒は、死と人間のあらゆる負の感情を表わす。だが同時にこの色に対する新たな感情も芽生えつつあった。『デカメロン』第三日第三話からは、このことに関する貴重な証言が得られる。

フィレンツェに見目麗しく高潔な魂をもち才知にめぐまれたひとりの貴婦人があったが、その夫は毛織物工でしかなかった。誇り高い彼女は「身分の低い男など、たとえどれほど金持であろうと、貴婦人にはふさわしくない」と考え、しかるべき恋人を探すことにする。そしてある非常に身分の高い壮年の紳士に目をつけ、彼の友人である少々頭の足りない修道士に懺悔と称して面会を求める。

近ごろお名前こそ存じあげませんが、ただとても誠実な感じの殿方がいらして、で、もしわたくしの思いちがいでなかったら、その方はあなた様とたいへん御懇意でいらっしゃるはずなのですが、とても美しく、背が高く、そしてじつに気品のある黒服をお召しになっていらっしゃいます……（III 3, 11）。

女は、この紳士につきまとわれて困っているので修道士の口からなんとか注意してくれないかと頼むのであるが、これが女の巧妙な策略であることは言うまでもない。修道士の伝言から男はすぐに女の真意を悟り、その後も何度か彼を介して、やがてふたりは逢引にこぎつけるのである（図4-5）。

この「黒服」（panni bruni）は、むろん喪服でも僧服でもない。ブランカはこの色彩に不自然さを感じたためか、『デカメロン』校訂版において、bruno を当時の市民によく着られていた verde bruno、すなわち暗緑色と解釈している。しかし仮に彼の言うとおりに緑系の色だったとしても、それがきわめて黒に近い色であっただろうことは疑いない。

しかもこの色には「気品のある」（onesto）という形容詞がつけられている。一四世紀以前のイタリアにおいて、暗色の衣服をこれほど肯定的に言い表わした例を筆者は他に知らないが、ボッカッチョはしばしばナポリ滞在時代の恋人フィアンメッタ（ナポリ王カルロ・ダンジョの私生児マリア・ダクィーノの愛称）に黒をまとわせて作品中に登場させている。[☆26] これにはフィアンメッタが女子修道院で育てられたという事情があるのだが、それにしても黒は高貴な出自にふさわしい、気品をそなえた色であると詩人が考えていたことは間違いなさそうである。

ドルチェの書では、黒についてマリオとコルネリオが四紙葉半にもわたって議論を戦わしている。[☆27] ここでは黒が「狂気」（pazzia）を表わし、古代の祭儀においてはつねに避けられる色であったと述べるコルネリオに対して、マリオが弁護士も財務官も公証人も請願者も医者も哲学者も修道士もみな黒を着ているではないかと反論する。そして彼らがこの色をまとうのは、他のどんな色にもけっして変わることのない黒は、「堅固さ」（fermezza）を表わすからであるという。たしかにサヌードの『日記』にも記載されていたとおり、一六世紀のヴェネツィアの医者は黒い縁なし帽をかぶるのが慣わしであったし、また同世紀のミラノのさる仕立屋に保管されていた注文服の図案に、黒い長衣と帽子をつけた学士が見えることからも明らかなように（図4-6・カラー図版9）、一五世紀以前には当然赤を着ていたはずの職業の人びとがそろって黒をまとうようになるのである。ヴェチェッリオの『古今東西の服装』にも、ヴェネツィアの管区長（vicario）、学士（dottore）、評議員（assessore）は「ラシャ、ダマスク織、アーミン、その他の黒い毛織物などでできた長衣《トガ》をまとう」とある（図4-7）。

これに対してコルネリオは、プラトンが悲嘆を大いなる狂気とみなしていることから、死や悲しみを表わす黒もまた狂気と結びつけられると主張する。この一連のやりとりは、モラートがセラフィーノの詩句「黒（Nero）は狂気（mattezza）の想ひにみち」に付したコメントをほぼそのまま踏襲したものである。[☆28] 結局モラートもドルチェも、黒は「執拗な峻厳さ」（durezza ostinata）と「狂気における固執」（perseverantia in pazzie）を意味すると述べてこの長大な論を

Vicario .
Libro Primo de gli habiti d'Italia. 123
Vicario, ò Dottore, ò Assessore in terra ferma dello stato Veneto.
I Vicarij, ò Assessori, ò Dottori dello stato Venetiano uestono con uesti lunghe di velluto, con maniche strette foderate di martori, ò lupi ceruieri, & altre pelli, però l'inuerno. & la state usano toghe di raso, damasco, ormesino, ò altri simili drappi nerì, la forma de' quali è espressa nell'imagine sopra posta.
Vicesgerens, vel Doctor, vel Assessor in Venetiarum continente.
VIcesgerentes, uel Doctores, uel assessores in Venetiarum continente, ueste holoserica, lõga, cum manicis angustis, & scythicæ mustelæ pellibus, uel lincis munita hyemali tempore amiciuntur. togæ uerò æstiuæ uel sericæ, uel bombicineæ, uel damascenæ nigri coloris, quarum forma in imagine exprimitur.
Q 3

図4-5——一四九二年にヴェネツィアで出版された『デカメロン』初版本の木版挿絵（Banco Rari 365, 37v） フィレンツェ国立図書館 画面左に女と修道士との語らい、中央に修道士による男への訓戒、そして右に男女の逢瀬を表わしている［Photo © Biblioteca Nazionale Centrale di Firenze］。

図4-6——「学士」『仕立屋の書』（*Libro del sarto* [ms. Cl. VIII, 74r]） 一六世紀半ば ヴェネツィア クェリーニ・スタンパリア図書館

図4-7——「ヴェネツィア共和国本土の管区長、学士、評議員」チェーザレ・ヴェチェッリオ『古今東西の服装』第二版（122v-123r） 一五九八年 ヴェネツィア マルチャーナ図書館［Photo © Biblioteca Nazionale Marciana］

締めくくっているが、この「峻厳さ」や「固執」は、先の弁護士や公証人、医者のような知的な職種には多かれ少なかれ要求される性質である。ふたりともけっして「悲しみ」、「狂気」、そして「黒」を肯定したわけではないが、[☆29]それでも以上の論からは、セラフィーノの生きた前世紀までの黒に対する否定的見解と、一六世紀の新しい色彩観との葛藤、そして何より当時の人びとの黒への関心の高さがよくうかがえる。かくして黒は単なる「悲しみの色」から、「堅固な色」として社会的地位のある人びとの身を包むまでに昇格したのである。

第5章　大団円の色　緑

文無し緑

イタリアで現在でもよく使われる言い回しに、essere al verde、すなわち「緑《ヴェルデ》の状態にある」というのがある。「一文無し」を意味する慣用句なのだが、通説によれば、昔、蠟燭の一番下の部分だけが緑に塗られていて、競売の折に蠟燭を灯し、それが燃え尽きるとその日の取引が終わったという故事に由来する。セラフィーノ・アクィラーノのソネットも「緑は無に帰し」（Il color Verde esser ridutto à niente）と始まるが、モラートはその解釈において、蠟燭を緑青で色付けするという風習は、そもそも古代ギリシャやローマの神官が、祭壇に捧げる松明を、支柱代わりの緑の枝に差しこんだのが始まりだとしている。[☆1]

ともあれ蠟燭の一番下がたまたま緑であったために、この色は「無」や「終局」という、あまりありがたくないイメージを頂戴することになった。ペトラルカは、喪われてしまった希望について「はや緑となれるわが希望《のぞみ》」（mia speme già condutta al verde [XXXIII, 9]）とソネットに詠いこんでいるし、ドルチェははっきりと「この色を身につける者は、あらゆる喜びを喪ってしまった者のごとく無に帰することを意味すると考える者もいる」と書いている。[☆2]

さらにジョヴァンニ・デッラ・カーザも、美的な生活態度を説いた『ガラテオ』（一五五一―五五年）において、緑《ヴェルデ》の服をよく着ていたことで知られる両シチリア王国スワビア朝のマンフレーディ王（在位一二五四―六六年）を引き合いに出し、「いくら王族は法律に縛られることがないとはいっても、マンフレーディ王のように四六時中緑の服ばかり着ていたというのは、あまりほめられたことではありません」と苦言を呈している。☆3

このように評判はいまひとつだったとしても、ルネサンス期のイタリア社会においては、緑はけっして着用の少ない色ではなかった。プッチ家の衣裳目録でも、緑と暗緑色はケルミーズィやロザートなどの赤系に次いで頻繁に見られる色彩であり、とくにガムッラという女物の長上衣によく使われている。一着の価格も赤に比べればたしかに劣るが、それでも大体一〇フィオリーノ前後で、けっして安くはない。緑衣が青、黄、黒などのものよりやや高めなのは、緑の染色工程自体に原因がある。

絹を緑に染めるには

まずは黒に染めたりグラーナ染めをしたときと同じく、ミョウバンの液に浸すこと。それから絹一リラにつきモクセイソウ、それもボローニャ産でミズキに似た種のものを二リラとり、これを一時間半煮て、その液を桶に移す。次に絹をミョウバンからとりだし、手でよく絞り、先の液に好みの色に染まるまで十分に漬ける。そして黄色をかけたら絹を大鍋に入れ、とりだし、それが黄色か明るい緑色に染まっているのをたしかめる。もし必要ならその絹をインド藍の花（fior de Endego）の鍋に入れよ。そうしたら黄色が強かったものは濃い緑色となるであろう。（その逆に）あまり黄色が強くなかったものは軽い感じの色になるであろう。（液から）とりだした後は、洗い、ひろげて日にさらすこと。☆4

このロゼッティのレシピは、モクセイソウの染料だけでも明るい緑に染められる場合があるが、濃い色調を望むなら、さらにインド藍染料をかけることを勧めている。つまり緑に染めあげるには、通常黄と青の二度の予備染色を要するため、糸、布製品、そして完成した衣類、それらすべてに費用が上乗せされることになるのである。

「文無し」などという不名誉なイメージを負わされ、けっして世間的な評価は高くなかったにもかかわらず、なぜか人びとに比較的よく着られた色——それがルネサンス期イタリアの緑《ヴェルデ》である。

「高貴さに欠ける色」？

さらに時代をさかのぼって考えてみることにしよう。

紋章になる最後の色は、緑である。それはシノープル（sinople）と呼ばれ、森、草地、田園、草木を意味する。それは四元素には数えられておらず、最も高貴さに欠ける色であるとみなす者もいる。この色は、徳目としては歓喜と若さに喩えられる。そしてこれは高価な石エメラルドに似ている。先にも述べたように、緑をもっとも高貴さに欠ける色であるとみなす者もいるのだが、これは染めものや絵画の緑のことであって、草木や草地や山に見られるような、ありのままの自然の緑についてはこのようなことは聞かれない。というのは自然界では、これほど見るに美しく、心や眼を愉しませるものはないからである。したがってそれは軽んじられたり、またいかなる場合にせよ、その品位や価値を嘆いたりすべきではない。☆5

シシルは黒についてと同様、この色にも両義的性格を認めているけれども、その口調はどこかしら歯切れが悪い。とくに「最も高貴さに欠ける色であるとみなす者もいる」という一節は、ひときわ目を引く。つまり黒ほどではないにしても、かなり否定的な見解が前面に押しだされており、後半の擁護論がかすんでしまうほどである。しかもこの色が「最も高貴さに欠ける」とみなされるのは、人工的な「絵画」あるいは「染めもの」——すなわち衣服においてであると明言しているのである。

ここで隣国フランスの緑《ヴェール》に関する先行研究をいくつか見ておこう。たとえば、一四世紀から一五世紀にかけてのフランス文化の全貌を描きだした『中世の秋』の著者ホイジンガは、この『色彩の紋章』を多く参照しているが、青と緑には衣服の色として使うことをはばからせるだけの重要なシンボル機能があるという。そしてこれら二色はどちらも恋愛に関わり、ユスターシュ・デシャンや一五世紀の別のシャンソンを引用しつつ、とりわけ緑は「恋煩い」、あるいは「若者の希望に満ちた恋」の色であったと述べている。☆6

パストゥローは、よりはっきりと緑の負の側面を強調している。まず、中世においてこの色は明らかに「不吉な色」であり、それゆえ服や紋章にはほとんど使われていないことを指摘したうえで、先にも述べた無鉄砲な騎士サグルモールの黄と緑の紋章が、いかに特異な配色であったかを論じている。そして緑は一三世紀以降は悪魔の色、「悪魔的」なイスラム、嫉妬、破滅といったような、黄色に優るとも劣らぬほどのネガティヴな意味をもつという。そしてそのようなシンボリズムの起源は、この色の「色素的な不安定さ」、つまり媒体に対する染料や絵の具の固定しにくさにあるのではないかという仮説をも打ちだしている。その一方で、緑に認められる若さや希望などの正の価値を指摘することも、もちろん忘れてはいない。☆7

さらに徳井淑子氏は、現実生活のなかで、緑が誰に、そしてどのような場面で着られたのかを調査し、文学作品にあらわれる緑衣の意味をあらためて考えている。氏によれば、一四世紀から一五世紀におけるフランス王室の会計記録においては、緑の布地の言及はかぎられており、道化と子どもの服、狩猟服、五月祭に着る服にほぼ集約されるという。このうち、最も注目すべきは五月祭である。五月を「恋の季節」とみなすことは現代にまで続くヨーロッパの伝統であるが、緑がこの時期の衣服の色として定着したために、ホイジンガの指摘するようにこの色は恋のシンボルとなりえたということを、『薔薇物語』前編（一二三〇年頃）に登場する〈閑暇〉（Oiseuse）と呼ばれる寓意的女性の服飾描写、そしてデシャンやギヨーム・ド・マショーなどの一四世紀の抒情詩を手がかりに論じている。☆8

以上のような研究を通して見ると、中世フランスの緑《ヴェール》の着用は、狩猟や五月祭のような特殊な機会に限定される一方、フィクションの世界、ことに文学作品中では他の色にもまして多様なシンボル機能を発揮するということになる。それでは、フランス文学と縁《えにし》の深いイタリア文学にも、同じような現象が見られるのだろうか。再び舞台をイタリアに移し、緑衣の象徴性をたしかめてみることにしよう。

祝祭的気分

ボッカッチョの『フィレンツェのニンフ譚』に、緑衣をまとうニンフ・フィアンメッタが登場することは、すでに第1章において見てきたとおりである。これのみならず、詩人は『フィローコロ』、『テセイダ』、そして『デカメロン』第三日第七話にも、やはり緑衣の人物を配している。彼らの身に着ける色もまた、フランス文学においてと同じような象徴的機能をもたされているのだろうか。以下、彼らが緑を着ることになる経緯を作品の梗概とともに簡単に見ていくことにする。

『フィローコロ』のビアンチフィオーレ

（フローリオと従者たちの）後に、ビアンチフィオーレが続きました。彼女は輝く金や高価な宝石で飾られた緑のヴィロードの服をまとい、金髪を上手にきちんとまとめ、その上を透けるように薄いヴェールで蔽い、さらに巧みにつくられ、非常に大きな宝石のついた素晴らしい冠をかぶっており、それはまことに並びなき美しさでありました（V 71, 3）。

アレクサンドリアでビアンチフィオーレと再会したフローリオは、その地で彼女と結婚し、母国マルモリーナへと帰国の途につく。ところがビアンチフィオーレの故郷のローマに立ち寄ったさい、フローリオはイラーリオという人物から真の神の存在を教えられ、キリスト教に改宗することになる。受洗の日の彼は、のちのマルモリーナ国王にふさわしい「このうえなく美しい金色の服」（un bellissimo drappo a oro [V 71, 2]）といういでたちであるが、一方

図5-1——「フローリオとビアンチフィオーレの帰還」『フィローコロ』(ms. Canon Ital. 85, 190v) 一四六三—六四年 オックスフォード ボードリアン図書館 [Photo © Bodleian Library]。

マントヴァ侯ルドヴィーコ・ゴンザーガのためにつくられたきわめて美しい写本である。各書に一枚ずつ挿絵が入っており、これは第五之書に付されたもの。マルモリーナに帰還したフローリオとビアンチフィオーレを、国王夫妻が出迎える場面が表わされている。ここでは、父王とフローリオの服がともに金色、またその奥の王妃のそれが緑、ビアンチフィオーレのそれが青で描かれている。父王が奇妙な恰好の帽子をかぶっているのは、彼がいまだ異教徒であることを示そうという画家の配慮であろう。

図5・2――「中庭で花冠を編むエミリア」
『テセイダ』フランス語写本（ms. 2617, 53r）　一五世紀の第三四半期　ウィーン　オーストリア国立図書館
ここでのエミリアは、写本制作当時のフランスで実際に流行した袖刳りの大きな服を身につけているが、その色は青で描かれている。後方では、アルチータとパレモーネが、牢の窓格子から彼女の姿に見入っている。

の妻ビアンチフィオーレの盛装は緑であった（図5-1・カラー図版10）。

『テセイダ』は、一世紀のローマ詩人スタティウスの『テーバイ物語』を下地にして書かれたものである。とはいえ、アテネの英雄テゼオ（テセウス）以外はほとんどオリジナルのキャラクターで構成されており、テゼオの事跡を詠った叙事詩というよりは、その妻イポリタの妹エミリアをめぐる二人の若者の恋の鞘当てを軸とした騎士道的恋愛物語となっている。

『テセイダ』のエミリア

テーバイ人アルチータとパレモーネは、アテネとの戦いに敗れて捕虜となり投獄される。ところが春のある日、二人は獄中からエミリアが中庭で花冠を編んでいる姿を目にし（図5-2）、親友であるはずの彼らは瞬時にして恋敵となってしまう。その後アルチータは知人の嘆願により、二度とアテネに足を踏み入れないことを条件に釈放されるが、パレモーネは牢にとどまることになる。もはやエミリアのことしか頭にない彼らは、互いの境遇を羨みつつ別れる。

ところが女を諦めきれなかったアルチータはひそかにアテネに舞い戻り、身分を匿してテゼオの侍臣となり、エミリアと再会する。

テゼオ、盛大なる祝祭《まつり》を催し、
数多《あまた》の女たちとともに、エミリアを招きし。
かの女は他を圧して優美に気高く、
麗しく、美しく、好ましく、
そして緑の服をまとひたり。

それゆゑなべての人びとに
かぎりなく称へられたり。して皆、口ぐちに
この女こそキュテレイア（ウェヌス）なりと云へり（IV 51）。

その後、アルチータは脱獄したパレモーネと偶然森の中で鉢合わせ、ともに己の願いを叶えるためには相手を殺さねばならないことを悟る。この私闘にテゼオが割って入り、彼の名のもとにエミリアを賭けた馬上槍試合が行なわれることになる。この戦いでアルチータはパレモーネに勝利するものの、パレモーネに肩入れするウェヌスの差し金で落馬し、重傷を負って死んでしまう。臨終のアルチータからエミリアを託されたパレモーネは、晴れて彼女と式をあげるに至る。

かの女《をんな》、着飾りて
あらはれしとき、われら、かの女が
さもありしと信じねばならねど、
このうえなき緑の布にてつくられし服を豪奢に身にまとひてあり。
かの女を目にせし人びとは皆、
初めから終わりまで
かの女こそウェヌスならんと思ひ、また誰も
その姿を見飽きることなし（XII 65）。

『ニンフ譚』のフィアンメッタ

『ニンフ譚』には、七元徳を象徴する七人のニンフたちが、各々の恋人とのなれそめについて話をする場面があるが、そのひとり、緑衣のフィアンメッタは、カレオーネという青年との恋の経緯について物語る。それによるとカレオーネは幼い頃、トスカーナからナポリにやってくる途上で、緑の服を着た娘が自分をナポリへ招き入れるという幻を見る。ナポリで彼はさまざまな女性と関わりをもつが、六年後、夢のなかにそれらかつての恋人たちがあらわれ、かの緑の服を着た娘を示しつつ、「この者こそが、あなたの心の唯一の女主人《あるじ》となるでしょう」と予言する。その後、カレオーネはこのお告げにしたがって、緑の服の乙女を探し求めることになる。

そしてそれから一六カ月後の復活祭前日の聖土曜日の朝、ようやくカレオーネはサン・ロレンツォ教会でそれらしき美女を見いだす。☆9 彼はそのときのことを回想して語る。

……世にも麗しいあなた（フィアンメッタ）が、黒い服を着て、わたし（カレオーネ）の目の前にあらわれました。……なぜだかわかりませんでしたが、わたしはまじまじとあなたを見つめ、どこかであなたにお会いしたことがあったかを思いだそうとしました。しかし服が違っていたので、どのようにしていつお見かけしたのかがまったくあやふやになっておりました（XXXV, 105-06）。

つまり、服の色が夢のなかで見た緑ではなかったために、カレオーネは目的の女性であるとの確信がもてなかったのである。

しかしその翌日彼は、この女性を再び同じ場所で目にすることになる。

……くだんの寺院に戻っていくと、……たくさんの金で輝き、宝石で飾られ、仕立ても質も上等の緑の服を着たあなたをわたしは見ました。緑の服が目に入るや否や、わたしはあなたの顔をみとめたのでした。そしてわたしは確信をもってこうひとりごちたのです。「この婦人こそわたしが幼い頃、そしてまた遠からずまえにわたしの夢のなかにあらわれたひとだ。あのひとはうれしそうに、この街の入口でわたしに誓ってくれた。そしてわたしの心を支配し、夢のなかでわたしの女主人《あるじ》となると約束してくれた」（XXXV, 107-08）。

ここに至ってようやくカレオーネは、彼女が長年探し続けてきた運命の乙女であったことを悟る。これを聞いたフィアンメッタは、以後、カレオーネとの愛の記憶を大切なものとするため、緑の服を着続けることになる。

愛の焔《ほむら》がともる以前にも、わたしはカレオーネに緑の服を着ているところを何度も見られていたので、……それ以来、わたしは緑の服を着ることによろこびを感じるようになったのです（XXXV, 118）。

『デカメロン』のテダルド

『デカメロン』第三日第七話の主人公テダルド（図5 - 3）は、長年懇ろにつきあっているエルメッリーナ夫人から愛想づかしされたと誤解して、傷心のうちにフィレンツェを出奔する。その七年後、テダルドは恋人の真意をたしかめるため巡礼に身を窶し、ひそかにフィレンツェに戻ってくると、なんと彼の親戚や友人たち、そしてエルメッリーナ夫人は、彼がすでに死んだものと思いこんでいる。テダルドはまずエルメッリーナ夫人の前にあらわれて、彼女の過去のあやまちを悟らせ、仲直りをする。それからテダルドを殺したという疑いをかけられていた彼女の夫を救い、親戚一同を呼んで祝宴を開き、自らの無事を証明するため、その場で変装を解く（図5 - 4）。

そして、彼はスキアヴィーナとすべての巡礼服を脱ぎすてると、緑色のゼンダードのジュッバ一枚になりました……（III 7, 89）。

さて、これら四つのケースの緑衣は、受洗、祝祭、婚礼、復活祭、親戚をまじえた祝宴といった、すべて「歓びの場面」にさいして着られている。このような祭事における緑の着用は年代記類にしばしば見られる。たとえばカバレトの『サヴォイア年代記』(*Cronique de Savoie*)によれば、一三五三年一月にブール・ガン・ブレスで三日間行なわれた馬上槍試合に、サヴォイア公国のアメデオ六世は、貴婦人と騎士一二人ずつを伴い、全員緑衣——それは一日めは絹織物、二日めは毛織物、三日めは木の葉でつくられていた——で参加したという。☆10

またデッラ・カーザが言及しているマンフレーディ王は、よりプライベートな愉しみごとの場でこの色を身につけていたようである。

マンフレーディ王は、……容姿端麗にして、また父と同じく、あるいはそれ以上に淫蕩な者であった。彼は楽器を奏で、歌い、道化や小姓や美しい愛人たちをはべらせ、そしてつねに緑の服をまとっていた。また彼は寛大で気前よく善良であったので、人びとから大いに好かれ愛された。しかし彼の暮らしぶりはいたって享楽的で、神も聖人も敬わず、ただ肉の快楽だけを信じていた。☆11

シチリア王にして神聖ローマ帝国皇帝でもあった父王フェデリーコ二世(在位一二一五—五〇年)は、教皇と悶着を起こしてたびたび破門されるという危険人物であったが、このマンフレーディ王も教会や聖職者の敵として睨まれていたという。このヴィッラーニの記事からは、緑衣が酒池肉林と乱痴気騒ぎにあけくれる宮廷生活の象徴であるかのような印象を受ける。☆12

シシルは、緑が徳目としては「歓喜」(Lyesse)に喩えられ、☆13 また「陽気で確固たる信念の若者によって着られる」と述べていた。☆14「歓喜」や「陽気」——このような祝祭的気分と緑を結びつけたのは、「花咲きみだれる草地の草」、

図5・3――「テダルド・エリゼイ」ボッカッチョの自筆挿絵（ms.Hamilton 90, 39v）一三七〇年代　ベルリン　国立図書館
最晩年の作者自身の手によって、インクと水彩で描かれている。登場人物の肖像が一三枚入っているが、これはその一枚。栗色の髪と顎髭で、赤い服。胸にはTebaldoの文字が見える。

図5・4――一四九二年にヴェネツィアで出版された『デカメロン』初版本の木版挿絵（Banco Rari 365, 42v）　フィレンツェ国立図書館［Photo © Biblioteca Nazionale Centrale di Firenze］
画面左には、巡礼姿でエルメッリーナ夫人を訪れたテダルド、右には彼が夫のアルドブランディーノも交えた宴会の席で正体をあらわした場面を示している。

「葉生い茂り、緑の枝を沢山つけた木々」、「小川や泉の周りに生える葦[15]」をこよなく愛し、それら自然界の美しさが何にもましてひとの気分をなごませ愉しませるとする中世の人びとの心であった。

再生

さて、ボッカッチョ研究者の中には、これら緑衣着用のパターンを、それ以前に着ていた服の色とあわせて考える者もいる。ジャネット・レヴァリー＝スマールの興味深い見解を聞こう。

彼女はまず『フィローコロ』について、ビアンチフィオーレが処刑の場で黒衣をまとわされていたことに着目している。[16]そしてヒロインの着衣が黒から緑へ変わることは、彼女の立場の変化、すなわち獄中の死の恐怖から生命の新たなる始まりへという状況の好転を意味していると述べる。[17]

また『ニンフ譚』の着衣の変化は、復活祭の週末をあらわすものであるとスマールは解釈している。つまりフィアンメッタは復活祭前日の聖土曜日に黒を、そして翌日の復活祭の日曜日には緑を着ている。したがって、黒衣にはキリストが冥府に降っていることを、そして緑衣にはキリストの復活の意味が含まれているというのである。[18]

またラウラ・サングイネーティ＝ホワイトも、『デカメロン』のテダルドに関してスマールと似たような見解を示している。それによるとテダルドは、黒い喪服を身につけた親戚一同の前で灰色のスキアヴィーナ（巡礼者用の外衣）を脱ぎ捨て、[19]下に着ていた緑色のジュッバを示す。次いで彼の指示で、親戚たちも次々と黒衣を脱ぎ捨て、ここに集団的な「衣替えの儀式」(transvestizione)が行なわれる。そしてテダルドの素性が明かされる以前の色彩は「沈黙の底」に、最終場面の色彩は、歌や踊りで賑わう祝宴の情景に相当すると彼女は言う。[20]

つまり大団円《フィナーレ》の場の緑衣を暗色の衣服からの「変容」の結果としてとらえた場合、ビアンチフィオーレのそれは、改宗した夫とともにキリスト者として迎える新生活、フィアンメッタのそれは主なる神の復活、そしてテダルドのケースは彼自身の蘇生を意味すると解釈できる。またエミリアにしても一瞬ではあるがアルチータの葬儀のさいに黒を身に着けているので（XII 1, 5-6）、そのあとに続く婚礼の場での緑衣も、やはり婚約者の死という重苦しい雰囲気からの脱却を表わしていると考えてよい。まさしく彼らの着る緑は「再生」と「復活」の象徴である。

恋心

さてエミリアは、緑衣をまとったその姿を、二度ともウェヌスになぞらえられていたが、これにはいったいどのような意味が込められているのだろうか。

この奇妙な「喩え」を最初に指摘したのはスマールである。ただ彼女自身も認めるとおり、ボッカッチョのウェヌスがつねに着ているのはポルポラであって、緑ではない。それでも彼女は、チョーサーの『トロイルスとクリセイデ』の続編としてロバート・ヘンリソンが書いた『クレセイドの遺言』（一五九三年）に登場するウェヌスが、半分は緑、半分は黒の服を着ていることを引き合いに出し[☆21]、この二つの色の組みあわせには、恋も若さも美も儚く移ろいやすいものであるとの警告が込められていると述べる。[☆22]しかしイギリスの、しかもシェイクスピアと同時代人の作品とボッカッチョのそれとを関わらせて論じようとすることには、いささか無理が感じられなくもない。

とはいえ、女神と緑との関係を完全否定することはできない。たとえば古代ギリシャの偉大な彫刻家フェイディアスのつくったアプロディテ（ローマ神話のウェヌスにあたる）像は、再生の象徴たる緑で塗られていたと言われ[☆23]、またシシルの色彩象徴体系が示していたように、Vénus、すなわち金星が緑と結びつく例もある[☆24]（一〇〇ページ参照）。しかし中世・ルネサンス期イタリアのいかなる韻文・散文作品のなかでも、「緑衣を着たウェヌス」に出会うことはできないのである。

それでもウェヌスと深く関わる「恋愛」ならば、フランスにおいてと同様、しばしば緑と結びつけられる。一三世紀から一四世紀にかけての韻文作品には、緑衣を着た想い人の姿が詠いこまれている例が少なからず見られるが、そのひとつ、ダンテの「石の詩」（Rime Petrose）連作（一二九六―九七年）では、詩人に靡かぬ「石のように頑なな」婦人(petra)を次のように描きだしている。

われは見たり、かつてかの女《ひと》緑の衣まとひしを。
かの女、あまりにうるはしければ、
その影にも寄するわが想ひを石となさん。
美しき草地にて佇めるかの女、
かつてなく恋ひ焦がれ、
あたりを高き丘にて囲まれたまはゞ。☆25

このpetraの緑衣が詩人に対する恋心の象徴であることは、ダンテ研究者の共通した解釈である。☆26 またペトラルカも、恋人ラウラが老いた日の姿を「金の髪が銀にかはり、/花冠も緑衣もつけず、/花の顔《かんばせ》も色あせ」と心に思い描き、互いに想いあった過ぎ去りし青春の日々を緑の着衣で表わしている。☆27

さらにアントニオ・デリ・アルベルティ(一三六〇?―一四一五年)の六行詩《セスティーナ》に曰く、

この日の下にてはいかなる女もかゞやくこと難し。
かの女《ひと》に比ぶれば、さながら影の如く、
花々のあひだの枯草にも似たり。
その日かの女《ひと》緑をまとひて
他の女とともにあらはるれば、
ディアナ降りたるかとぞ思はるゝ。☆28

詩型にしろ主題にしろ先のダンテの詩句の影響が濃厚であるが、女を緑で装わせることによって、彼女が自分の意中の婦人《ひと》であることを読者に知らしめている点も共通している。

再びボッカッチョのキャラクターに目を向けると、ビアンチフィオーレはフローリオに、エミリアはアルチータとパレモーネに、フィアンメッタはカレオーネに、テダルドはエルメッリーナ夫人に想いを寄せられている。しかし彼らの願いはそうやすやすとは叶えられない。アンドレアスの恋の掟「容易ニ成就シタル恋ハソノ価軽ク、至難ナル成就ニヨリテコソ恋ハソノ価尊シ」[☆29]は絶対なのである。恋愛としてかたちになる以前の混沌とした思念、生まれた恋の前に立ちはだかる数多くの試練、恋の難航――それらすべてを象徴するのが黒や灰色の服であり、そして最終場面の緑衣によって恋の獲得と苦悩からの解放があらわされ、「幸福な結末」が読者に強烈に印象づけられる。とくにカレオーネとフィアンメッタの物語には、ボッカッチョ自身とマリア・ダクィーノのなれそめのエピソードが重ねあわされており、女の緑衣はまさしく詩人の恋が報われた当初の悦びを代弁している。

ただし緑がamoreに関わる色であるといっても、それは赤が高次の普遍的な「慈愛」や成熟した大人の愛を表わすのとはまるで異なる。緑によって象徴される愛は、緑野も秋になれば枯れ、冬には雪に蔽われてしまうように、どことなく不安定なものであり、それが永遠に続くという保証はどこにもない。緑衣のフィアンメッタ‐マリアとボッカッチョとの恋は、『ニンフ譚』執筆時にはすでに過去のものとなっていたということは象徴的である。

〈賢明〉の緑衣

『ニンフ譚』のフィアンメッタは、キリスト教的寓意の観点からは「希望」にあたる。七元徳のひとつ「希望」が伝統的に緑で表わされることはすでに第1章で見たとおりだが、それはリーパも説明しているように、草木の緑は「よき収穫の希望をあたえる」からである[☆30](図5‐5)。つまりフィアンメッタは「復活」「恋愛」、そしてこの「希望」

Veſteſi queſta figura di verde per la ſimilitudine dell'herbe, che danno ſperanza di buona raccolta. *SPERANZA.*

Gg DON-

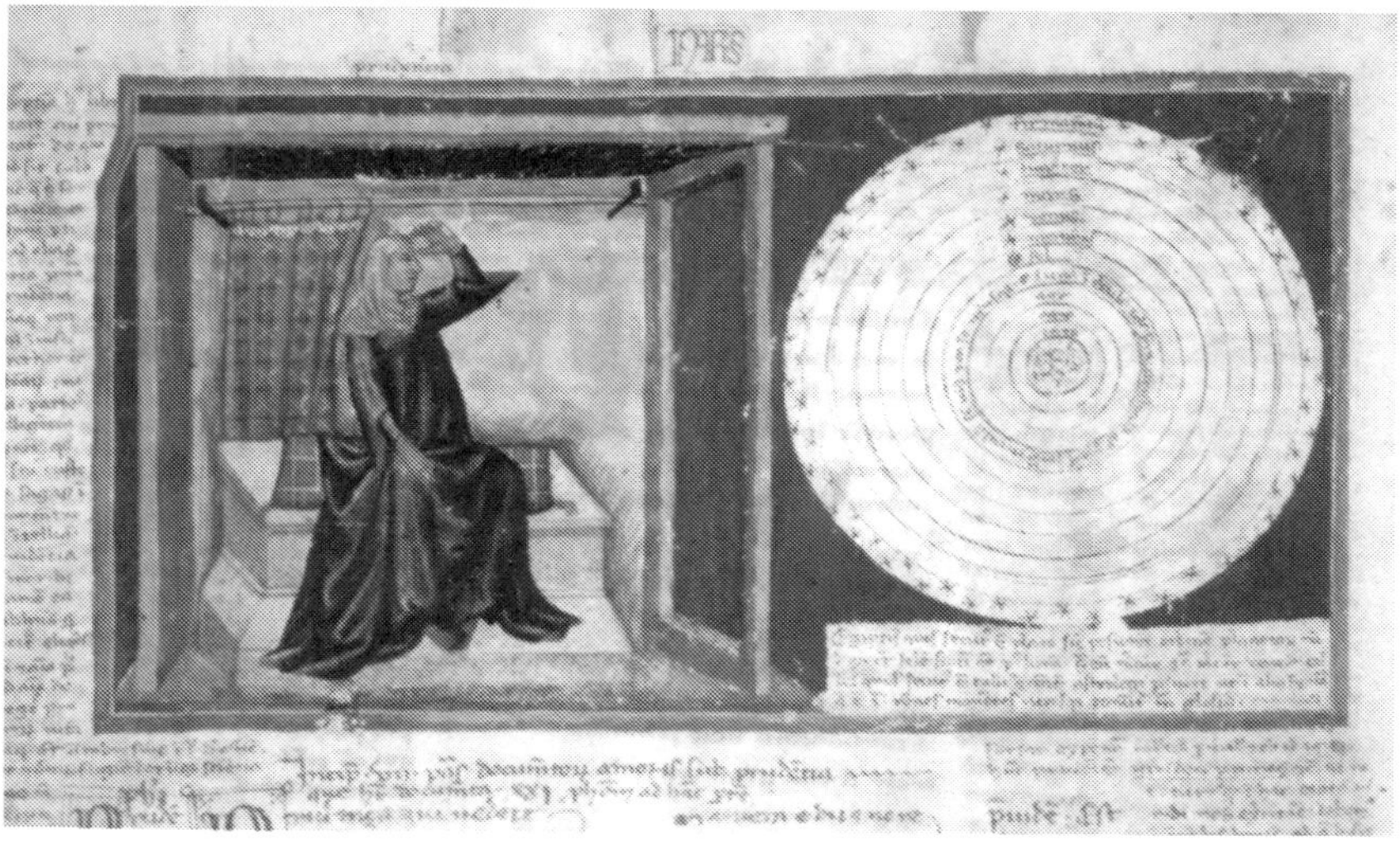

図5-5〈希望〉リーパ『イコノロジーア』一六〇三年第三版
図5-6〈賢明〉『愛の訓え』(ms. Barb. Lat. 4076, 69v) 一三一三―一八年頃 ヴァティカン図書館
図5-7〈賢明〉『愛の訓え』(ms. Barb. Lat. 4077, 58v) 一三一三年頃 ヴァティカン図書館

という三重の意味で緑と結びついていることになる。
ところで「希望‐緑」というつながりは、それほど強力なものではなく、万人がこのシンボリズムを踏襲するわけではない。たとえばシシルが「希望」にあてた色は白であり、緑の徳は「剛毅」であるとしている。フランチェスコ・ダ・バルベリーノも『愛の訓え』で〈希望〉にやはり白をまとわせているが、[☆31]こちらで緑衣が与えられているのは〈賢明〉である（図5‐6・7・カラー図版11）。

年の頃は三十《みそぢ》、
してその衣は緑。
そはこれによりて我らの生業《なりはひ》に役立つことを
我らに明らかにせんがため。
かゝる緑なす齢《よはひ》にて、
徳高めんがためなり。[☆32]

そしてその註解では、彼女の衣の色の理由を「若いときにわれわれは善を追い求め、己の気質を保たねばならないので」としている。[☆33]さらにバルベリーノは姉妹作『女性の立居振舞について』でも〈賢明〉に「緑濃く雄々しきがゆゑ」緑を着せているが、[☆34]「賢明‐緑」という結びつきは他に類を見ない特異なものである。しかしこのシンボリズムはけっして根拠のない発想ではなく、ここには若さが正しい判断をもたらすとする思想が根底にある。ダンテの『饗宴』によれば、人間の一生は「青年期」（Adolescenzia）、「青春期」（Gioventute）、「壮年期」（Senettute）、「老年期」（Senio）の四段階に区分されるが、そのうち人として完成に向かう「青春期」は二五歳から四五歳までとしている。[☆35]バルベリーノの〈賢明〉は三〇歳であるから、まさしくその「青春期」にあたる。したがって緑によって表わされたのは「賢明」の徳そのものよりも、それを生みだす三〇歳という「緑なす齢」（verde etate）、すなわち「若々しさ」であった。

「春の草や葉は目によろこばしく、緑の絵や布は（ウィトルウィウスやプリニウス曰く）視る者の眼に力をあたえる」とドルチェは言う。[☆36] 絵画や布地の人工的な緑をも評価しているのがシシルと異なるが、共通するのは「自然礼讃」という姿勢である。緑の肯定的な見方は、自然の野山の色を是とするところからつねにきており、復活の歓びも恋の悦びも結婚の慶びも希望も若々しさも、すべてここから生まれる。「幸福な結末」に導かれた物語を劇的に締めくくるのにもっともふさわしい色は、緑を措いて他にないのである。

第6章　気紛れな色　ポルポラ

ポルポラの終焉

……ムーレックスもまた［プルプラと］同様の［性質を具えている］が、咽喉の中央に、衣服を染めるためにと［人びとが］求めるあのプルプラの花をもっている。そこには白い管があって、ごく少量の液体が含まれているが、ここからあの貴重な黒っぽい薔薇色に輝く染料がとれるのである。しかし身体の他の部分からは、なにもとれない。……ローマの束桿と斧とがそれ（プルプラ）に途を拓き、加えて少年期の威厳のしるしともなる。そしてそれは元老院を騎士階級から区別し、神々の恩寵を得んがために求められ、またあらゆる衣に輝きをあたえてくれる。さらに凱旋用の衣服においては金とあわされる。それゆえプルプラへの気ちがいじみた執着も弁明の余地があるというものだろう。しかしまあ、どうしたわけでこの貝に［これほどの］額が支払われるのであろうか。染料として使用される折には悪臭を発し、荒海の如き陰気な鉛色をしているというのに？☆1

「古《いにしえ》の世には、人びとはいかなる染料を用いて布を染めていたか」ということが話題になるとき、その答えとして第一に挙げられるのが、このムーレックス（murex）やプルプラ（purpura）、すなわちアクキガイ科に属する巻貝の仲間である。とくに地中海沿岸部に棲息するムーレックス・ブランダリス（murex brandaris、和名シリアツブリボラ）、ムーレックス・トルンクルス（murex trunculus、和名ツロツブリボラ）、およびプルプラ・ハエマストマ（purpura haemastoma、和名ベニレイシガイ［図6-1］）は、赤系の染料の原材料として古代オリエント、ギリシャ、ローマでおおいに珍重された。アリストテレスが一連の動物に関する著作のなかでポルピューラ（πορφύρα）の生態に関する論にとくに力を入れているのも、[☆2] またプリニウスが『博物誌』においてムーレックスやプルプラの生息地、染料の採取法、さらにはその使用の歴史についてまでえんえんと書き記しているのも、古代世界でこの貝に対する関心がいかに高かったかを物語っている。その「気ちがいじみた執着」を惹き起こすものが染めあがりの美しさであることはいうまでもないが、また当時としては唯一といっていいほどの堅牢度の高さにもあった。さらにこの染料の価値をいやがうえにでも高めたのは、その稀少価値性であった。すなわちこの貝の腺——プリニウスが「花」（flos）とよんでいるもの——から得られる白い分泌液は、一個あたりわずか三、四滴にすぎないので、一〇〇グラムの羊毛を染めるのに必要な液一・五グラムを採取するには、じつに一万二〇〇〇個もの貝を要する。[☆3] しかもこれをきちんとした染料にするには、集めた液に塩を加え、一〇日間泡をすくいながら加熱し、不純物をとりのぞくという、実に手間のかかる工程が待っているのである。[☆4]

以上のような複雑な過程を経てできあがった染料——以下、これらをイタリア語の「ポルポラ」という言葉で総称する——で染められた服は、王侯貴顕の身を飾ったり、あるいは高価な下賜品として用いられた。すでに旧約聖書の時代からポルポラは使用されていたが、たとえばダニエル書中のバビロニア王ベルシャツァルは、自分の視た怪奇な幻が壁に書いた文字の意味するところを読み解かせるため、祈禱師や占星術師たちに対して次のような布告をおこなっている。

「この字を読み、解釈をしてくれる者には、ポルポラ（ヘブライ語でargawanâ yilbas、ウルガータ訳でpurpura）の衣を着せ、金の鎖を首にかけて、王国を治める者のうちの第三の位を与えよう」（『ダニエル書』第五章七節）。

そして古代ローマでは、王政ローマ時代のトゥッルス・ホスティリウス（在位紀元前六七三―六四二年）以来、ポルポラ染めの縁飾りのついたトガ（toga praetexta）を用いるようになったことは、プリニウスも伝えているとおりである。[☆5]

しかし中世に入ると、早くもポルポラを用いた染色は、ヨーロッパの各地から次々と姿を消していった。これは原材料のムーレックスの長期にわたる乱獲が祟ったものとおもわれるが、すでに紀元五〇〇年頃には、イタリアではポルポラの染色工はほとんどみられなくなり、わずかに南部のタラントからラヴェンナの東ゴート王テオドリクス（在位四九三―五二六年）に、ポルポラ染めの布が送られるにすぎないという状態におちいっていた。[☆6] その後もビザンティン帝国下のコンスタンティノポリスやパレルモでは、細々とポルポラ染色が続けられていたものの、衣服よりもむしろ羊皮紙写本や文書を染めるというケースがほとんどであった。そのなかでフィレンツェのサンタ・トリニタ聖堂に所蔵されている福者ベルナルド・デリ・ウベルティの大外衣（一二世紀の第一四半期［図6-2・カラー図版12］）は、数少ないポルポラ染めの遺品のひとつとして注目に値する。[☆7] そして一四五三年にトルコによって帝国が崩壊すると、この染色もまた完全に終わりを告げたのである。[☆8] 事実、ペゴロッティの商業指南書も、『絹織物製作に関する論』を初めとする中世からルネサンス期にかけて書かれた重要な染色マニュアルも、ポルポラに関しては完全に沈黙している。[☆9]

こうしてポルポラ染色は喪われたが、この染料を語源とする「ポルポラ」という色名だけはなおも生き続けることになる。[☆10] そして旧新約聖書において「ポルポラ」の服がステイタス・シンボルとして機能している例が数多くみられたり、その他古代ギリシャ・ローマの文献類がこの色の価値を後世に伝える役割を果たしたために、時代が下ってもその地位が揺らぐことはけっしてなかった。

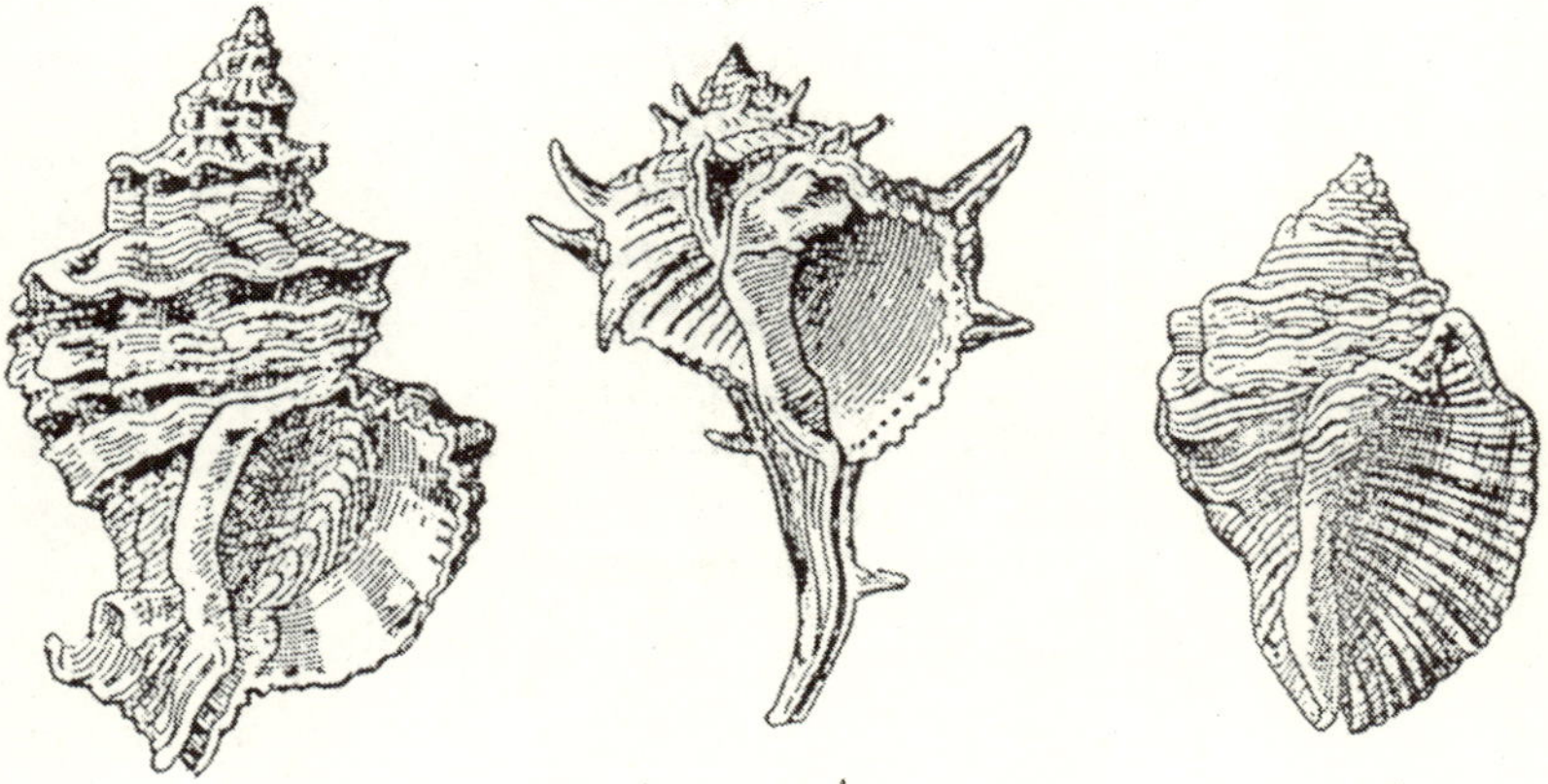

a　b　c

図6-1——アクキガイ科の仲間（Murex trunculus）
ヴェネツィア　市立国史博物館
（a）Murex trunculus
（b）Murex brandaris
（c）Purpura haemastoma
（F. M. Fales, "La porpora degli antichi...," cit., p. 841）

図6－2——福者ベルナルド・デリ・ウベルティの大外衣　一二世紀の第一四半期　フィレンツェ　サンタ・トリニタ聖堂
青、黄緑、そして赤紫の色で織られたサマイト地。ハート形を織りだした赤紫色の糸がポルポラ染めである。

「ポルポラ」とは何色か

ポルポラ色の着用は、王侯貴族か、政治的に重要な地位にある者に限られるという昔ながらの慣習は、トレチェントのイタリアにおいても依然としてありつづけた。たとえばヴィッラーニの伝えるところによると、一三二八年四月一八日、長期イタリア遠征中の神聖ローマ皇帝ルートヴィヒ四世は、「聖俗双方のローマ市民をサン・ピエトロ広場に集め、前述の説教壇に、ポルポラ(porpore)をまとい、頭には王冠を戴き、右手には金の権杖、左手には金の林檎をもち、皇帝として前述の説教壇にのぼった」[☆11]。この記述からは、王冠や権杖などとともに、ポルポラの衣裳が相変わらず民衆に対する示威表明に欠かせぬ道具として用いられていたことがうかがえる。

ところでヴィッラーニがここで「ポルポラ」と呼んでいるものは、実際にはいったいどのような色調だったのであろうか。ポルポラ染料からは、冒頭に示したシリアの《受胎告知》の真紅色やウベルティの大外衣の赤紫色、果ては青や褐色にいたるまで、さまざまな色調が得られた。しかし一四世紀に使用されていた「ポルポラ」という色名が、そのままポルポラ染料がつくる色をあらわしたとは考えにくい。それというのも、先に述べたように、ポルポラ染色は喪われてすでに久しく、当時の一般人にはポルポラ染料に関する知識はほぼ完全に欠如していたはずだからである。

したがって「ポルポラ」の正確な色調を特定することはたやすいことではない。しばしばこの言葉には「緋色」あるいは「紫色」という訳語が与えられるが、「緋色」が必ずしも適切でないことは、シシルの書の第二部にあるプールプルの定義「この色は赤と黒の中間に位置するが、やや赤寄りである」[☆12]、もしくはリーパが〈節制〉(Temperanza)のまとう服の色について解説したくだり、「そして[彼女が]中庸であることは、ふたつのまったく異なる色よりできているポルポラの衣で示される。こうして混ぜあわされた色は、聡明で慎重な知性が眼にしたふたつの極として、喜ばしくも美しい混合物をあらわし、大いなる完全性についてのひとつの考え、ひとつの概念が生まれる」[☆13]から明らかである。少なくともポルポラは混色であると言うことはできる。

しかし「紫色」というのも適訳とは言いがたい。中世からルネサンス期のポルポラは混色であるとはいえ、現代のわれわれが「紫」という言葉からイメージしうるような赤と青のちょうど中間に位置する色ではない。シシルの言葉を信じるなら、赤みがかった混色であると考えるのが妥当であるかもしれない。

ともあれポルポラほど実体のつかみにくい色はない。それというのもこれは一四世紀から一五世紀にかけての染色マニュアルや衣裳目録ではまずお目にかかることのない色名だからである。またヴィッラーニの年代記にしても、先のジョヴァンニの弟マッテオとその子フィリッポによって書き継がれた続編（一三四六―六四年）になると、porporaという語はただの一度もあらわれなくなり、その代わりに高位の人物のまとう色をあらわす言葉として使われるのは「スカルラット」となる（III, 13; IV, 49, 54; IX, 44; XI, 71）。つまり「ポルポラ」という言葉は、中世末期には実社会から事実上消え去ってしまう。かくしてポルポラは色名としての実体を失い、かろうじて残ったのは、「高貴な色」「高価な色」というイメージだけであった。

ポルポラを着るウェヌス

現実の世界から姿を消しても、ポルポラという言葉は文学作品《フィクション》のなかではかなり頻繁に使用され、シンボリックな意味を担うことになる。ボッカッチョの作品にも、その俗語およびラテン語作品双方に、数多くのポルポラをまとった貴人が登場するが、これらの人物をよくよく検討してみると、ひとつ興味深いことに気づかされる。つまり、女神たるウェヌスが常にポルポラを身に着けていることである。

ウェヌスの着るこの色に関しては、すでにアントニオ・エンツォ・クァリオとロバート・ホランダーが着目している。とくにホランダーは、「ボッカッチョの〈カラー・シンボリズム〉は一貫性には欠けるものの、色とウェヌスとの繋がりを示す証拠は少なくない。……『フィローコロ』以降の初期の作品中では、……彼女は半裸にパープル（purple）をつけている」と述べているが☆14、ポルポラの意味についてはこれ以上の深い言及はしていない。前章でみたとおり、ウェヌスのシンボル・カラーを緑とする例ならば古代からわずかながら存在するのだが、ポルポラとなると皆無である。それなのになぜボッカッチョは、ウェヌスの着衣をポルポラとすることにこだわったのであろうか。

1 《現世の栄光》

ウェヌスとポルポラの関わりを知るためには、まずはボッカッチョの作品中で、ウェヌス以外にいかなる人物がポルポラを身に着けているかをあらかじめみておくことが必要となろう。たとえば『テセイダ』のテゼオは、馬上槍試合で命を落としたアルチータに、みごとなポルポラの衣を着せかけている。

斯くしてテゼオ、この男（アルチータ）の
高貴なる血のしるしを充分にあたふべく、
国中よりあらんかぎりの飾り物あつめ、
彼をかざりたてたり。
すなはち技を尽くして織られしポルポラの衣を
彼に着せかけ、
権杖、宝珠、高価なる冠を
［テゼオはアルチータの弔いの］火に捧げたり（XI 36）。

続く『愛の幻影』においては、詩人の夢にあらわれる美しい館の一室の壁に描かれた寓意画《現世の栄光》（Gloria del popol mondano）のなかに、シャルルマーニュの姿がみとめられる。

なかでもポルポラを纏ひしシャルルマーニュ、
とりわきて光輝《かがやき》をはなちたり。
彼こそ現世にて大いに敬はれし者なりき（XI, 58-60)。

さらに『フィアンメッタの悲歌』（一三四三―四四年?）のフィアンメッタは、かつて恋人のパンフィロとともに観た馬上槍試合に参加する騎士たちの豪奢ないでたちを、感慨をこめて語っている。

かれらはポルポラの衣や、さまざまな色糸や金糸の刺繡、さらに真珠や貴重な石がほどこされた印度産の織物でできた服を身にまとい、馬鎧をつけた馬とともにあらわれます（V 27, 15)。

アルチータ、シャルルマーニュ、馬上槍試合の騎士たち――彼らはいずれも地位や富に恵まれた者たちである。すなわち彼らのポルポラの衣は、バイエルンのルートヴィヒ四世のそれのように、「高貴」「権威」「富」の象徴であると言える。このような色彩象徴体系は、ボッカッチョの後期のラテン語作品であり、数多くの古今東西の著名人の生涯を綴った『名士伝』（一三五五―七四年?）、および『名婦伝』（一三六〇―七四年?）では、より顕著にあらわれる。『名士伝』中の、オドアケルによる西ローマ帝国滅亡（四七六年）のくだりを見よう。

実際オレステースの子アウグストゥルス（皇帝ロムルス・アウグストゥルス、在位四七五―七六年）は、少し前からポルポラの衣をまとって皇位についていましたが、父の不興とオドアケルの勇猛果敢ぶりを耳にすると、無政府の王国を捨てて逃げてしまいました☆15（VIII 16, 2)。

さて、『テセイダ』第七之書には、パレモーネがエミリアを賭けたアルチータとの果たしあいを前にして、キュテレイア山にあるウェヌス神殿へと祈願に赴く場面がある。神殿、およびその周囲の情景やウェヌスの侍女たちについて述べられた韻文箇所には、ウェヌスの姿に関しては、ただ「[躰の]片側を／かくもうすき衣で蔽ひたりしがゆゑ／なにも隠すことあたはざるなり」(VII 65, 6-8) とあるのみだが、作者自ら付した註解には、この件について次のような補足説明がある。

そしてウェヌスの美しさを描き出している。彼女は横たわり、躰の片方は肌をあらわにし、もう片方はポルポラの薄衣で蔽っている。とはいえ、その衣は蔽われた部分を隠す用をほとんどなしていない[☆16](『註解』VII 50, 1)。

先のホランダーの言葉にもあるように、ボッカッチョのウェヌスは、たしかにポルポラの衣をアトリビュートとしているようである。

ボッカッチョの作品に登場する異教神のなかでは、ディアナもその着衣の色が白と定まっている[☆17]。しかし処女神が無垢と純潔をあらわす白を着るというのがきわめてわかりやすい寓意であるのに比べると、ウェヌスとポルポラを結びつける線はなかなか読者には見えてこない。そこで次に作中のウェヌスが演じている役割をくわしくみていくことにしよう。

2　二人のウェヌス

『テセイダ』のウェヌスに関する註は、全註解中でも破格の規模をもつものであるが、ここには彼が当時有していた神話の知識が総動員されている。

そのウェヌスは二人いる。すなわち一人は、子を得るために妻をもとめたり、またそれに類するような、各々の誠実にして正当な願いを聞き入れてくれる女神である。このウェヌスについては、ここでは語らない。第二のウェヌスはあらゆる好色を聞きとどける者であり、俗に愛の女神と呼ばれている。以下に作者は、この女神の神殿、及びその周辺の様子を述べる（『註解』VII 50, 1）。

ここでボッカッチョが持ちだしてきたのは、「二人のウェヌス」の概念——すなわちプラトンの『饗宴』に説かれている古代ギリシャ以来の古い概念であり（180d-e）、続く世紀には、マルシリオ・フィチーノ（一四三三—一四九九年）を初めとする新プラトン主義者たちが愛の理念を論じるにあたってこぞって引き合いに出したものである。ボッカッチョによれば、一人は子孫繁栄を司る女神、もう一人は「愛の女神」である。そして彼が以下にとりあげるのは、第二のウェヌスの方である。つまり先に見たポルポラをまとって横たわるウェヌスは、「愛の女神」であったということになる。

他作品のウェヌスにも目を向けてみよう。最初期の作品『ディアナの狩猟』のウェヌスは「裸」（XVII, 31）であるが[☆18]、この後、ウェヌスは常にポルポラをまとうようになる。

……［ウェヌスは］その白い躰に菫色がかったポルポラの衣をつけ、かがやく雲につつまれて、キュテレイア山の頂に降りたちました[☆19]（『フィローコロ』II 1, 2［図6－3］）。

この『フィローコロ』のウェヌスは、フローリオとビアンチフィオーレとの間に恋心を芽生えさせ、それを育む。異教徒のスペイン王子と囚われの女の娘でしかもキリスト教徒という身分と宗旨の違いから生じるさまざまな障害から二人を護り、ときには慰め、ときには励まし、ついには結婚にいたらしめるのである。ここでのウェヌスは、

いわば「恋のとりもち役」であり、グロスフォーゲルによれば、世俗的な愛に関わる「地上のウェヌス」である。[☆20]
また『フィアンメッタの悲歌』では、教会でたまたま見かけたパンフィロという青年への道ならぬ恋心に悩む貞淑な人妻フィアンメッタの眼前に、突如としてウェヌスがあらわれる。

見たところ、彼女は素肌にポルポラの薄衣一枚だけといういでたちで、それはその真っ白な躰をわずかに包んでおりましたものの、わたし（フィアンメッタ）の目からは、すきとおった硝子の下の像ほどにも、その姿をさえぎってはおりませんでした（I 16, 3）。

いまだ大胆な行動に出ることをためらうフィアンメッタに向かって、ウェヌスは長口舌をふるい、ひとは誰も愛神の力にはあらがえぬこと、恋の前には結婚という聖なる掟さえも無力なのだということを力説する。結局フィアンメッタはこの勧めを受け入れることになるが、しかしながら彼女を待っているのは涙と嫉妬と慚愧の念である。これから先、彼女の心はパンフィロへの止みがたい恋情のゆえに、けっして癒やされることはない。のちに「よくよく思い返してみますと、あのときわたしの眼の前にあらわれましたのはウェヌスではなくて、ティシポネ（復讐女神の一人）であったに違いありません」（I 21, 1）とヒロインに述懐させた女神は、まさしく「愛の女神」、それも「不義の愛」を司る女神である。[☆21]
それではポルポラは「愛の女神」としての第二のウェヌスに限られた着衣なのであろうか。最後に『ニンフ譚』のウェヌスを見てみよう。

彼女（ウェヌス）は、躰をわずかにポルポラの薄衣で蔽っていたものの、裸で、その衣は左肩の上からふたつの襞をなして垂れておりました（XXXII, 37）。

図6・3――「アモルとウェヌス」
『フィローコロ』写本（ms. Canon Ital. 85, 25r）一四六三―六四年
オックスフォード　ボードリアン図書館［Photo © Bodleian Library］
『フィローコロ』第二之書冒頭に付けられた挿絵。キュテレイア山で、ウェヌスは我が子アモルに、フローリオとビアンチフィオーレのあいだに恋を芽生えさせてやるようにと命じる。ここでのウェヌスは、乳白色のヴェールを腰に巻き付けただけの姿である。

その外見に関しては、『テセイダ』『フィローコロ』『悲歌』の場合とまったく変わらない。しかしここでは、ウェヌスはこれまでみてきた作品とは明らかに異なる性格をそなえている。コリート（フィエーゾレ）の山中で狩りに明け暮れ、森の神ファウヌスや木の精ドリュアデスといった野蛮な異教神を奉じていた主人公アメートは、リーアという、以前の生活ではまったく目にしたことのなかったようなタイプの美女に出会い、彼女らウェヌスを崇める七人のニンフたちの介添えで「洗礼」を受け、知性を得る。物語のクライマックスで「我はひとつにして三つなる天の光なり／すべてのものの始《はじめ》にして終《をはり》なり」（XLI, 1-2）と自称するウェヌスが降臨する。

そのときアメートは悟りを得、そしてその話しぶりから、彼女はけっして愚か者たちが無軌道な情欲にかられて女神と呼びならわしているウェヌスではなくて、真実にして正しく、そして聖なる愛が、死すべき人びとの間に降りたもうたところの御方であることを知ったのでした（XLII, 1）。

これが卑俗な「愛の女神」でないことはいうまでもないが、また『テセイダ』註解で触れられていた第一のウェヌスであるとも言いがたい。むしろ『ニンフ譚』の三位一体のウェヌスは、のちの新プラトン主義者たちが主張するところの神的愛を司る「天上のウェヌス」に近い存在であると言うべきであろう。[☆22]ただしボッカッチョの二人のウェヌスの描き分けは、フィチーノが明確に「天上」と「世俗」とに二分しているのと比べると、はるかに未熟かつ曖昧である。[☆23]

さらに晩年の人文主義的大作『異邦人の神々の系譜』に述べられている複数のウェヌスの存在は、いっそう読者を戸惑わせる。ボッカッチョは主にキケロの『神々の本性について』の記述を参考にして、[☆24]「カエルスの第六の娘大ウェヌス」（第三巻二二章）「カエルスの第七の娘にしてクピドの母なる第二のウェヌス」（第三巻二三章）「ユピテルの一一番目の娘にして、アモルを生んだウェヌス」（第一一巻四章）について説明しているが、その論は『テセイダ』註解にみられる論とは微妙に異なる。たとえば彼は「大ウェヌス」のアトリビュートとして、鳩、白鳥、ギンバイカ、薔薇を、「第二のウェヌス」のものとしてはやはり薔薇を挙げているが[☆25]、『テセイダ』註解では、鳩とギンバイカに関しては、「第二のウェヌス」に属するものとなっている[☆26]。

ボッカッチョは、二人のウェヌスが同じ図像学的アトリビュートを有してしまうこと、そして両者を明確に区別するのは不可能だということをよくわきまえていたという[☆27]。であるから、ポルポラの衣もまた、他のアトリビュート――ギンバイカや薔薇など――と同様に、どのウェヌスにも共通するものであると考えて差し支えないと言えるだろう。

とはいうものの、美術作品でも文学作品でも、ウェヌスは「裸」で表現されることがほとんどである。ボッカッチョ自身、『系譜』では「第二のウェヌス」を裸であると定義しており、その理由を、常に心構え――おそらく性行為の――ができているため、あるいは彼女に従う者たちが裸になるため、あるいは肉欲の罪は長く隠しおおせたとしてもいずれは露見するため、またあるいは肉欲の罪は裸で犯すものであるためとしている[☆28]。

このようなことから、ポルポラを着るウェヌスは、ボッカッチョのまったくのオリジナル、それも彼の初期の俗語作品に特徴的にみられると言えるのだが、それにしてもいったいなぜポルポラなのであろうか。次に再びポルポラの象徴性という側面からこの問題を考えてみることにしよう。

3　ポルポラの多義性

さて、『色彩の紋章』では、ポルポラに相当するフランス語のプールプルがどのように定義されているだろうか。プールプルに関する第一部の記述の全文をここに引用してみよう。

これら六つのものと色を用いて、全部混ぜあわせると、第七の色、すなわち紋章用語ではプールプルと呼ばれるものができあがる。ある者はそれを紋章の色としてとらえているが、またある者はそうではないと言う。ある人びとによれば、それは残りの色でできているために最も価値の低い色である。というのは、それは他の色が与えてくれる以外の徳を持ちあわせていないからである。またある人びとの主張するところによれば、それはすべての色を含んでいるために、もっとも高貴でかつ気高い色であるという。そして皇帝や王たちは、その各々の地位を誇示する時に、この色が最も高貴で、またすでに述べたように他のすべてのものを含んでいるとされるがゆえに、その色で装うのである。さらに次のように言うべきであろう。かつてこの色を身につけた最初の人物は、ローマ第三代の王トゥッルス・ホスティリウスであった。[☆29] 彼の治世は三〇年間であり、［第二代］ヌマ・ポンピリウスの時代に一度おさまった戦闘を再開した。この色は無数にある美しい宝石に似ている。そして徳目は「善の豊かさ」である。昔は皇帝や王でなければ、その色を身につけることはなかった。祭壇や幕屋は、大いなる威厳を以て、この色で蔽われたものである。

プリニウスはこの点に関して『博物誌』第三五巻六章で、プールプルはその価値の高さのゆえに他のすべての色にもまして好まれるべきだと述べている。[☆30]「箴言」第三一章曰く、賢い妻は、プールプルの布で着飾ることを好むという。[☆31] それは大いなる意義と神秘にほかならない。またソロモンの「雅歌」第一三章によれば、平和を愛したイェルサレムの偉大なる賢王ソロモンは、レバノンの山の森から伐りだした木で天蓋をつくらせたという。その柱は銀、背もたれは金、中に入るための梯子はプールプルでできていた。すなわちこの色で塗られていたか、あるいはプールプルの絹で蔽われていたということ——「プルプラの階」——を聖書は伝えている。王はまたそれをイェルサレムの娘たちに愛情をこめて美しくかざらせた。[☆32] このことはプールプルという色が、旧《ふる》き世には大いなる誉れをもつものであったということをよくあらわしている。つまり、王に関しては快楽と勝利を、教会に関しては神秘的にしてうるわしい意味を持ちあわせているのである。わたしは今のところは、そのことを申しあげておきたい。すでに述べたように、この色は、王、皇帝、偉大なる諸侯たちのためのものである。とりわけ王の中の王、主の中の主である神の子は、それで装うことを望んでいる。というのは、われわれが彼の生涯について読んだところによると、栄光の聖母は、彼のために一着のプールプルの服をつくったからである。それには継目も縫い目もなかった。このことは彼女が罪を犯さずに、処女《おとめ》のうちにみごもったことをあらわしている。また先の服は、優しき幼子が育つにつれて大きくなった。これまたすばらしき奇蹟である。私はその服を、パリの近郊約三リューのところにあるアルジャントゥイユという街で見たことがある。ゆえに「王の中の王」は、天と地の王であることを示さんがため、プールプルを着るのである。また詩人たちは、いかにしてプールプルという色が見いだされたかということを書いているが、わたしはこの書でそのことを語りたくはない。それは絵空事であるし、語るに空しいことだからである。わたしが耳にした、色について巷でいわれていること、そして逸話はこれですべてである。[☆33]

すでにくりかえしみてきたように、ここではプールプルが主に皇帝や王が身につける高貴な色であるということが述べられているが、これに加えて聖母マリアがキリストのためにプールプルの衣を作ったという逸話を載せている。これはおそらく新約聖書偽典『ヤコブによる原福音書』第一〇章二節の、幼少のマリアが神殿の幕を織る乙女の一人に選ばれた際、プールプル（πορφύρα）と緋色（κόκκινος）の糸が与えられたという記述から生まれた伝承であろう。ともあれプールプルは、俗世であろうが神の領域であろうが、他の者を統べる長たる地位にふさわしい色であるという。

　続く章では、それぞれの色彩のもつさまざまな意味合いが列挙されているが（一〇〇ページ参照）、プールプルは現世の徳目としては「善の豊かさ」、他の徳目としては「神と現世の恩寵」、宝石としては「沢山の美しい石」、年齢としては「七〇歳までの老年期」、惑星としては「水星」、七元徳としては「節制」、曜日としては「土曜日」にあたるという。四気質、四大元素、四季には数えられていない。ほかの色彩——たとえば金が「富」「高貴」「トパーズ」、赤が「大胆」「ルビー」などを象徴するというのは、万人の納得するものであると思われるが、それにひきかえプールプルの象徴体系は、根拠が曖昧でわかりにくい。このような曖昧さは、シシルが述べていたように、プールプルとは「六つのもの（金属）と色を用いて、全部混ぜあわせると」できる「第七の色」であり、「すべての色を含んでいる」総合的な色だとする中世独特の考え方に起因すると想像される。あらゆる色の性格を内包しているだけに、そのシンボリズムにはどうしても理解しがたい点が生じてしまうのである。

イタリアのポルポラのもつ意味は、シシルが挙げているものだけにとどまらない。次に一三〇〇年代《トレチェント》の文学作品から、いくつか興味深いケースを拾って見てみよう。

4　愛の感化

ダンテのたどりついた「地上の楽園」では、赤、緑、白の三対神徳の乙女たちに続き、四枢要徳の化身が登場する。

> 左には、ポルポラの衣をまとひて
> 愉しく舞へる四人の乙女あり、そのひとり、
> 頭に三つの眼もつ者、他の者をみちびきたり（*Purgatorio* XXIX, 130-132）。

この箇所の解釈に関しては、従来より大きく分けて二つの説がある。ひとつは『オッティモ・コメント』の、ポルポラは「法によって国を治める者の服である」からとする説である。[☆34] この見解は、伝統的に為政者によって着られていたポルポラは、古代社会でとくに重んじられた徳である「賢明」「正義」「節制」「剛毅」の色としてふさわし

いとするものである。

もうひとつはクリストーフォロ・ランディーノの説である。彼は一四八一年に書いた『神曲註解』のなかで、この四人がポルポラをまとっているのは「慈愛（charita）と愛の熱（fervore dello amore）をあらわすためである。つまり、それなくしてはいかなる者もこれらの徳を有することはできないのである」と説明している。[☆35] すなわちランディーノによれば、四枢要徳のポルポラの衣は、彼女らがそのそばにいる〈慈愛〉――彼女は「火中にても見わけ」にくいとおもわれるほどに赤い（122-23）――の感化をつよく受けていることをあらわしており、トマス・アクィナスの「倫理徳は慈愛なくしては存在しえない」（『神学大全』第一―二部第六五問題第二項）という言葉をふまえたものだというのである。

このふたつの説のうち、どちらが正しいと断定することはできないが、ランディーノの説は、当時のポルポラがやはり赤に近い色調として捉えられていたことを確認させてくれる。そしてまたこの色が「慈愛」や「愛」という意味をも担っていたことを教えてくれるという点で、きわめて興味深い。

5　「女」の色

一三世紀シチリア派の詩人チェーロ・ダルカモの『対話詩《コントラスト》』では、「御身が（毛織の）服をまとひしときから／うるはしきひとよ、われ愛神に傷つけられたり」と詠じる男に対して、女はいともすげなく応酬する。

あゝ！　而して汝恋したまふか、裏切り者ユダよ？
さながらポルポラかスカルラットか絹地《サマイト》なるかのごとく！[☆36]

このことはとりもなおさず、当時ポルポラやスカルラットが女性の服を最も魅力的にする色であったことを物語っている。[37] さらにボッカッチョは『名婦伝』中で、ポントス王妃ヒュプシクラテア（前一世紀）が、夫ミトリダテスの出陣時には、金銀宝石でできた宝飾品をはずし、ポルポラの衣を脱ぎ、武具に身を固め従者として夫に仕えたことを伝えているが（LXXVIII, 3）、このエピソードは、「ポルポラを脱ぐ」ということが即「女を捨てる」ことを暗示するものであるように思われる。つまりポルポラは、「女」そのものをあらわすといえよう。

であるから、男性がポルポラをつけることは好ましいものであるとはみなされないケースがある。たとえばヘラクレスがアイトリア王の娘イオレに恋したとき、彼女がヘラクレスに女の恰好をして糸紡ぎをするように命じたという逸話があるが、ボッカッチョは同じく『名婦伝』で、このとき彼が「ポルポラのマントと柔らかい衣裳」を身につけていたと記している[38]（XXIII, 4）。この記述は、おそらくオウィディウスの『ヘロイデス』中にある、ヘラクレスの妻デイアネイラの手紙を基にしたものだと考えられるが[39]、ともあれポルポラは、ヘラクレスのトレード・マークともいうべき獅子の皮とくらべれば、数々の功業を成し遂げた英雄にまったく似つかわしからぬしろものである。このようにポルポラという色は、女にとってはその美しさを引き立てるものとなりうるが、男が身につけると、時に軟弱さあるいは女々しさを表わし、恥ずべき振る舞いとして嗤われてしまうのである。

6　悪しきポルポラ

すでに他の章において詳しくみてきたように、中世の色彩象徴体系においては、すべての色が善悪両面をあわせもっているが、ポルポラもまた例外ではない。シシルは、プールプルは残りの色でできているために、もっとも価値が低い色であると考える者もいると述べていたが、混色であるがゆえの曖昧さが、中世の人びとの目には悪徳として映る場合も往々にしてあったのだろう。このような見解を踏まえて、現代の色彩研究者たちもポルポラの二面性をしばしば指摘している。たとえばポルタルは、プールプルを赤と青の混合色であるが、やや赤みが強いと定義したうえで、赤が「神の愛」を、そして青が「天の真実」を象徴するがゆえに、「真実の愛」をあらわすと述べる一方、悪の象徴ともなりうるとしている、[40]またパストゥローによれば、ポルポラは美徳としては「賢明」(prudenza)「節制」(temperanza)をあらわすものの、悪徳としては「悲嘆」(tristezza)「曖昧さ」(ambiguità)「大食」(gola)を意味するという。[41]

そして何よりポルポラは、地上の権力と結びつく色であるだけに、その対極に位置する悪徳である「虚栄」を象徴し、それゆえたびたび宗教家の非難の矢面に立たされた。たとえばドミニコ会の司祭であるドメニコ・カヴァルカ(一三四二年没)は、キリストが十字架につけられる前に「ユダヤ人の王」としてまとわされたポルポラ(purpura)の衣(『マルコによる福音書』第一五章一七節、『ヨハネによる福音書』第一九章二節)について、次のように解釈している。

……もしわれわれがこのこと(虚栄のために犯す罪)をよくよく考えたならば、飾りもの、そしてポルポラの衣、あるいは色物の衣を身につけるのを避けるだろうに。なぜならば聖ベルナルドゥスが述べているごとく、キリストがポルポラの衣を着せられて嘲られたように、あらゆるポルポラは恥辱に還るからである。さらに聖グレゴリウス曰く、もし派手に着飾ることが罪でなかったなら、キリストは貧しいみなりをした洗礼者ヨハネを誉め称えなかったであろう。……したがってポルポラの衣や白衣、そして高価な洗練されたもので身を飾る者は、キリストの幻影をあらわし、彼を愚弄することになるのである。さらに聖キュプリアヌス曰く、ポルポラや亜麻布の服を着る者は、キリストを身につけることができないのである。[42]

ここでポルポラは、「名誉欲、おべんちゃら、見せびらかしのために犯す罪」をあらわす。そしてカヴァルカは、そのような高価ではあるが虚しいもので身を飾る者は、神の救いという永遠の誉れにあずかることはできないと人びとに警告する。

さらに聖ベルナルディーノ・ダ・シエナも、一四二七年九月二三日におこなった説教において、同様の苦言を呈している。

『いつもポルポラの衣や柔らかい麻布を着ていた者は、死んで葬られ、陰府《よみ》にあった』。ポルポラ——すなわち赤のことで、血を意味するのだが、これを身につけていた者は死んで陰府に下るであろう」。汝は、キリストが嘲られるためにポルポラの衣をまとわされたということを考えないのか？ なるほど、かれにとってその衣はいかにもふさわしかった。というのは、それはこの世で目にしうる衣のうちでも、もっとも貴重なものだからだ。だからかれはそれに十分見合う方であった。キリストほど尊い方はおられぬからだ。……汝は、パオナッツォやヴェルミリオの服を身につけるたびに、もしそれが正当ならざる稼ぎによって手に入れたものならば、キリストを愚弄していることになるのだ。☆43

大意はカヴァルカとさして変わりない。しかしここからは、ランディーノの『神曲註解』にみられたのと同じく、当時ポルポラが赤と同一視されていたこと、そして血——それもパストゥロー言うところの悪い血の概念をあらわしていたことがうかがえる。☆44 つまりポルポラは赤に類する色として、ポルポラ固有の悪徳のみならず、赤の負の意味をも担わされていたのである。

7 ウェヌス——愛の運命女神

ふたたびボッカッチョのウェヌスに話を戻そう。

すでに見てきたように、ウェヌスは作品によってさまざまな面をみせる。まず『フィローコロ』の彼女は、いわば「縁結びの神《ヒュメノス》」である。また『テセイダ』のウェヌスは、恋人を得られるようにというパレモーネの望みをかなえてやるために、その恋敵たるアルチータを死にいたらしめることをもいとわない（彼女は自分に帰依しない者に対し

図6-4
「運命女神に難詰されるボッカッチョ」
ボッカッチョ『王侯の没落』
（『名士伝』『名婦伝』のフランス語訳）
写本（ms. Bibl. Arsenal 5193, 229r）
一五世紀　パリ　アルスナル図書館
『名士伝』第六之書冒頭、王侯の栄枯盛衰を書き連ねていたボッカッチョがしばしの休息をとった後、再び筆をとろうとすると、眼前に突如として運命女神があらわれ、自分を悪しざまに言ったといって散々に彼を非難する。ここでの運命女神については「燃える威嚇するようなまなざしに恐ろしい顔つきで、頬にはたっぷりとした髪がかかり、百の手とそれと同数の腕をもち、さまざまな色をした服をまと」っていたと描写されているが、その「さまざまな色」は多くの場合、「縞」として図像化されている。

ては、その麗しの容《かんばせ》にふさわしからず、きわめて残酷なのである)。一方『ニンフ譚』では、うって変わって三位一体の神を演じる。そして『悲歌』の女神は、いかなる点でも神聖な神とはほど遠い「娼婦のウェヌス」である。[☆45]

恋人たちの運命を左右する、美しく、力にみち、高貴にして神聖な女神であるかと思えば、ひとを堕落させる悪神——ウェヌスとはそういう神である。そんな彼女の複雑な性格をたった一色であらわすとしたら、やはり最も複雑かつ曖昧で、多様な意味を内包しうる色であるポルポラを措いて他にない——ボッカッチョはそのように考えたのではないだろうか。このことは、ひとの世の栄枯盛衰を操る運命女神が、多色やポルポラの衣裳をまとっていたことをわれわれに思いださせてくれる。[☆46] パッチによれば、多色は運命女神の服のひとつの特色であり[☆47](図6-4)、これによって彼女の気紛れで移り気な性格があらわされているわけであるが、複数の色からできているとみなされていたポルポラも、多色と同じ役割を果たしていたと言えるだろう。さらに中世においては、「運命」と「愛」は完全に同一視されるようになり、その結果ウェヌスは姉妹神である〈運命〉の特徴を引き継ぐことになったということを考えれば、[☆48] 恋人たちを己の意のままに翻弄するウェヌスが、運命女神と同じ色を着ているのも自然なのである。したがって『テセイダ』註解で、ウェヌスの着衣に関してボッカッチョが示した断定的な言葉は、当時のウェヌス解釈とポルポラの象徴的解釈を結びつけた結果であったといえよう。

エピログス　色彩の迷宮

一四六四年、教皇パウルス二世は、枢機卿にポルポラ・カルディナリツィア（porpora cardinalizia）、すなわち「枢機卿のポルポラ」と呼ばれる赤い衣の着用を義務づけた。しかしこのポルポラは、もはやあの貝から採れる染料ではなく、ケルメス染料でつくられた色であった。☆1 この史実は、古代地中海諸国において高位の人物の衣を染めたポルポラの役目を引き継いだのは、ポルポラと同じく色素抽出がきわめて困難だが、非常に鮮やかで堅牢な赤に染めることのできるケルメスであったということを意味している。そのことはさらにグラーナ、アカネ、そしてブラジルスオウなど、赤を生みだす他の天然染料の価値をも高めることになった。『絹織物製作に関する論』、コモ手稿、そして『プリクト』のいずれの染色マニュアルも、これらの高価な赤色染料をいかに節約して、しかも効果的に使うか、そして種類の異なる染料をどのように調合してケルミーズィ、ロザート、パオナッツォといった多様な色調を出すかを説明することに心血を注いでいる。このような事情から、当時の人間は赤という色には極端に敏感である一方、他の色に対する認識はかなり大雑把なものであった。『絹織物製作に関する論』の織物の取引額の章で、色名は「ケルミーズィ」、「黒」、そしてそれ以外の色は「色もの」としか記載されていなかったという事実は、他の青や緑や黄が「赤でない色」という扱いしか受けていなかったことのあらわれである。

市場に出まわる布の赤の種類が増えれば、消費者のほうもそれぞれの色調に異なる想いを抱くようになる。プッチ家の財産目録には、贅沢な装飾のほどこされたケルミーズィやロザートの衣裳が多数みられ、他の色の存在を圧しているが、高額な赤い服はまず貴族、そしてその地位と財力に憧れる医者、学者、豪商、あるいは枢機卿などの高位聖職者の身を飾った。その赤のなかでもとくにロザートの服は、一種のステイタス・シンボルとしての役割を果たした。世間の流行に無関心を装っていたはずのレオナルド・ダ・ヴィンチでさえ、やはりこの色を愛した。それは幼年時代の「無学」のコンプレックスから抜け出せずにいた彼が、学者と同じ色を着ることによって、己に「知の人」としての自覚をもたせるためでもあったのだろう。

女性も男性同様、いやそれ以上に赤にこだわった。プッチ家の財産目録中の衣類のうち、価格の点で最上位を占めているのは、女物のケルミーズィの服である。女がその一生のうちに持ちうる最も豪華な晴着である婚礼衣裳も、多くの場合がこのまさしくケルメスの名をもつ色をはじめとする赤である。もっとも庶民にはこういった高級品はなかなか手に入りにくかったものの、平凡な薬種商ルカ・ランドゥッチですら、その婚礼にあたっては新妻のためにケルミーズィのゼターニを買い求めているのである。

染色と衣服の着用に際しての、人びとの赤に対する過度の思い入れは、この色の象徴的意味を肥大させることになる。赤は、キリスト教の色彩シンボリズムでは古来「慈愛」の象徴とされていたが、その他にも「高尚」「勇気」などの肯定的なイメージが次々と付与された。やがてそれら多くの意味を、「赤《ロッソ》」の一語だけでは到底担いきれなくなる。そこで高度に進歩した染色技術が生み出したさまざまな色調の赤に、それぞれその用途に因んだ意味が付加されることになる。一三〇〇年代《トレチェント》の作家は概して作中人物の着衣の色に赤ばかりを使用しているように見えるが、それは赤と青が同じ範疇に属する色ではないように、彼らにとってはヴェルミリオとロザートもまったく異なるものだからである。そのことはアレゴリーの手法に長けたボッカッチョの作品によくあらわれている。たとえば彼は『ニンフ譚』で「慈愛」のニンフにヴェルミリオ、「賢明」にロザート、「正義」にサングイーニョをまとわせていた。ロザートが「賢明」と結びつくことになったのは、この色が医者や学者という当代一級の知識人が身につけたものだったからであるし、サングイーニョには血による「贖罪」の意味が込められているからである。

これに比べると、黄と青の影はまことに薄く、シンボリズムも貧弱である。とくに黄色に関しては、そのきわめて目立つ外観のゆえに、早くも中世の半ばにはユダヤ人と娼婦という社会のアウトサイダーたちに義務づけられてしまったことが、その地位を貶めた最大の原因である。もう一方の青については、ヨーロッパ周辺地域で比較的安く大量に入手できる大青という植物の存在が、この色をあまりにもありきたりで庶民的なものにしてしまうという皮肉な結果になった。青を表わす色名はけっして少なくはないが、赤のように各々にシンボリズムをもたせるほどには人びとはこの色に執着しなかったのである。

緑は赤ほど評価は高くないが、黄と青の二段階染色により出来上がるこの色は、貴族や若い女性を中心に好まれた。そして春の息吹、自然の再生を想起させるため喜悦の色となり、祝宴、結婚式、復活祭に際して用いられた。さらに文学作品中の緑衣は、着用者の恋心をも象徴する場合があり、中世フランス文学にはそのような事例がすでに多くみられていた。そしてボッカッチョの作品でも同様な場面において緑衣をつけた人物がしばしば登場するが、彼のシンボリズムの特異な点は、その恋するキャラクターたちが緑で装う前に必ず暗色の衣を身につけていることである。つまりこの暗色は、中世ロマンス文学の鉄則である「恋の労苦」を象徴し、最終場面での彼らの恋のよろこびを読み手にいっそう強く伝えるという効果をもっている。

遺族、寡婦、修道士のいわばユニフォームともいうべき黒衣は、中世末期に至っても、いまだ「悲しみのしるし」であった。ボッカッチョのキャラクターのまとう黒も、多くの場合がそれである。『フィロストラト』のクリセイダの黒衣のように、相手の男の苦悩と破滅を予見させ、そして女の魔性を暗示するというケースもある。しかし唯一『デカメロン』には、従来の観念では測れない「気品ある黒服」の例が見られ、やがて訪れる「黒の昇格」を予感させる。

さてポルポラは、古代以来変わることなく「高貴」「権威」「富」の象徴として機能していた。ジョヴァンニ・ヴイッラーニが天地創造から一三四七年に自らペストで斃れるまでのフィレンツェ史を書き綴った年代記は、ポルポラを着用した人物として、王政ローマ時代のトゥッルス・ホスティリウス（I, 28）、神聖ローマ皇帝ルートヴィヒ四世（XI, 70）、ハンガリー王ラヨシュ一世（XIII, 112）の三名を挙げているが、彼らの着衣もやはり自らの地位と身分を誇示するための道具であった。ヴィスコンティ家出身の最後のミラノ公爵フィリッポ・マリーア（一三九二―一四四七年）も、あらゆる場所に好んでこの色を着ていったと伝えられる。☆2 ここに我々は、往古《いにしえ》の王に自らをなぞらえようとする時代錯誤《アナクロニズム》を見るべきだろうか。

そのポルポラを、ボッカッチョは女神ウェヌスに着せて自作品中に登場させている。これはそれ以前の作家の作品にはみられない、まったく新しいウェヌス像である。もちろんボッカッチョが女神の高貴な神性や類稀なる美しさを考慮したからだとも言えるが、のみならず、古代からあった「二人のウェヌス」という概念、そして作者の頭のなかで増幅したその善悪両面をあわせもつ性格、恋人たちを自らの気のおもむくままに翻弄する「愛の運命女神《フォルトゥーナ》」というきわめて複雑なキャラクターが、「すべての色を含む」といわれるポルポラの多義性や曖昧さと完璧に合致したためであった。

ポルポラ染めへの尽きせぬ憧憬《あこがれ》、染料の発見、そして染色技術の進歩の産物である多様な赤は、どれも中世末期からルネサンス初期にかけての人びとの心をとらえ、それぞれ身分や地位や人生の諸場面に応じて着分けがなされた。さらにこれらの色調が、当時の優れた文学者の詩や物語のなかで登場人物の着衣として使われ、称揚されたという事実も見逃せない。イタリアにおける一四―一五世紀とは、赤のシンボリズムが最も豊かさを増した時代であったと言えよう。

だが一六世紀は？　モラートやリナルディの色彩論では、もはやロザートやケルミーズィが単独で論じられることはない。これらはすべて赤《ロッソ》に吸収され、そして青、黄、黒、緑と等価値にあつかわれる。かわって黒の昇格には目を瞠るものがある。カスティリオーネ、エクイーコラ、ドルチェ……彼らのいずれもが黒へ惜しみない賛辞を送っている。黒だけではない。青は「思索」、黄は「希望」の色として一定の地位を得る。赤だけが特別である時代は終わったのだ。

そしてリーパの『イコノロジーア』。ここでは一〇〇〇以上もの寓意像のアトリビュート解説がなされ、その多くに衣服の色についてのコメントがあり、一種の色彩論の様相を呈しているが、ある色が善徳、あるいは悪徳に偏って使われるということはない。あの長いあいだ人びとに敬遠され続けてきた黄色でさえ、「欺瞞」(Fraude)や「閑暇」(Otio)などの悪徳と結びつけられる一方で、モラートの書と同様に「希望」(Speranza)、さらには「先見」(Previdenza)といった善徳の寓意像の身をも飾っているのである。

さらにモデラータ・フォンテの『女性の価値』(一六〇〇年)。この女性自ら女性の徳を論じた書のクライマックスに、自らをアマゾネスになぞらえた女性が男性との闘いにおいて身につけるべき色を論じた一節がある。[☆3]

緑色と黄色を混ぜた色がむしろ、私たちの境遇を示すのにぴったりの色でしょう。その境遇とは、私たち女性に対してそれほど頑固で邪悪な殿方たちの慈悲に浴する見込みなど、私たちにはほとんどないということです。たとえ無理やりに彼らのからだを獲得することはできるとしても、愛の意志までも得ることはできないでしょう。

「緑色と黄色」——これはあの無鉄砲なサグルモールが用いていた、禁忌の色の組合せではないか。フォンテは、この色を男性に対する女性の「不遇」を表わすものとみなしているのであるから、やはり中世以来受け継がれてきた負の価値を担っていると見ることができるが、同時に彼女は、これを高圧的な男性に果敢に抵抗しようとする女性の心意気を象徴するものとして肯定してもいるのである。旧来の色彩観に独自の解釈を加えることで、「禁忌の色」も正に転じた。こうして、より自由な色彩の取捨選択を人びとに可能とする環境ができあがりつつあった。かくして色彩に付与される象徴的意味はますます多様、かつ晦渋をきわめ、「回廊《ガッレリーア》」は「迷宮《ラビリント》」とでも呼ぶべきものに変化する。一七世紀という新しい時代の幕開けとともに……。

原註

プロログス

☆1――彼の著作（「参考文献一覧」二五一ページを参照）とその収集した文献は、すべて彼の故郷ヴィチェンツァのベルトリアーナ図書館におさめられている。

☆2――Rosita Levi Pisetzky, *Storia del costume in Italia*, 5 voll., Istituto Editoriale Italiano, Milano, 1964-69.

☆3――R. L. Pisetzky, *Il costume e la moda nella società italiana*, Einaudi, Torino, 1978, pp.58-88.（『モードのイタリア史――流行・社会・文化』池田孝江監修、平凡社、一九八七年、一〇一―一四四ページ）。

☆4――Michel Pastoureau, *Dictionnaire des couleurs de notre temps*, Bonneton, Paris, 1992.（『ヨーロッパの色彩』石井直志・野崎三郎訳、パピルス、一九九五年）。

第1章　至高の色　赤

☆1――Niccolò Machiavelli, *Istorie fiorentine*, a cura di Mario Martelli, in *Tutte le opere*, Sansoni, Firenze, 1971, IV, 26.（『フィレンツェ史』大岩誠訳、岩波書店、一九九七年［上］三一八ページ）。

☆2――Angelo Poliziano, *Detti piacevoli*, a cura di Tiziano Zanato, Istituto della Enciclopedia italiana, Roma, 1983, pp.62-65; Francesco Guicciardini, *Storie fiorentine dal 1378 al 1509*, a cura di Roberto Palmarocchi, Laterza, Bari, 1931, p.4.（『フィレンツェ史』末吉孝州訳、太陽出版、一九九九年、三五ページ）。

☆3――Carlo Merkel, "I beni della famiglia di Puccio Pucci. Inventario del sec. XV illustrato", in *Nozze Rossi-Teiss*, Istituto Italiano d'Arti Grafiche, Bergamo, 1897, pp.139-205. 以下のプッチョ一家についての解説は、主にこの論考に拠る。

☆4――この目録は一二紙葉（二八×二二センチ）より成り、筆跡と言葉遣いは典型的なフィレンツェの公証人のものである。一八九四年にローマで競売にかけられ、イタリア歴史研究所（Istituto storico italiano）の所有となった。

☆5——この言葉に関しては、不明である。

☆6——ちなみにプッチョには、このほかにジョヴァンナ、ポリッセナ、ピエラ、フランチェスカという娘たちがいたが、先にも述べたように、彼の存命中に全員他家に嫁している。さらに一四四九年当時一二歳だった息子トンマーゾは、おそらく勉学のため自宅にいなかったので、目録には登場していない。

☆7——ハエ（mosca）の羽の色のような灰色のこと。以下、色名の解説は、すべてメルケルが本目録に付した註に拠る。

☆8——濃い赤褐色。修道士（monaco）によってよく着られた色であることから、その名がある。

☆9——濃い赤。

☆10——大理石（marmo）の色。すなわち混色。

☆11——Giovanni Cavalcanti, *Istorie fiorentine*, a cura di Filippo Luigi Polidori, Tipografia all'insegna di Dante, Firenze, 1838-39, vol.II, p.189.

☆12——Alessandra Macinghi Strozzi, *Tempo di affetti e di mercanti. Lettere ai figli esuli*, Garzanti, Milano, 1987, pp.62-63.

☆13——C. Merkel, "I beni della famiglia di Puccio Pucci..." cit., p.171, nota 1.

☆14——Eugenio Casanova, "La donna senese del Quattrocento nella vita privata", in *Bullettino senese di storia patria*, vol.VIII, TIP.E.LIT. SORDO-MUTI DI L.LAZZERI, Siena, 1901, p.34, nota 1.

☆15——N. Machiavelli, *Istorie fiorentine*, VII, 6.

☆16——グイッチャルディーニも『フィレンツェ史』でこのエピソードを紹介しているが、そこではコジモは「サン・マルティーノの布」（panni di San Martino）がそこそこにあれば、フィレンツェを善き市民でいっぱいにしてみせると言ったと伝えられている（F. Guicciardini, *op.cit.*, p.4）。フィレンツェのサン・マルティーノ地区は、高級毛織物の製造でつとに有名であった。

☆17——Baldassarre Castiglione, *Il libro del Cortegiano*, a cura di Ettore Bonora, Mursia, Milano, 1972, II, 78.

☆18——Franco Sacchetti, *Il Trecentonovelle*, a cura di Antonio Lanza, Sansoni, Firenze, 1984, CLXIII, 8.

☆19——ポデスタ制は軍事力の大きい貴族と政治権力の強い商人との間の軋轢を解消するために一一九三年に設けられた。ポデスタは近隣友好都市の貴族の中から選ばれ、任期は一年、裁判権と警察権を与えられ、相対立する党派間の調停等にあたった（ピエール・アントネッティ『フィレンツェ史』中島昭和・渡部容子共訳、白水社、一九八六年、一四—一五ページ）。

☆20——E. Casanova, *op.cit.*, p.34, nota 1.

☆21——ポントルモの愛弟子ブロンヅィーノの工房作と伝えられるコジモ像も、やはり赤い帽子と服を身につけた姿をとっている（一五五五—六五年、フィレンツェ、ウフィッツィ美術館）。

☆22——『博物誌』XVI, 32; XXI, 45.

☆23——Gudrun Schneider, *Tingere con la natura. Storia e tecniche dell'arte tintoria*, Ottaviano, Milano, 1981, pp.26-27. 梶原新三「幻の天然染料〈ケルメス〉探究紀行3　ケルメスの生態と採集方法」『染織α』一九九三年三月号、三八—四〇ページ。なお梶原氏によれば、ケルメスの殻でも染色が可能であり、卵の染浴からは青みのある赤が得られるのに対し、殻の染浴からは黄色がかった赤が得られるという。ケルメスの生態や試染に関しては、さらに氏の以下の論考がある。「幻の天然染料〈ケルメス〉探究紀行1　世界で最古の染料チュニスで発見　誰もが憧れ探し求めた昆虫染料」『染織α』一九九二年一二月号、一八—二三ページ、「幻の天然染料〈ケルメス〉探究紀行2　ヨーロッパのケルメス研究家」『染織α』一九九三年二月号、三九—四二ページ。

☆24——Francesco Balducci Pegolotti, *La pratica della mercatura*, edited by Allan Evans, The Mediaeval Academy of America, Cambridge (Mass.), 1936, p.123, 126, 144, 198, 208, 215, 225, 230, 236, 238, 239, 243, 250, 253, 270, 277, 297, 382.

☆25——*Ibid.*, p.59, 78.

☆26——Girolamo Gargiolli, *L'arte della seta in Firenze. Trattato del secolo* XV, G. Barbèra, Firenze, 1868, p.30, 35, 109. すなわちchermisi minuto（染色力は強いが、色合いにおいて劣る粉末状のケルメス）一リッブラ（フィレンツェの度量衡で約〇・三三九キログラム）あたりの価格は一フィオリーノ、chermisi grosso（染色力は弱いが、デリケートな色調の出せる完全な粒状のケルメス）は一〇ソルド、Cintri（ポルトガルのリスボン近郊の都市シントラ）産のグラーナは一〇ソルド、スペイン産のグラーナは九ソルド、バルバリア、ヴァレンシア、プロヴァンスのものはさらに価値が劣ると記されている。なお貨幣単位については、一フィオリーノ金貨=七リラ、一リラ=二〇ソルド、一ソルド=一二デナーロにあたる（森田鉄郎『中世イタリアの経済と社会——ルネサンスの背景』山川出版社、一九八七年、四八三ページ）。

☆27——Bartolomeo Cecchetti, *La vita dei veneziani nel 1300. Le vesti*, Tipografia Emiliana, Venezia, 1886, pp.38-39.

☆28——R. L. Pisetzky, *Storia del costume in Italia* cit., vol. II, p.149.

☆29——G. Gargiolli, *op.cit.*, p.30.

☆30——リッカルディアーナ図書館に収められている三冊（n°. 2580, in 4°; n°. 2412, in 4°; n°. 2558）、マリアベキアーノ手稿（n°. 60, classe XIX）、パラティーノ手稿（n°. 567, in 4°）、四七の挿絵を含むラウレンツィアーノ手稿（n°. 117, Pluteo 89 sup.）、同じくラウレンツィアーナ図書館所蔵のストロッツィ手稿（n°. 181, in 8°）、ヴェネツィアのマルチャーナ図書館にあるヴェネト手稿（secolo XVI, in 4°）、パリ王室図書館のパリ手稿（n° 916, classe Italiana）。

☆31——以下の書の中で、全文が翻刻されている。Giovanni Rebora, *Un manuale di tintoria del Quattrocento*, Giuffrè, Milano, 1970. このマニュアルは、三七紙葉、一五九章から成り、筆跡は一五世紀ヴェネトの草書体である。その言葉遣いや論のスタイル、染色過程の説明に細かい気配りがみられることなどから、著者自身かなり熟練した染色工であったのではないかとブルネッロは考えている（F. Brunello, *Arti e mestieri a Venezia nel Medioevo e nel Rinascimento*, Neri Pozza, Vicenza, 1981, pp.146-47）。もっとも第一一九章以降は、筆跡も言葉遣いも若干変化しているので、前半の著者とは違う人物の手になるものと見られている（G. Rebora, *op.cit.*, pp.16-17, 22-23）。

☆32——F. B. Pegolotti, *op.cit.*, p.296.

☆33——G. Schneider, *op.cit.*, p.28.

☆34——G. Rebora, *op.cit.*, p.24.

☆35——G. Schneider, *op.cit.*, pp.29-30.

☆36——F. B. Pegolotti, *op.cit.*, p.208.

☆37——現在の南アメリカの「ブラジル」（Brazil）という国名は、この木の名称に由来する。すなわちペドロ・アルヴァレス・カブラルが一五〇〇年にこの地を発見したとき、大量の Caesalpinia Sapan に似た植物を目にしたため、「Verzin の地」と呼ばれるようになったのが始まりである（F. Brunello, *Marco Polo e le merci dell'Oriente*, Neri Pozza, Vicenza, 1986, p.85, nota 23）。

☆38——F. Brunello, *L'arte della tintura nella storia dell'umanità*, Neri Pozza, Vicenza, 1968, pp.140-144.

☆39——Marco Polo, *Il Milione*, introduzione e note di Marcello Ciccuto, Rizzoli, Milano, 1981, p.381.

☆40——F. B. Pegolotti, *op.cit.*, p.206. また、ブラジルスオウも産地によって価格に差がある。ペゴロッティは次のように定義している。「ブラジルスオウには、クイロンのもの（colonmi）、ランブリのもの（ameri）、中国のもの（sieni）の三種類がある。クイロン産が最良の品で、明るい赤を出す。ランブリのものは、クイロン産に近く、暗い赤である。そして中国のものは、くすんだ黄色がかった色になる。……クイロン産はランブリ産の六倍、中国産の三倍の価値がある」（*Ibid.*, p.361）。クイロンはインド南西岸、現在のケララ州にある都市。

☆41——F. Brunello, *Marco Polo e* …cit., p.86.

☆42——*Le croniche di Giovanni Sercambi lucchese pubblicate sui manoscritti originali*, a cura di Salvatore Bongi, Tipografia Giusti, Lucca, 1892, vol. I, p.152.

☆43——-inoという縮小辞は、通常のスカルラットよりもやや色合いが劣ることを表わしているのかもしれない。

☆44——一オンチャは約三〇グラム。

☆45——正確な色調は不明であるが、次章で詳述するように、青染料のヴァジェッロと菫色染料のオリチェッロを用いてつくられる色であるので、濃い青か紺色を指すと思われる。第2章の原註☆15を参照のこと。

☆46——G. Gargiolli, *op.cit.*, pp.78-79.

☆47——一四二ページ参照。

☆48——著者ロゼッティはヴェネツィア生まれ。一五三〇年には同地の海軍工廠に勤めていたことが知られており、本来は染色工でなかった。しかしナポリ、ローマ、フィレンツェ、ジェノヴァなど、イタリア各地の染色法を独自に取材して得た知識を総動員して「祖国ヴェネツィアの人びとのために」一六年の歳月をかけて書きあげたのがこのマニュアルである。四部に分けられ、最初の二部は羊毛、綿、亜麻の糸あるいは布地(リンネル、ファスチアンなど)、第三部は絹、第四部は皮革の染色となめしについて説明されている。ちなみに“Plictho”という奇妙なタイトルについては、長い間不明とされてきたが、現在では、plico(重要な書類や指示を入れておく袋)のことであると考えられている(*The Plictho of Gioanventura Rosetti*, Translation of the 1st Edition of 1548 by Sidney M. Edelstein and Hector C. Borghetty, M.I.T. Press, Cambridge, Massachusetts, and London, 1969, xiii)。使用したテクストは次のものである。Giovan Ventura Rosetti, *Plictho de larte de tentori che insegna tenger pani telle banbasi et sede si per larthe magiore come per la comune*, in Icilio Guareschi, *Sui colori degli antichi*, Parte Seconda, Unione Tipografico - Editrice, Torino, 1907.

☆49——G. Gargiolli, *op.cit.*, p.100.

☆50——Luca Landucci, *Diario fiorentino dal 1450 al 1516 continuato da un Anonimo fino al 1542*, prefazione di Antonio Lanza, Sansoni, Firenze, 1985.

☆51——清水廣一郎『イタリア中世の都市社会』岩波書店、一九九〇年、一五九—二二四ページ。

☆52——L. Landucci, *op. cit.*, p.6.

☆53——結婚式に自らの処女性のあかしとして白を着るというのは、あくまでも一九世紀以降の習慣である(R. L. Pisetzky, *Storia del costume in Italia* cit., vol.II, p.156; 前掲『ヨーロッパの色彩』、四一—四三ページ)。

☆54——Iris Origo, *The Merchant of Prato*, Jonathan Cape, London, 1957, pp.252-279. イタリア語版は次のとおり。*Il mercante di Prato Francesco di Marco Datini*, Prefazione di Luigi Einaudi, Valentino Bompiani Editore, Milano, 19--?, pp.219-243. 邦訳は『プラートの商人——中世イタリアの日常生活』篠田綾子訳、徳橋曜監修、白水社、一九九七年、三二八—三六五ページ。

☆55——Bernardino da Siena, *Prediche volgari sul Campo di Siena 1427*, a cura di Carlo Delcorno, 2 voll., Rusconi, Milano, 1989, XXXIV, 81.

☆56——*Ibid.*, XXXVII, 29.

☆57——L. Landucci, *op.cit.*, p.283.

☆58——Leonardo da Vinci, *I Codici di Madrid*, a cura di Ladislao Reti, 5 voll., Giunti Barbèra, Firenze, 1974, Ms.8936, 4v. 以下、引用するレオナルドの手稿、および『絵画論』のテキストとしては、すべてこのジュンティ・バルベーラ社から出されている翻刻版を使用した（巻末の「参考文献一覧」のページを参照）。

☆59——この「僧院」（munisstero）とは、フィレンツェのサンタ・マリア・ノヴェッラ聖堂か、サンティッシマ・アンヌンツィアータ聖堂のことであろうと考えられている（裾分一弘『イタリア・ルネサンスの芸術論研究』中央公論美術出版、一九八六年、三三八—三九ページ）。

☆60——L, 94r. なお、計は正しくは「二六リラ一五ソルド」である。

☆61——pitoccoとは、兵士が着用するような短い服のこと。

☆62——Carl Frey, *Il Codice Magliabechiano cl. XVII. 17 contenente e notizie sopra l'arte degli antichi e quella dei Fiorentini da Cimabue a Michelangelo Buonarroti, scritte da Anonimo Fiorentino*. Herausgegeben und mit einem Abrisse über die florentinische Kunsthistoriographie bis auf G. Vasari Versehen, Grote'sche Verlagsbuchhandlung, Berlin, 1892, p.115. 現在フィレンツェの国立図書館に所蔵されている一五四〇年頃アノニモ・ガッディアーノによって書かれた『マリアベキアーノ手稿』には、ルネサンス期の多くの画家の伝記が含まれており、レオナルド伝もそのひとつであるが、この引用箇所は、ミケランジェロ伝中にある。

☆63——茂串茂「フィレンツェに於けるレオナルド・ダ・ヴィンチ」『日伊文化研究』第2号、一九四一年、一三七ページ。

☆64——たとえば、フィレンツェの父ロドヴィーコからローマにいるミケランジェロに宛てた一五〇〇年一二月一九日付の手紙を参照のこと（*Il carteggio di Michelangelo*, edizione postuma di Giovanni Poggi, a cura di Paola Barocchi e Renzo Ristori, Sansoni, Firenze, 1965, vol.I, pp.9-10）。

☆65——ポントルモ『ルネサンスの画家——ポントルモの日記』中嶋浩郎訳、白水社、一九九一年。

☆66——裾分一弘『レオナルド・ダ・ヴィンチの「絵画論」攷』中央公論美術出版、一九七七年、九六—九七ページ。

☆67——Giorgio Vasari, *Vite scelte di Giorgio Vasari*, a cura di Anna Maria Brizio, UTET, Torino, 1948, p.249.

☆68——筆者はこの原文を実見していない。引用は以下に拠る。Carlo Pedretti, *Studi Vinciani: Documenti, Analisi, e Inediti*

Leonardeschi. In Appendice: Saggio di una cronologia dei fogli del «Codice Atlantico», Librairie E. Droz, Genève, 1957, p.15.

☆69――C. Frey, *op.cit.*, p.110.

☆70――ロバート・ペイン『レオナルド・ダ・ヴィンチ』鈴木主税訳、草思社、一九八二年、二六―二七ページ。

☆71――これらレオナルドのプロフィールに関しては、主として斎藤泰弘『レオナルド・ダ・ヴィンチの謎――天才の素顔』（岩波書店、一九八七年）を参照した。

☆72――セルジュ・ブランリ『レオナルド・ダ・ヴィンチ』五十嵐見鳥訳、平凡社、一九九六年、一六ページ。

☆73――Giovanni Boccaccio, *Decameron*, a cura di Vittore Branca, in *Tutte le opere di Giovanni Boccaccio*, vol.IV, Mondadori, Milano, 1976, VIII 9, 4. 以下、引用するボッカッチョ作品の文節番号は、すべてこのモンダドーリ版に拠る。

☆74――Doretta Davanzo Poli, "L'evolversi della moda nell'abbigliamento dei medici: Secc. XIV-XVIII", in *I secoli d'oro della medicina, 700 anni di scienza medica a Padova*, Panini, Modena, 1986, p.117.

☆75――Andrea Corsini, *Il costume del medico nelle pitture fiorentine del Rinascimento*, Istituto Micrografico Italiano, Firenze, 1912, p.38.

☆76――Benedetto Varchi, *Storia fiorentina*, con aggiunte e correzioni tratte dagli autografi e corredata di note per cura e opera di Lelio Arbib, a spese della Società Editrice delle Storie del Nardi e del Varchi, Firenze, 1843, vol.II, p.114.

☆77――A. Corsini, *op.cit.*, pp.2-3.

☆78――Francesco Petrarca, *Opera omnia*, Petri, Basilea, 1581, p.797; *Lettere senili*, volgarizzate e dichiarate con note da Giuseppe Fracassetti, Le Monnier, Firenze, 1892, vol. I, p.286.

☆79――ルネサンス期の学者たちは、高貴な血筋を求めて、貴族との縁組をさかんにおこなったという（高階秀爾『ルネッサンス夜話――近代の黎明に生きた人びと』河出書房新社、一九八七年、一六三―六六ページ）。

☆80――G.Vasari, *op.cit.*, p.251.

☆81――*Codice Atlantico*, 327r.

☆82――たとえば、H手稿（一四九三―九四年）、I手稿（一四九七―九九年）、トリヴルツィオ手稿（一四八七―九〇年）。

☆83――前掲『イタリア・ルネサンスの芸術論研究』、三三七―三四八ページ。

☆84――前掲『ヨーロッパの色彩』、二四―二九ページ。

☆85――*L'Ottimo commento della Divina Commedia*. Testo inedito d'un contemporaneo di Dante, citato dagli Accademici della Crusca, a cura di Alessandro Torri, presso Niccolò Capurro, Pisa, 1828 (rpr. 1995), vol.II, p.520. この註解の著者については詳らかでないが、フィレンツェの公証人アンドレア・ランチャではないかと言われている。

☆86——他の例としては、ピエロ・デル・ポライウォーロの徳目寓意像（一四六九—七〇年、フィレンツェ、ウフィッツィ美術館）が重要。またラファエッロがヴァティカーノ宮「署名の間」の天井に描いた〈神学〉（LA TEOLOGIA）の寓意像（一五〇八年）が、赤い服、緑のマント、そして白いヴェールというベアトリーチェさながらの姿をとっているのも注目すべきである。

☆87——Cesare Ripa, *Iconologia overo descrittione di diverse imagini cavate dall'antichità, et di propria inventione*, with an introduction by Erna Mandowsky, Olms, Hildesheim, Zürich, New York, 2000, pp.63-64, 149-152, 469-470.（ありな書房近刊）。

☆88——「〈信仰〉は空色の衣をまとい、右手に十字架、左手に聖杯をもっている。〈希望〉は緑の衣をまとい、天を見つめ、両手をあわせている。〈慈愛〉は赤い衣を身につけ、腕に赤子を抱いている」（Francesco Palermo, *I Manoscritti Palatini di Firenze*, ordinati ed esposti da Francesco Palermo, Biblioteca Palatina, Firenze, 1860, vol.II, p.412）。

☆89——M. Pastoureau, "Ceci est mon sang. Le christianisme médiéval et la couleur rouge", dans Danièle Alexandre-Bidon, *Le Pressoir mystique. Actes du colloque de recloses, 27 mai 1989*, Les Éditions du Cerf, Paris, 1990, p.53.

☆90——*Amorosa Visione*, XXXVIII, 40-66. これはロバート・ホランダーが『愛の幻影』対訳本において示した説であるが（*Amorosa Visione*, Bilingual Edition, Translated by Robert Hollander, Timothy Hampton, Margherita Frankel, with an Introduction by Vittore Branca, University Press of New England, Hanover and London, 1986, p.238）、それより以前にヴィットーレ・ブランカはこれらを〈慈愛〉、〈賢明〉、〈剛毅〉または〈正義〉、〈節制〉と解釈している（*Tutte le opere di Giovanni Boccaccio*, vol.III, Mondadori, Milano, 1974, p.711）。しかしこの四つの彫像を、まとまったひとつの四枢要徳の象徴とみなさないのはいかにも不自然なので、私はホランダーの説を採りたい。

☆91——たとえば『フィローコロ』には、二二九回色彩の言及があるが、その内訳は白（bianco）三六回、赤（rosso）一八回、ロザート（rosato）一回、ヴェルミリオ（vermiglio）二八回、ポルポラ（porpore）六回、菫色（violato）一一回、サングイーニョ（sanguigno）一回、黄（giallo）二回、緑（verde）二九回、黒（nero）一八回、カンディド（candido［ラテン語起源の「純白」を意味する言葉］）一二回、ビオンド（biondo［金髪を形容する言葉］）一六回、ブルーノ（bruno［暗褐色、黒っぽい色を指す］）二回、フルヴィド（fulvido［ラテン語起源の「赤黄褐色」を意味する言葉］）一回、金色（oro）四六回、銀色（argento）二回となり（Claude Cazalé, "L'expression symbolique offerte par les couleurs dans le *Filocolo* de Boccace", dans *Revue des études italiennes*, n.s.XXVI, 1980, 1, pp.23-24）、青に類する色は皆無である。

☆92——バルベリーノが俗語、ラテン語、そして図像という三種類の表現手段を用いたのは、この作品がラテン語を完全に習得している知識人から文盲者までを対象にしていたからであり、また俗語の不完全さ、当時もっとも優れた言語とみなされていたラテン語でさえ、視覚的伝達手段である図像表現に劣る場合もあることをよく弁えていたためであるという（Daniela Goldin, “Testo e immagine nei *Documenti d'Amore* di Francesco da Barberino”, in *Quaderni d'italianistica*, vol.I, No.2, 1980, pp.125-38. 拙訳「フランチェスコ・ダ・バルベリーノの『愛の訓え』におけるテキストと図像」『ルネサンス研究』第6号、一九九九年、八七―一一四ページ）。

☆93――『愛の訓え』の自筆稿本としては、ヴァティカン図書館所蔵のラテン語写本四〇七六番と四〇七七番の二種類がある。テキストとしては四〇七六番が完全版、一方四〇七七番はラテン語註解部分が失われている。どちらにも挿絵がつけられており、一見かなり画風は異なっているが、ともにバルベリーノ自身の手になるものである（Charles Franco, *Arte e poesia nel «Reggimento e costumi di donna» di Francesco da Barberino*, Longo, Ravenna, 1982, p.25）。

☆94――Francesco da Barberino, *I Documenti d'Amore*, a cura di Francesco Egidi, Società filologica romana, Roma, 1905-27, vol.II, pp.3-5.

☆95――*Ibid*., vol.II, p.5.

☆96――*Ibid*., vol.II, p.349.

☆97――*Ibid*., vol.II, p.350.

☆98――C. Franco, *op.cit*., p.21.

☆99――たとえば、この『愛の訓え』と対をなす『女性の立居振舞について』（一三一八年頃）の第二〇部には、大勢の徳の乙女たちが登場するが、ここでの〈慈愛〉は赤ではなく空色（celeste）を身につけている（Francesco da Barberino, *Reggimento e costumi di donna*, a cura di G. E. Sansone, Loescher-Chiantore, Torino, 1957, p.262）。これは当時としてはまったくの反則である。かわりに赤をまとっているのは〈剛毅〉であり、そしてその理由を詩人は「彼女の力強さのゆえに」（per lo suo vigore）と述べている（*Ibid*., p.260）。バルベリーノの色彩シンボリズムについては、第3、5章でもとりあげる。

☆100――Mark Musa, *Dante's Vita Nuova. A Translation and an Essay*, Indiana University Press, Ontario, 1973, pp.102-103. またベアトリーチェの着衣には、浦一章氏も若干の関心を示しておられる。氏は、ムーサ同様、赤を「慈愛」、白を「純潔」とみなしているが、さらに一歩進んで、ベアトリーチェと同一視される愛神が第一二章で「純白の衣をまとって」登場してくることも考えあわせ、彼女の衣裳は赤と白が規則的に交替しているとみなし、そこにはなんらかの儀式的、象徴的意味が込められているのだろうと述べている。（浦一章『ダンテ研究Ⅰ――Vita Nuova, 構造と引用』東信堂、一九九四年、一七七ページ）。

☆101――Robert Pogue Harrison, *The Body of Beatrice*, The Johns Hopkins University Press, Baltimore and London, 1988, pp. 23-29.（『ベアトリーチェの身体』船倉正憲訳、法政大学出版局、一九九五年、二九―三七ページ）。

☆102――*Statuti suntuari di Pistoia*, ed. Ciampi, Pisa, 1815, p.xxiii（筆者は未見）．またエミリアーニ＝ジューディチが翻刻している一四世紀前半のフィレンツェで出された冠婚葬祭に関する法令（Codice Magliabechiano, Classe XXIX, N. 108）にも、「同様にいかなる者も、人の死に先立つこと一五日間は、黒、サングイーニョ、ペルソ、ガロファナート、その他黒や暗褐色に類する色の衣類を新しく仕立ててはならない」とある（Paolo Emiliani-Giudici, *Storia dei Comuni italiani*, Le Monnier, Firenze, 1866, vol.III, p.161）。

☆103――*La Vita Nuova di Dante Alighieri*, edizione critica per cura di Michele Barbi, R. Bemporad & Figlio, Editori, Firenze, 1932, pp.7-8, nota.

☆104――Dante, *Convivio*, IV xx, 2.

☆105――ステラ・メアリ・ニュートンも同様な理由からパオナッツォは桃色、あるいは茶色がかった色合いではないかと考えている（Stella Mary Newton, *The Dress of the Venetians, 1495-1525*, Scolar Press, Aldershot, 1988, pp.18-19）。

☆106――*L'Ottimo commento*…cit., vol.I, p.84.

☆107――Boccaccio, *Esposizioni sopra la Comedia di Dante*, Canto V [I], 144.

☆108――Ignazio Baldelli, *Dante e Francesca*, Olschki, Firenze, 1999, p.45. なお、パオラ・リーゴは次のように述べている。「sanguigno は医学的な記憶をも担った言葉である。多血質は愛の情熱に傾きやすい。sanguigno に染まったこの世界は、道徳的な選択を動物生理学の生来の力に従わせるという抑えがたい気質から生じてきたように感じられる」（Paola Rigo, *Memoria classica e memoria biblica in Dante*, Olschki, Firenze, 1994, pp.99-100）。

☆109――Petrarca, *Canzoniere*, edizione commentata a cura di Marco Santagata, Mondadori, Milano, 1996, XXIX, 1-4.

☆110――『カンツォニエーレ』校訂者のなかには、ピエロ・クディーニのように、sanguigni と oscuri のあいだに読点を置かず、oscuri は sanguigni を修飾していると考える者もいるが（*Canzoniere*, introduzione e note di Piero Cudini, Garzanti, Milano, 1974, p.40）、三色のうち sanguigno のみに修飾語がつけられるというのは、いささか不自然なように思われる。

☆111――Petrarca, *Canzoniere* cit., pp.158-159; Dante, *Opere minori*, tomo I, parte II, a cura di Cesare Vasoli e di Domenico De Robertis, Ricciardi, Milano - Napoli, 1988, p.744, nota.

☆112――『プリクト』には、「褪せたサングイーニョ」（Sanguigno desbiadato）という項目が見えるが、そのレシピはこの色がブラジルスオウとアカネの染料でつくられるという情報を与えてくれるものの（G. V. Rosetti, *op.cit.*, p.376）、サングイーニョの色調を知るうえでの参考にはまったくならない。

☆113――Giovanni de' Rinaldi, *Il mostruosissimo mostro di Giovanni de' Rinaldi diuiso in due Trattati. Nel primo de' quali si ragiona del significato de' Colori. Nel secondo si tratta dell'herbe, & Fiori*, Di nuovo ristampato, et dal medesimo riueduto, & ampliato, Alfonso Caraffa, Ferrara, 1588, pp.15-16.

☆114——後述する celeste と同じく、ラテン語で「空」を意味する caelum を語源とする、淡青色を表わす言葉。

☆115——Lodovico Dolce, *Dialogo di m. Lodovico Dolce, nel quale si ragiona delle qualità, diversità, e proprietà de i colori*, Gio. Battista, Marchio Sessa, et Fratelli, Venezia, 1565, 9r.

☆116——Sicille, *Le Blason des Couleurs*, éd. Hippolyte Cocheris, Chez Auguste Aubry, Paris, 1860, pp.34-36. 著者シシルの詳細に関しては不明であり、シシル（Sicille）という名にしても、人物名なのか、それとも紋章官の称号であるのかはっきりしない。ともかくこの『色彩の紋章』を翻刻したイッポリート・コシュリによれば、シシルは一四三五年から一四五八年の間に、モンス（現ベルギー）でこの書を書きあげたらしい。というのは序文に、一四三四年にアラスで王侯貴族・騎士らに加えて、紋章官らが一堂に会したさいのことが語られており、また一四五八年六月一七日にアルフォンソ王がナポリで死去しているので、それ以後の執筆はありえないからである。初版は、一四九五年にパリのピエール・ル・カロンから出ている。

『色彩の紋章』は二部構成である。まず第一部では、金(or)、銀(argent)、ヴェルメイユ(vermeil)、青(azur)、黒(noir)、緑（verd）、プールプル（pourpre）という基本的な七色について、古典の記述を基にしての象徴的意味がきわめて詳細に述べられている。ところがその古典の用い方はまことに心許なく、コシュリの言葉を借りれば、「無知と衒学的な態度とが、奇妙に混淆している」。ここでは聖書からの引用が圧倒的に多く、それに加えてヤコブス・デ・ウォラギネの『黄金伝説』、聖グレゴリウス、聖ヒエロニムス、セヴィーリャのイシドルス、聖トマス・アクィナス等の教会博士たちの書、そして一三世紀のバルトロマエウス・アングリクスの百科全書『事物の属性の書』からの抜粋が豊富にみられる。さらにこのようなキリスト教的著作のみならず、古代ローマの作品、特にプリニウスの『博物誌』が頻繁に引用されている。しかし巻・章番号の記載ミスや誤読が多いこともあって、全体的に論の展開はぎこちなく、不自然、且つあやふやである。

これに対して第二部は、第一部とはテイストがかなり異なっている。引用や抜粋も少なくなって怪しげな知識をふりかざすような態度は消え、著者は自分自身の経験や好みにしたがって論を書き進めているようにおもわれる。また取り上げられている色にしても、青系の pale、bleu、perse、さらに肌色（incarnat）、菫色（violet）、灰色（gris）などが加わり、内容としてはいっそう充実した感がある。このようなことからコシュリは、第二部の著者はシシルではないとも考えている。

なお、次章で詳述するように、一五六五年にはジュゼッペ・デリ・オロロージによるイタリア語版が出されている（Sicillo Araldo, *Trattato de i colori nelle arme, nelle livree, et nelle divise, di Sicillo Araldo del re Alfonso d'Aragona,* appresso Domenico Nicolino, Venezia, 1565）。今回、邦訳を付すにあたっては、最近出版されたイタリア語訳（Sicille araldo d'Alfonso V d'Aragona, *Il Blasone dei colori. Il simbolismo del colore nella Cavalleria medievale*, a cura di Massimo D. Papi, presentazione di Franco Cardini, il Cerchio, Rimini, 2000）をも参照した。

☆117――「イザヤ書」第六三章二―三節――「なぜ、あなたの装いは赤く染まり／衣は酒ぶねを踏む者のようなのか。」／「わたしはただひとりで酒ぶねを踏んだ。／諸国の民はだれひとりわたしに伴わなかった。／わたしは怒りをもって彼らを踏みつけ／憤りをもって彼らを踏み砕いた。／それゆえ、わたしの衣は血を浴び／わたしは着物を汚した。」。「ヨハネの黙示録」第一九章一一―一六節――「そして、わたしは天が開かれているのを見た。すると、見よ、白い馬が現れた。それに乗っている方は、『誠実』および『真実』と呼ばれて、正義をもって裁き、また戦われる。その目は燃え盛る炎のようで、頭には多くの王冠があった。この方には、自分のほかはだれも知らない名が記されていた。また、血に染まった衣を身にまとっており、その名は『神の言葉』と呼ばれた。…この方はぶどう酒の搾り桶を踏むが、これには全能者である神の激しい怒りが込められている。この方の衣と腿のあたりには、『王の王、主の主』という名が記されていた」。引用は、日本聖書協会新共同訳による。

☆118――血の赤の両義性に関しては、パストゥローによる以下の二つの論考に詳しい。M. Pastoureau, "Ceci est mon sang…," cit., pp.43-56. 前掲『ヨーロッパの色彩』二四―二五ページ。すなわち彼によれば、赤の概念は、火の概念と血の概念の二つに大別され、それぞれに良いイメージと悪いイメージがある。「良い火」の赤はペンテコステの火や聖霊、「悪い火」のそれは地獄の炎、そして「良い血」は贖罪と聖化、「悪い血」は殺人などの血の犯罪を意味する。

☆119――しかしアンブロージョ・ロレンツェッティ作《善政のアレゴリー》は、筆者の知るかぎりでは「正義」の擬人像を赤い服を着た姿で表現した唯一の例である。すなわち画面右端では、枢要徳の一人としての〈正義〉（Iustitia）が、赤いマントをつけ、剣を持ち、生首を膝に載せている。一方画面左には、当時トマス派によって広められたアリストテレス的概念を体現した〈正義〉が、赤い服をまとい、頭上に「国を治める者たちよ、義を愛せよ」（Diligite iustitiam, qui indicatis terram）という旧約外典「知恵の書」冒頭の言葉を掲げた姿で表わされている。なお、この壁画全体のコンセプトに関しては、以下の古典的な論文を参照。Nicolai Rubinstein, "Political Ideas in Sienese Art: The Frescoes by Ambrogio Lorenzetti and Taddeo di Bartolo in the Palazzo Pubblico", in *Journal of the Warburg and Courtauld Institutes*, XXI, 1958, pp.179-207.

☆120――「このように彼女の衣が白く清らかであるのは、裁きの場においては、この色が素朴なものである如く、けっして二心あってはならないからである」（Francesco da Barberino, *I Documenti d'Amore* cit., vol.III, pp.286）；「彼女は白い服を着ている。というのは、裁く者にはいささかの個人的な関心も激情もあってはならないからである」（C. Ripa, *op.cit.*, p.188）。

☆121——Charles S. Singleton, *An Essay on the «Vita Nuova»,* Harvard University Press, Cambridge and Massachusetts, 1958, p.112.

☆122——Vittore Branca, "Poetica del rinnovamento e tradizione agiografica nella *Vita Nuova*", in *Letture classensi*, Vol. II, Longo, Ravenna, 1969, p.46.

☆123——ベアトリーチェの寓意性に関する論議に関しては、前掲『ダンテ研究I——Vita Nuova, 構造と引用』、二七二—二九四ページ。

☆124——R. P. Harrison, *op.cit.,* p. 27.（邦訳三四ページ）。

☆125——C. Cazalé, *op.cit.*, p.24. 本章原註☆91参照。

☆126——Sicille, *op.cit.*, p. 33.

☆127——*Le conte de Floire et Blancheflor*, édité par Jean-Luc Leclanche, Champion, Paris, 1980, vv.2295-2298. 男が花の箱に入って女の部屋に忍んでいくというエピソードは、ボッカッチョがおそらく直接参考にしたと考えられる一三世紀半ばの俗謡『フィオリオとビアンチフィオーレの歌』にもみられるが（stanza 120）、そこには主人公フィオリオの衣服の記述はない。ただstanza81には、両親からビアンチフィオーレが死んだと聞かされた彼が、「ロザートの布でできたゴンネッラとジュッバ」（la gonella e la giuba del palio rosato）を引き裂いて嘆いたという記述がある（*Il cantare di Fiorio e Biancifiore*, edito ed illustrato da Vincenzo Crescini, Forni, Bologna, 1889-99, vol.II, p.154）。

☆128——C. Cazalé, *op.cit.*, pp.33-34.

第2章　不在の色　青

☆1——G. Gargiolli, *op.cit.*, p.53.

☆2——R. L. Pisetzky, *Storia del costume in Italia* cit., vol.II, p.153.

☆3——F. Brunello, *L'arte della tintura nella storia dell'umanità* cit., pp.111-112; M. Pastoureau, *Jésus chez le teinturier. Couleurs et teintures dans l'Occident médiéval*, Le Léopard d'Or, Paris, 1997, pp.96-97; "La révolution des couleurs ou le triomphe du bleu", dans *L'Histoire*, n° 229, février, 1999, pp.62-64; Lia Luzzatto e Renata Pompas, *Il significato dei colori nelle civiltà antiche*, Rusconi, Milano, 1988, pp.127-151.

☆4――『ガリア戦記』V, 14.

☆5――彼は、ブリタンニアの女性が、大青（glastum）で身体を彩色していることを伝えている（『博物誌』XXII, 2）。

☆6――註3に挙げたもの以外で、青を扱ったパストゥローの論考は以下のとおり。“Et puis vint le bleu”, dans *Europe*, n° 654, octobre 1983, pp.43-50; “Vizi e virtù dei colori nella sensibilità medioevale”, in *Rassegna*, Anno VII, n° 23, settembre 1985, pp.5-13; “Vers une histoire de la couleur bleue”, dans *Sublime indigo*, Musées de Marseille, 1987, pp.19-27; “Du bleu au noir. Éthiques et pratiques de la couleur à la fin du Moyen Âge”, dans *Médiévales*, tome 14, 1988, pp.9-21.（「青から黒へ――中世末期の色彩倫理と染色」、徳井淑子編訳『中世衣生活誌――日常風景から想像世界まで』勁草書房、二〇〇〇年、一一三―一四二ページ）。前掲『ヨーロッパの色彩』一九―二二ページ。

☆7――Françoise Piponnier, Monique Closson, Perrine Mane, “Le costume paysan au Moyen Age: sources et méthodes”, dans *L'Ethnographie*, CXXVIe année, Paris, 1984, pp. 291-308. さらに以下のものも参照。P. Mane, “Émergence du vêtement de travail à travers l'iconographie médiévale”, dans *Le Vêtement, Histoire, archéologie et symbolique vestimentaires au Moyen Age*, Cahiers du Léopard d'Or, no.1, Paris, 1989, pp.93-122.（「中世の図像からみた仕事着の誕生」、前掲『中世衣生活誌』六七―九二ページ）。徳井淑子『服飾の中世』勁草書房、一九九五年、六三ページ。

☆8――Cesare Vecellio, *De gli Habiti antichi, et moderni di Diuerse Parti del Mondo*, Libri Dve, fatti da Cesare Vecellio & con Discorsi da Lui dichiarati, Damian Zenaro, Venezia, 1590, 36v-37r, 180v-181r. 第一、二版はともに図版に飾り枠があり、解説は向かいのページにある。また第一版にはイタリア語のみ、第二版には右ページ上段にイタリア語、下段にそのラテン語訳の解説がある。いっぽう第三版は飾り枠がなく、ひとつのページのなかに図版とイタリア語の解説が収まっている。『古今東西の服装』の著者、出版事情、服装史的意義については、加藤なおみ「ヴェチェッリオと『古今東西の服装』について」『服飾文化学会誌』第1巻第1号、二〇〇一年、七―一四ページ。

☆9――Piero Guarducci, *Un tintore senese del Trecento. Landoccio di Cecco d'Orso*, con una prefazione di Giovanni Cherubini, Protagon Editori Toscani, Siena, 1998, p.98.

☆10――ちなみにコモ手稿の第五〇章から五三章では、ヴォゲーラ、フォルリ、ラヴェンナ、ベルガモ、サンタンジェロに産するものがとくに指定されている（G. Rebora, *op. cit.*, pp.84-85）。これは地元ヴェネツィアに近い産地から原料を取り寄せて、染色費そのものを下げようという著者の意図のあらわれである。

☆11――F. B. Pegolotti, *op.cit.*, p.208.

☆12――G. Schneider, *op.cit.*, pp.22-23; P. Guarducci, *op.cit.*, p.97, nota 3.

☆13——二五八〇番写本中の一二三紙葉表から一八二紙葉裏までを占める『毛織物製作に関する論』（*Trattato dell'arte della lana*）は、フィレンツェの毛織物職人によって書かれたと考えられている。その内容は以下の書で一部が紹介されている。Alfred Doren, *Studien aus der Florentiner Wirtschaftsgeschichte, I, Die Florentiner Wollentuchindustrie vom 14. bis zum 16. Jahrhundert. Ein Beitrag zur Geschichte des modernen Kapitalismus*, Cotta, Stuttgart, 1901, pp.484-493; Federigo Melis, *Aspetti della vita economica medievale,* Studi nell'Archivio Datini di Prato, I, Monte dei Paschi di Siena, Siena, 1962, p. 459 n. 4, 460, 461, 465 n. 7, 466 n. 4, 470 n. 3 e 5, 471 n. 3, 477 n. 8 e 10, 480 n. 3 e 4.

☆14——G. V. Rosetti, *op. cit.*, p.354.

☆15——『絹織物製作に関する論』は、青やアレッサンドリーノをつくる染料として、オリチェッロ（oricello）とヴァジェッロ（vagello）を挙げている。オリチェッロは薄めたアンモニアと苛性ソーダに、地中海諸島の岩場に生育するリトマスゴケ（Roccella tinctoria）を漬けることによって抽出した菫色染料である。一方のヴァジェッロは、もともと染色用の桶をさす言葉であるが、『絹織物製作に関する論』にガルジョッリが付けた用語解説によれば、麸と滓状のミョウバンと純水より成る良質の染料であるとされる（G. Gargiolli, *op. cit.*, p.154）。しかしブルネッロはこれを染色力の落ちた混合液とみなし（F. Brunello, *L'arte della tintura nella storia dell'umanità* cit., pp.163, 167-168）、グァルドゥッチも、大青染料の染浴全体をあらわす呼称だと考えている（P. Guarducci, *op.cit.*, p.97, nota 3）。なお大青は言葉の綴りが酷似していることから、しばしばモクセイソウ（guada, gualda）と混同され、ガルジョッリも両者を同一視しているが（G. Gargiolli, *op. cit.*, p.310）、モクセイソウは後述するように黄色染料であって、まったく別種のものである。

☆16——F. B. Pegolotti, *op.cit.*, p.283.

☆17——P. Guarducci, *op.cit.*, p.97.

☆18——一四二ページ参照。

☆19——粉塵の色を表わすアラビア語 baruti を起源とする言葉。濃い灰色の意か。

☆20——Fulvio Pellegrino Morato, *Del significato de colori e de mazzolli,* Operetta di Fuluio Pellegrino Morato Mantouano nuouamente ristampata, Venezia, 1545, 2v.

☆21——*Ibid.*, 22v.

☆22——*Ibid.*, 22v-23r.

☆23——G. de' Rinaldi, *op.cit.*, pp.20-22; L. Dolce, *op. cit.,* 33v-34r.

☆24——C. Ripa, *op.cit.*, p.441.

☆25――G. de' Rinaldi, *op.cit.*, p.20.

☆26――Cennino Cennini, *Il libro dell'arte*, commentato e annotato da F. Brunello con una introduzione di Licisco Magagnato, Neri Pozza, Vicenza, 1982, pp.92-94.（『絵画術の書』辻茂編訳、石原靖夫・望月一史訳、岩波書店、一九九一年、五五―五六ページ）。

☆27――F. Brunello, *Arti e mestieri* … cit., p.139.

☆28――*The Plictho of Gioanventura Rosetti* cit., p.xviii. マルコ・ポーロは、コイル（現在のインドのクイロン）の王国に群生するインド藍の加工法について、『東方見聞録』第一五七章に、以下のようなきわめて正確な記録を残している。「またその地は非常に良質のインド藍を多量に産する。ある種の草から採れるもので、根を取りさり、水のたっぷり入った大桶に漬けて放置し、腐らせる。次いでその汁をとりだして日に晒すと、液が沸騰して乾き、練り状のものになる。これを切り分けたものが、われわれの許にもたらされるのである」（M. Polo, *op.cit.*, p.412. なお、この箇所は『東方見聞録』最古の写本であるフィレンツェ国立図書館所蔵の ms. II. IV. 88 にはなく、一五五九年にヴェネツィアで出されたジョヴァン・バッティスタ・ラムジオの版に見られる）。このようにインド藍は、朝摘みした葉を水につけて一〇―一五時間ふやかし、その結果得られる黄緑色の液を竹の棒でつき混ぜて酸化させ、その沈澱物を加熱、冷却、濾過し、大青と同じく固体にした状態で市場に出される（F. Brunello, *Marco Polo e* …cit., pp.82-83）。

☆29――mscr. 4.4.1. della Civica Biblioteca di Como, XI, XXXVII.

☆30――G. V. Rosetti, *op.cit.*, p.371, 388, 404, 415, 417, 420-21, 426.

☆31――「胆汁質」の誤り。シシルは後のページで、これを訂正している。一〇〇ページの表を参照のこと。

☆32――Sicille, *op.cit.*, pp.38-39.

☆33――*Ibid.*, pp.40-43.

☆34――Sicillo Araldo, *op.cit.*, 2r.

☆35――Sicille, *op.cit.*, p.88.

☆36――*Collezione di Opere inedite o rare di scrittori italiani dal XIII al XVI secolo*, pubblicata per cura della R. Commissione pe' testi di Lingua e diretta da Giosuè Carducci, Romagnoli-dell'Acqua, Bologna, 1896, p.218.

☆37――Mario Equicola, *Libro di natura d'amore di Mario Equicola*, nouamente stampato et con somma diligentia corretto, Gioanniantonio & fratelli de Sabbio, Venezia, 1526, 164r. 『愛の性質に関する書』は、マリオ・エクイーコラ（一四七〇―一五二五年）の最晩年の代表作である。六巻構成であり、第一巻では一三世紀末シチリア・トスカーナ派の詩人グイットーネ・ダレッツォからボッカッチョに至る愛の理論、そしてネオ・プラトニストの旗頭マルシリオ・フィチーノやピコ・デッラ・ミランドラのような哲学者、またピエートロ・ベンボ等当代の作家の論が扱われている。第二巻では愛を呼び起こす感情や愛の同義語、第三、四巻は「偶発的な」(accidentale) 愛 - 性愛、そして第五巻においては好意を得るために恋人たちが具えねばならぬ徳について語られる。そして第六巻では現世の愛の儚さを説き、愛の目的とは神を希求することにほかならぬと結論して締めくくられる。色彩についてはこの書の心臓部をなす第五巻でとりあげられており、ここでエクイーコラは、聖書のほか、プラトン、キケロ、プリニウス、ウェルギリウス、オウィディウスなど古代ギリシャ・ローマの著作を引き合いに、四大元素や天体のそれぞれに色をあてはめたり、キリスト教のさまざまな典礼に用いるべき色を定義したりしている。

☆38——F. P. Morato, *op.cit.*, 22v; L. Dolce, *op.cit.*, 33v.

☆39——Sicille, *op.cit.*, p.111.

☆40——*Ibid.*, p.117.

☆41——B. Castiglione, *Il libro del Cortegiano*, II, xxvi, xxxvii.

☆42——Alessandro Piccolomini, *Dialogo de la Bella Creanza de le Donne de lo Stordito Intronato,* in *Trattati del Cinquecento sulla donna*, a cura di Giuseppe Zonta, Laterza, Bari, 1913, p.20.(『女性の良き作法について』岡田温司・石田美紀編訳、ありな書房、二〇〇〇年、四二ページ)。

☆43——イタリア語で blu という言葉がひろく使われるようになるのは、一八世紀以降である(Carlo Battisti, Giovanni Alessio, *Dizionario etimologico italiano*, Giunti Barbèra, Firenze, 1975, vol.I, p.543)。

☆44——G. V. Rosetti, *op.cit.*, p.404.

☆45——星野秀利『中世後期フィレンツェ毛織物工業史』齊藤寛海訳、名古屋大学出版会、一九九五年、五七—一一四ページ。

☆46——M. Pastoureau, *Jésus chez*…cit., p.110; “La révolution des couleurs…”, cit., pp.66-67.

第3章 「異端の色」か「希望の色」か 黄

☆1——Marin Sanudo, *I Diarii di Marino Sanuto*, pubblicato per cura di N. Barozzi, Fratelli Visentini Tipografi Editori, Venezia, 1889, tomo XXIV, col.50-51.

☆2——阿部謹也「黄色いマーク ユダヤ人差別のシンボル」(「i s」増刊号「色」ポーラ文化研究所、一九八二年、九〇—九七ページ)。前掲『服飾の中世』、一六一—一八ページ。

☆3——M. Sanudo, *op.cit.*, 1882, tomo VIII, col.424.

☆4――*Ibid.*, 1894, tomo XXXIX, col.224.

☆5――*Ibid.*, 1889, tomo XXIV, col.298-299. 一六世紀の医者の服装に関しては次を参照。D. Davanzo Poli, *op.cit.*, pp.118-120.

☆6――Giovanni Villani, *Nuova Cronica*, a cura di Giuseppe Porta, 3 voll., Guanda, Parma, 1990-91, XI, 11.

☆7――Berthold von Regensburg, *Vollständige Ausgabe seiner Predigten mit Anmerkungen von Franz Pfeiffer* ; mit einem Vorwort von Kurt Ruh, Walter de Gruyter, Berlin, 1965, Bd.I, p.115; Bd.II, pp.242-43. このほか、「黄色いゲベンデ」に対する同時代のドイツ人の批判については、ヨアヒム・ブムケ『中世の騎士文化』平尾浩三他訳、白水社、一九九五年、二〇九―一〇ページ。

☆8――ポール・ラリヴァイユ『ルネサンスの高級娼婦』森田義之・白崎容子・豊田雅子訳、平凡社、一九九三年、一一八―一九ページ。

☆9――M. Pastoureau, "Formes et couleurs du désordre: le jaune avec le vert", dans *Médiévales*, no. 4, 1983, pp.62-73; "Vizi e virtù dei colori nella sensibilità medioevale", in *Rassegna*, Anno VII, n°23, settembre 1985, pp.5-13; 前掲『ヨーロッパの色彩』、六二―六四ページ; *Jésus chez*…cit., pp.146-156.

☆10――たとえばペゴロッティの書に見えるピサでの取引記録には、サフランはトスカーナ、カタルーニャ、マルケ、モクセイソウはトスカーナ、マルケ、プーリア、そして中近東のシリア産のものが挙げられている（F. B. Pegolotti, *op.cit.*, p.207, 371）。

☆11――*Le piante coloranti*, a cura di Mauro Marotti, Edagricole, Bologna, 1997, pp.108-111, 128-131.

☆12――M. Pastoureau, *Jésus chez*…cit., pp.153-156.

☆13――C. Merkel, "Tre corredi milanesi del Quattrocento", in *Bullettino dell'Istituto Storico Italiano*, n.13, Roma, 1893, p.165.

☆14――Francesco da Barberino, *I Documenti d'Amore* cit., vol.III, pp.254-57.

☆15――*Ibid.*, vol. III, pp.257-58.

☆16――L. Luzzatto e R. Pompas, *op.cit.*, p.180.

☆17――Sicille, *op.cit.*, p.82.

☆18――*Ibid.*, p.109.

☆19――*Ibid.*, p.116.

☆20――*Ibid.*, pp.21-29.

☆21――Frédéric Portal, *Des couleurs symboliques dans l'antiquité, le moyen-âge et les temps modernes*, Niclaus, Paris, 1957, p.51.

☆22――チェンニーニの書によれば、フレスコ画に用いる黄色の顔料は、主に黄土（ocria）とジャッロリーノ（giallorino）とよばれる鉱物であり、後者のほうが明るさの点で優るという（C. Cennini, *op.cit.*, pp.47-49［邦訳二八―三〇ページ］）。金色と黄色の描き分けは、このような顔料の相違によるものなのだろうか。二〇〇一年三月二四日に日本女子大学で行われた日本家政学会服飾史・服飾美学部会第二回研究会での筆者の口頭発表において、ジョットの作品におけるユダとペトロの衣の色調の違いを御指摘下さった武庫川女子大学の横川公子教授に心から感謝申しあげたい。

☆23――中世における多色の嫌悪に関する問題については、前掲『服飾の中世』二一九ページを参照。さらにピッコローミニも服にたくさんの色を使うことを戒めている。「若い淑女たるもの、多くの色を身につけること、とりわけ緑に黄とか、赤にズビアダートといったまるで旗の色のように極端な配色のものを身につけることは避けるべきです。というのもこういった色の合わせ方は下品きわまりないからです」（A. Piccolomini, *op.cit.*, p.20［邦訳四一―四二ページ］）。

☆24――Antonio Telesio, *De coloribus,* in *Antonii Thylesii consentini opera*, excud. Fratres Simonii, Neapoli, 1762, p.182.

☆25――F. P. Morato, *op.cit.*, 19v-20r.

☆26――『アエネイス』IX, 460にも同様の記述がある。

☆27――『イリアス』XIX, 1; XXIII, 227.

☆28――C. Ripa, *op.cit.*, p.470.

☆29――*Ibid.*, p.34.

☆30――テレージオとモラートの書の影響を強く受けたドルチェは、モラートの文章をほぼそのままのかたちで引用している場合が多いが、なぜかgialloに関する論については触れていない。一方リナルディの書はモラートのそれと同様に、冒頭に色彩の意味を詠ったソネットが置かれ、それを一句ずつ解釈するという構造であるが、ここには「黄は、支配のしるしをもたらす」（E di dominio il Giallo inditio porta）という詩句が見え、金と同一視される黄色論が展開されている（G. de' Rinaldi, *op.cit.*, pp.22-24）。

第4章　「死の色」から「高貴な色」へ　黒

☆1――B. Castiglione, *Il libro del Cortegiano*, II, xxvii.

☆2――M. Equicola, *op.cit.*, 162r.

☆3――C. Cennini, *op.cit.*, p.89; G. V. Rosetti, *op.cit.*, p.405.

☆4――S. M. Newton, *op.cit.*, p.16.

☆5――R. L. Pisetzky, *Storia del costume in Italia* cit., vol.III, p.220. またわが国でこの問題に言及している論文としては、上田陽

子「一六世紀初頭北イタリアの宮廷服にみる grazia の美意識と光沢への嗜好——バルダッサッレ・カスティリオーネとイザベッラ・デステを中心に」『服飾美学』第28号、一九九九年、三一—四五ページがある。

☆6——M. Pastoureau,"Vizi e virtù dei colori…" cit., p.12; "Du bleu au noir …" cit., pp.19-21（前掲『中世衣生活誌』一三七—三八ページ）; "Morales de la couleur: Le chromoclasme de la Réforme", dans *La Couleur. Regards croisés sur la couleur du Moyen Age au XXe siècle*, Le Léopard d'Or, Paris, 1994, pp.27-46; *Jésus chez…*cit., pp.138-146.

☆7——Archivio di Stato, *Senato, Deliberazioni Misti*, Reg. 24 (1348-1350), carta 91, 1348, 6 agosto, in Pompeo Gherardo Molmenti, *La storia di Venezia nella vita privata delle origini alla caduta della repubblica*, Lint, Trieste, 1973, parte I, p.391.

☆8——G. V. Rosetti, *op.cit*, p.364.

☆9——Platearius, *Il libro delle erbe medicinali dal manoscritto francese 12322 della Bibliothèque Nationale de Paris*, adattamento a cura di Ghislaine Malandin, Garzanti, Milano, 1990, p.329. ちなみにペゴロッティは没食子の産地としてルーマニアとトルコを挙げており（F. B. Pegolotti, *op.cit.*, p.295）、『絹織物製作に関する論』の著者は、フィレンツェ人らしく地元トスカーナのカゼンティーノ産のものを薦めている（G. Gargiolli, *op.cit.*, p.57）。

☆10——Sicille, *op.cit.*, p.44.

☆11——*Ibid.*, pp.43-45.

☆12——『ギリシア悲劇全集1』久保正彰・橋本隆夫訳、岩波書店、一九九〇年、一一七ページ。F. Portal, *op.cit.*, p.109.

☆13——G. Villani, *Nuova Cronica*, XIII, 59.

☆14——Johannis De Mussis, *Chronicon Placentinum*, in L.A.Muratori, *Antiquitates Italicæ Medii Ævi*, tomus II, Forni, Bologna, 1965, Diss.XXIII, col.319 E.

☆15——F. Sacchetti, *I sermoni evangelici, le lettere ed altri scritti inediti o rari di Franco Sacchetti*, raccolti e pubblicati con un discorso intorno la vita e le sue opere per Ottavio Gigli, Felice Le Monnier, Firenze, 1857, p.154.

☆16——ジョン・ハーヴェイ『黒服』太田良子訳、研究社、一九九七年、六二—六三ページ。

☆17——Francesco da Barberino, *Reggimento e costumi di donna* cit., p.132.

☆18——亀長洋子「中世後期フィレンツェの寡婦像——Alessandra Macinghi degli Strozzi の事例を中心に」『イタリア学会誌』第42号、一九九二年、八〇—一〇四ページ。

☆19——bruno は nero をも包括する暗色を指す言葉であるが、ボッカッチョはこれら二つの言葉をほぼ同等に使用している。

☆20——Benoit de Sainte-Maure, *Le Roman de Troie*, édité par Léopold Constans, 6 voll., Firmin-Didot, Paris, 1904-1912, vv.13329-13409;

Binduccio dello Scelto, *La storia di Troia*, a cura di Maria Gozzi, Luni, Milano, 2000, p.302.

☆21——アンドレアス・カペルラヌス著/ジョン・ジェイ・パリ編『宮廷風恋愛の技術』野島秀勝訳、法政大学出版局、一九九〇年、二三六ページ。

☆22——*The Filostrato of Giovanni Boccaccio*, a Translation with Parallel Text by N. E. Griffin and A. B. Myrick, with an Introduction by N. E. Griffin, Biblo and Tannen, New York, 1928, pp.84-87.

☆23——Cfr. II 59, 8; III 7, 5. またフローリオに恋人の死の危険を報せるウェヌスも黒衣をつけている（II 42, 5）。

☆24——Petrarca, *Trionfi*, ‹Trionfo della Morte›, I 31.

☆25——Filostratoという言葉については、通常ボッカッチョのギリシャ語的造語と解されている。ギリシャ語のφίλος（愛）とラテン語のsterno（打ちのめす）の過去分詞stratusをつなげた合成語か。

☆26——*Filocolo*, I 1, 23; IV 43, 1. ただしここでは「ラトーナの子どもたち（太陽と月）がわたしたちの視界から消え去り、星の光だけが降りそそぐような折の空の色」という非常に婉曲な表現がなされている。*Comedia delle ninfe fiorentine*, XXXV, 105.（次章を参照）。

☆27——L. Dolce, *op.cit.*, 24v-29r.

☆28——F. P. Morato, *op.cit.*, 12v-16r.

☆29——ちなみにフランスでは、すでに一五世紀に王侯貴族からパリ市民に至るまで、黒衣の流行が見られたという。この件に関して徳井淑子氏は、中世以来負の価値しかもたなかった「悲しみ」という感情に、人びとが美を見いだせるようになった証左ではないかという興味深い見解を提示している（徳井淑子「フィリップ善良公の『涙の文様の黒い帽子』——中世末期のモード・文学・感性」『お茶の水女子大学人文科学紀要』第50巻、一九九七年、三三一—三四三ページ）。

第5章　大団円の色　緑

☆1——F. P. Morato, *op.cit.*, 8r. ドルチェもこのモラートの論をほぼそのまま紹介している（L. Dolce, *op.cit.*, 19v-20r）。

☆2——L. Dolce, *op.cit.*, 19v.

☆3——Giovanni Della Casa, *Galateo*, introduzione di Giorgio Manganelli, note di Claudio Milanini, Rizzoli, Milano, 1977, pp.128-129.

☆4——G. V. Rosetti, *op.cit.*, pp.404-05.

☆5——Sicille, *op.cit.*, p.46.

☆6——ホイジンガ『中世の秋』堀越孝一訳、中公文庫、一九七六年、［下］二二九—二三一ページ。

☆7——M. Pastoureau, "Formes et couleurs du désordre…" cit., pp.27-30；前掲『ヨーロッパの色彩』一七四—七八ページ。

☆8——前掲『服飾の中世』二一—四五ページ。

☆9——この箇所は、原文では次のようなきわめて迂遠な書き方がなされている。「……ティターンが、グラディウス（マルス）の第一の館に半分、あるいはそれ以上さしかかったある日——その日は、息子（ユピテル）を怖れることなくかつてラティウム人たちとともにあった神（サトゥルヌス）が曙を治めていた日であり、すでにポイボス（アポッロ）がその第三の行程まで達する時分でありましたが——、わたしは不死の神々の御社《みやしろ》へと登っていくために、ムキウスがポルセナの面前で自らの手によっておこなったのと同じことを、全身でなさった方（聖ラウレンティウス）に捧げられた寺院へと入っていきました。そこでわたしは、ディース（プルート）に勝利したユピテルの讃歌を耳にし……」（XXXV, 104-05）。ティターンがマルスの第一の館に入るとは「太陽が牡羊座の位置にくる」、つまり三、四月頃、サトゥルヌスに捧げられた日とは「土曜日」、アポッロ、すなわち太陽が第三の行程にくるとは「午前一〇時頃」を意味し、そしてユピテルは「キリスト」に置き換えられる。したがってここは「春分近くのある土曜日の朝一〇時頃、サン・ロレンツォ教会に行き、キリストの復活を祝う歌を聞いた」と解釈される。

☆10——この一件以来、アメデオは「緑伯」（Conte Verde）と呼ばれるようになったと伝えられている（R. L. Pisetzky, *Storia del costume in Italia* cit., vol.II, p.154）。ちなみに彼の父アイモーネも緑衣好みであった（Ferdinando Gabotto, "Per la storia del costume nel Medio Evo Subalpino. Documenti inediti degli anni 1344, 1378 e 1417", in *Bollettino Storico Bibliografico Subalpino*, Anno XIII, Torino, 1908, p.12）。なお、騎士のなかでも「衣裳係の騎士」（cavaliere di corredo）と呼ばれる者たちは、暗緑色がユニフォームとなっていたらしい。次のサッケッティの証言を参照。「騎士は四つ——浄めの騎士、衣裳係の騎士、盾の騎士、武具の騎士——に分けられます。……衣裳係の騎士は、暗緑色の服を着て金のギルランダをつけ、騎兵を指揮する者たちです」（F. Sacchetti, *Il Trecentonovelle*, CLIII, 5）。

☆11——G. Villani, *Nuova Cronica*, VII, 46.

☆12——『ノヴェッリーノ』には、父フェデリーコに関する次のような記述が見られる。「[ある日]フェデリーコ皇帝が、いつものように緑の服を着て狩りに出かけたとき、泉のところに一人の怠け者がいるのを目にしました」（*Il Novellino*, XXIII）。この緑は、筆者には狩猟服としてのカムフラージュ的な色であるように思われるが、マリオ・アヴェルサーノはフェデリーコ親子の緑を、ギベッリーニ（皇帝党）の象徴である——当時、緑はギベッリーニのシンボル・カラーであった——とも、快楽主義のあらわれであるとも言っている（Mario Aversano, *Il velo di Venere. Allegoria e teologia dell'immaginario dantesco*, Federico & Ardia, Napoli, 1984, p.108）。

☆13——Sicille, *op.cit.*, p.46.

☆14——*Ibid.*, p.110.

☆15——*Ibid.*, pp.46-47.

☆16——本書一五四ページ参照。

☆17——Janet Levarie Smarr, *Boccaccio and Fiammetta: The Narrator as Lover*, University of Illinois Press, Urbana and Chicago, 1986, p.93. なお、『フロワールとブランシュフルールの物語』には、ブランシュフルールが国王暗殺の疑いをかけられるという場面はなく、よって彼女が黒衣を着るという記述もない。またフロワール改宗のくだりもごく簡単なものであって、着衣には触れられていない。ただしブランシュフルールの容姿については、彼女がバビロニアに滞在中、密通の廉でフロワールと共に処刑されそうになる場面で、かなり詳しい描写がなされている（vv.2871-2912）。しかしそれは身体美の常套句をならべたものであって、服に関する言及は皆無である。さらに俗謡『フィオリオとビアンチフィオーレの歌』に至っては、ビアンチフィオーレの容姿にすら触れられていない。したがって、服の色が黒から緑へ変化するというシチュエーションは、ボッカッチョの完全なオリジナルであると言うことができる。

☆18——*Ibid.*, p.93.

☆19——スキアヴィーナ（schiavina）の名の謂れについては、奴隷（schiavo）がよく着用していた、あるいはスラヴォニア人（Schiavone）によって織られたなど諸説ある（C. Merkel, *Come vestivano gli uomini del «Decameron»*, R. Accademia dei Lincei, Roma, 1898, p.65）。なお、ホワイトはこの巡礼服の色を灰色（grigio）と即断しているが、おそらくスキアヴィーナが染められていない粗い毛織物であることを考慮したからであろう。

☆20——Laura Sanguineti White, *La scena conviviale e la sua funzione nel mondo del Boccaccio*, Olschki, Firenze, 1983, pp.49-50.

☆21——Robert Henryson, *The Testament of Cresseid*, v.221: «The ane half grene, the uther half Sabill black».

☆22——J. L. Smarr, *op.cit.*, pp.94-95.

☆23——F. Portal, *op.cit.*, p.117. そしてポルタルは、海の泡から生まれた第二のウェヌスのシンボル・カラーを緑としている（p.127）。二人のウェヌス、ウェヌスの色については、次章を参照。

☆24——エクイーコラも「占星術師曰く、土星は暗色（fusco）、木星は青、火星は赤、太陽は黄、金星は緑、水星は灰色（cineritio）、月は白」と言っている（M. Equicola, *op.cit.*, 164r）。

☆25——Dante, *Rime*, CI, 25-30.

☆26——*Enciclopedia Dantesca* の verde の項を参照。

☆27——Petrarca, *Canzoniere*, XII, 5-8.
☆28——Antonio degli Alberti, *Sestina*, I, 13-18 in *Poeti minori del Trecento*, a cura di Natalino Sapegno, Ricciardi, Milano-Napoli, 1952, p.232.
☆29——前掲『宮廷風恋愛の技術』二三七ページ。
☆30——C. Ripa, *op.cit.*, p.469.
☆31——「その髪、顔、衣、すべて白し／光をすばやく与へんがため」（Francesco da Barberino, *I Documenti d'Amore* cit., vol.III, p.5）。
☆32——*Ibid.*, vol.III, p.43.
☆33——*Ibid.*, vol.III, p.44.
☆34——Francesco da Barberino, *Reggimento e costumi di donna* cit., p.259.
☆35——Dante, *Convivio*, IV 24, 1 e 3-4.
☆36——L. Dolce, *op.cit.*, 21v-22r.

第6章　気紛れな色　ポルポラ

☆1——『博物誌』IX, 125-27.
☆2——『動物誌』547^{a}4-^{b}11´『動物部分論』679^{a}14, 27´『動物進行論』706^{a}15, 33´『動物発生論』761^{b}31, 763^{b}9。
☆3——Frederick Mario Fales - Oddone Longo - Francesco Ghiretti, "La porpora degli antichi e la sua riscoperta ad opera di Bartolomeo Bizio", in *Atti dell'Istituto Veneto di Scienze, Lettere ed Arti. Classe di Scienze Morali, Lettere ed Arti*, 151, 1992-93, p.834; *Parures de la mer*, François Simard, commissaire de l'exposition, articles du Professeur François Doumenge et de Dominique Cardon pour la pourpre, Musée Océanographique, Monaco, 2000, p.113.
☆4——G. Schneider, *op.cit.*, pp.9-10.
☆5——『博物誌』IX, 136-37.
☆6——F. Brunello, *L'arte della tintura nella storia dell'umanità* cit., p.122.
☆7——ポルポラ染色の最後の遺品例としては、もう一つ、サレルノでつくられた聖ヨハンネス・クリュソストモスの典礼を含む典礼文書も重要である（*LA PORPORA*, catalogo della mostra promossa in concomitanza al convegno interdisciplinare di studio, a cura di Doretta Davanzo Poli, Istituto Veneto di Scienze, Lettere ed Arti, Venezia, 1996, p.8）。

☆8——F. Brunello, *L'arte della tintura nella storia dell'umanità* cit., p.126, nota 2.

☆9——Ugo Tucci, "Venezia senza porpora", in *La Porpora. Realtà e immaginario di un colore simbolico, Atti del Convegno di Studio, Venezia, 24 e 25 ottobre 1996*, a cura di Oddone Longo, Istituto Veneto di Scienze, Lettere ed Arti, Venezia, 1998, pp.389-399.

☆10——Giovanni Filoramo, "Variazioni simboliche sul tema della porpora nel cristianesimo antico", in *La Porpora. Realtà e immaginario*…cit., pp.227-242.

☆11——G. Villani, *Nuova Cronica*, XI, 70.　ヴィッラーニの『年代記』では、このほかに一三四七年一月二四日にハンガリー王ラヨシュ一世が、シャルル・ド・デュラスを殺害した後、供をしたがえて、「真珠で出来たユリを鏤めたポルポラのサマイトの外衣をまとって」ナポリに入城した次第が語られている（XIII, 112）。

☆12——Sicille, *op.cit.*, p.85.

☆13——C. Ripa, *op.cit.*, p.480.

☆14——Robert Hollander, *Boccaccio's Two Venuses*, Columbia University Press, New York, 1977, p.206, nota 71.

☆15——このほか『名士伝』では、II 12, 2 e 26; III 1, 5; III 17, 9-10; V 4, 11 e 21; V 14, 3; VI 1, 26; VI 11, 4; VI 13, 13; VII 4, 31; VII 8, 23-24; VIII 15, 1; IX 6, 12-13; IX 12, 1 にも purpura の語を見ることができる。さらに『名婦伝』の XXIII, 4; LV, 11 e 15; LXXVIII, 3 をも参照のこと。

☆16——ホランダーによれば、この註解は、本文完成後（一三四〇年頃）ほどなくして書かれた（R. Hollander, "The Validity of Boccaccio's Self-Exegesis in His *Teseida*", in *Medievalia et Humanistica*, 8, 1977, p.176, nota 7 e 13）。

☆17——*Filocolo*, III 24, 4; III 28, 7; *Ninfale fiesolano*, XII 6.

☆18——この作品では、ディアナを信奉する女たちがポルポラの衣をつけている。「して［女たちは］彼女［ディアナ］の望むがまゝに水から上がり、／ふたゝびポルポラの衣を身にまとひ、／オリーヴと花の冠を被れり」（*Caccia di Diana*, II, 28-30）。

☆19——Cfr. II 48, 16.「ビアンチフィオーレがこれらの言葉を言いおわらぬうちに、ただちに牢の中は大いなる驚くべき光にみたされました。そしてそこには、ポルポラの薄衣のみをつけ、月桂樹の冠をかぶり、パラスの枝（オリーヴ）を手にしたウェヌスがたたずんでおりました」。III 53, 3.「そしてウェヌスは、ビアンチフィオーレの前にポルポラの極薄の衣を素肌にまとい、ポイボスに愛された枝（月桂樹）の冠をつけたまばゆいばかりの姿をあらわして……」。

☆20——Steven Grossvogel, *Ambiguity and Allusion in Boccaccio's «Filocolo»*, Olschki, Firenze, 1992, p.102.　彼はさらに「彼女（ウェヌス）には、天上的なものはほとんどない」と続けている。

☆21——現在ではボッカッチョ自身の手になるものではないと考えられている『悲歌』の註解は、ウェヌスについて「ウェヌスには二人、つまり義なるウェヌスと不義なるウェヌスがいる。義なるウェヌスは夫に妻をあたえる者であり、ゆえに聖なる者と呼ばれる。不義なるウェヌスは妻よりも他の女を好む夫、夫よりも他の男を好む妻の崇める者である」と説明している（Antonio Enzo Quaglio, *Le Chiose all'«Elegia di Madonna Fiammetta»*, Cedam, Padova, 1957, pp.119-120）。

☆22——Luisa Del Giudice, "Boccaccio's *Comedia delle ninfe fiorentine* and Literary Dissociation: To allegorize or not to allegorize?", in *Carte italiane*, III, 1981-82, p.21.

☆23——ボッカッチョは中世の伝統に基づいて、天上にして結婚のウェヌスを是、肉欲のウェヌスを否としているが、新プラトン主義者たちは、プラトンの『饗宴』の記述に立ち返って、双方のウェヌスをよしとしている（R. Hollander, *Boccaccio's Two Venuses* cit., pp.158-160, nota 44）。ルネサンス期の「二人のウェヌス」の概念については、伊藤博明『神々の再生——ルネサンスの神秘思想』東京書籍、一九九六年、九四—一〇一ページを参照。

☆24——「第一のウェヌスはカエルスとディエスの娘であり、その神殿を私はエリスで見た。第二は海の泡から生まれた者であり、メルクリウスにより第二のクピドの母となったといわれている。第三はユピテルとディオネの娘であり、ウルカヌスに嫁いだが、マルスによってアンテロスを生んだと伝えられている。第四はシリアとキプロスによって宿った者で、アスタルテと呼ばれ、アドニスと夫婦となったという」（Cicero, *De natura deorum*, III, 59）。

☆25——*Genealogie deorum gentilium*, III 22, 3; III 23, 11.

☆26——なおボッカッチョは『名婦伝』第七章でも、娼婦的な性格の強い「キプロスの女王ウェヌス」について述べているが、そのアトリビュートに関しては、まったく触れていない。

☆27——Earl G. Schreiber, "Venus in the Medieval Mythographic Tradition", in *Journal of English and Germanic Philology*, LXXIV, 1975, p.522.

☆28——*Genealogie deorum gentilium*, III 23, 9. 後年ヴィンチェンツォ・カルターリも、『古代人の神々の像』（一五五六年）の中で、このボッカッチョの記述をふまえて、ほぼ同様な理由からウェヌスを裸としている（Vincenzo Cartari, *Le imagini de i dei de gli antichi*, a cura di Ginetta Auzzas, Federica Martignago, Manlio Pastore Stocchi, Paola Rigo, Neri Pozza, Vicenza, 1996, pp.467-68）。

☆29——『博物誌』IX, 136.「わたしの知る限りでは、ローマではポルポラは最も古い時代から使われていた。もっともロムルスはただ祭典服に用いただけであった。というのはトガ・プラエテクスタと広いクラヴス（ポルポラの筋）を使用した王たちのうち最初の者は、のちにエトルリア人を征服したトゥッルス・ホスティリウスであったことはほぼ確実だからである」。

☆30——正しくは第九巻六〇章（*Ibid.*, IX, 124-28）。しかしシシルの言に反して、本章冒頭で見たように、プリニウスの言葉はかなり批判的なものである。

☆31——「箴言」第三一章二一—二二節。

☆32——「雅歌」第三章九—一〇節の誤り。

☆33——Sicille, *op.cit.*, pp.47-50.

☆34——*L'Ottimo commento*…cit, vol.II, p.521.

☆35——*Comedia di Danthe Alighieri poeta divino: con l'espositione di Christophoro Landino*, nuovamente impressa: e con somma diligentiarevista 7 emendata: 7 di nuovissime postille adornata, per Iacob del Burgofranco, ad instantia del nobile Lucantonio Giunta, Venezia, 1529.　他の同時代の註釈者の見解をも見てみると、たとえばベンヴェヌート・ダ・イーモラは「彼女たちがポルポラを着ているのは、それがかつて君主たちのまとうものであったからである」と説明しているが、これはオッティモの説とほぼ一致している（Benvenuto da Imola, *Comentum super Dantis Aldigherij Comœdiam*, a cura di Giacomo Filippo Lacaita, G.Barbèra, Firenze, 1887, tomo IV, p.200）。一方フランチェスコ・ダ・ブーティは、「ポルポラとは、すなわちpurpura biancaのことで、これは潔白と清純を意味する」と述べている（*Commento di Francesco da Buti sopra la «Divina Comedia» di Dante Allighieri*, publicato per cura di Crescentino Giannini, Fratelli Nistri, Pisa, 1860, tomo II, p.719）。ちなみにpurpura biancaとは、明るく光り輝く色調のポルポラを意味する（Isidoro Carini, *La porpora e il colore porporino nella diplomatica specialmente siciliana*: Prolusione al corso di paleografia e diplomatica per l'anno 1879-80, letta nella Scuola dell'Archivio di Stato in Palermo, P. Montaina, Palermo, 1880, pp.38-39）。

☆36——Cielo d'Alcamo, "Rosa fresca aulentissima", 116-17, in Bruno Panvini, *Poeti italiani della corte di Federico II*, C.U.E.C.M., Catania, 1989, p.228.

☆37——R. L. Pisetzky, *Il costume e la moda nella società italiana* cit., p.78.

☆38——ほかに、*Chiose al Teseida*, VII 50, 1; *Elegia di madonna Fiammetta*, I 17, 12にも同様の記述がある。

☆39——『ヘロイデス』IX, 101-118. もっともオウィディウスはヘラクレス女装のエピソードをイオレではなく、オンパレに帰している。

☆40——F. Portal, *op.cit.*, pp.141-42.

☆41——M. Pastoureau, "Vizi e virtù dei colori…" cit., p.12.

☆42——Domenico Cavalca, *Specchio di croce del P. Domenico Cavalca dell'ordine de' predicatori*, a cura di Bartolommeo Sorio P.D.O. di Verona, Tipi del Gondoliere, Venezia, 1840, pp.87-88.

☆43——Bernardino da Siena, *op.cit.,* XXXVII, 44-46.

☆44——M. Pastoureau, "Ceci est mon sang…" cit, pp.46-50. 第1章原註☆118参照。

☆45——ボッカッチョ作品中のウェヌスの多様な性格に関しては、前述の文献の他に、以下のものを参照のこと。JohnMulryan, "Venus, Cupid and the Italian Mythographers", in *Humanistica Lovaniensia*, XXIII, 1974, pp.31-41; "The Three Images of Venus: Boccaccio's Theory of Love in the *Genealogy of the Gods* and His Aesthetic Vision of Love in the *Decameron*", in *Romance Notes*, XIX, 1979, 3, pp.388-394.

☆46——「……あなたはすべすべしたきれいなお肌で、顔はばら色、でもってポルポラの服をお召しになって、大勢の召使を連れていらっしゃるから、広場で無理やりにでもわたくしと張り合いたいとおっしゃるの」（*De casibus virorum illustrium*, Ⅲ1,5）。「彼女は燃える威嚇するようなまなざしに恐ろしい顔つきで、頰にはたっぷりとした髪がかかり、百の手——と私にはおもわれるのですが——とそれと同数の腕をもち、さまざまな色をした服をまとい、厳格な声をしていました」（*Ibid.*, VI 1, 2）。

☆47——Howard Rollin Patch, *The Goddess Fortuna in Mediaeval Literature*, Harvard University Press, Cambridge, 1927, pp.46-47.（『中世文学における運命の女神』黒瀬保監訳、三省堂、一九九三年、四七—四八ページ）。

☆48——*Ibid.*, p.96.（邦訳七七ページ）。

エピログス

☆1——F. Brunello, *L'arte della tintura nella storia dell'umanità* cit., pp.126-127.

☆2——Petro Candido Decembrio, *Vita Philippi Mariæ Vicecomitis*, in L.A.Muratori, *Rerum Italicarum Scriptores*, XX, Forni, Bologna, 1981, p.1007.

☆3——Moderata Fonte, *Il merito delle donne: ove chiaramente si scuopre quanto siano elle degne e più perfette de gli uomini*, a cura di Adriana Chemello, Eidos, Milano, 1988, p.164. 邦訳は、フェデリコ・ルイジーニ『女性の美と徳について』岡田温司・水野千依編訳、ありな書房、二〇〇〇年、二三三ページ所収のものを借用。なお、このフォンテの書は、ありな書房より近刊予定。

参考文献一覧

テクスト

Alighieri, Dante. *Convivio*, a cura di Piero Cudini, Garzanti, Milano, 1980.

——— *La Divina Commedia*, 6 voll., Fratelli Fabbri, Milano, 1963.

——— *La Divina Commedia*, a cura di Tommaso Di Salvo, Zanichelli, Bologna, 1987.（『神曲』全三巻、山川丙三郎訳、岩波文庫、一九五二―五八年）。

——— *Opere minori*, tomo I, parte I, a cura di Domenico De Robertis e di Gianfranco Contini, Ricciardi, Milano-Napoli, 1984.

——— *La Vita Nuova di Dante Alighieri*, edizione critica per cura di Michele Barbi, R. Bemporad & Figlio, Editori, Firenze, 1932.（『新生』山川丙三郎訳、岩波文庫、一九四八年）。

Benoit de Sainte-Maure. *Le Roman de Troie*, édité par Léopold Constans, 6 voll., Firmin-Didot, Paris, 1904-1912.

Benvenuto da Imola. *Comentum super Dantis Aldigherij Comœdiam*, a cura di Giacomo Filippo Lacaita, 5 voll., G.Barbèra, Firenze, 1887.

Bernardino da Siena. *Prediche volgari sul Campo di Siena 1427*, a cura di Carlo Delcorno, 2 voll., Rusconi, Milano, 1989.

Berthold von Regensburg, *Vollständige Ausgabe seiner Predigten mit Anmerkungen von Franz Pfeiffer* ; mit einem Vorwort von Kurt Ruh, Bd.1-2, Walter de Gruyter, Berlin, 1965.

Binduccio dello Scelto, *La storia di Troia*, a cura di Maria Gozzi, Luni, Milano, 2000.

Boccaccio, Giovanni. *Amorosa Visione*, a cura di Vittore Branca, in *Tutte le opere di Giovanni Boccaccio*, vol.III, Mondadori, Milano, 1974.

——— *Amorosa Visione*, Bilingual Edition, Translated by Robert Hollander, Timothy Hampton, Margherita Frankel, with an Introduction by Vittore Branca, University Press of New England, Hanover and London, 1986.

——— *Caccia di Diana*, a cura di V. Branca, in *Tutte le opere di Giovanni Boccaccio*, vol.I, Mondadori, Milano, 1967.

——— *De casibus virorum illustrium*, a cura di Pier Giorgio Ricci e Vittorio Zaccaria, in *Tutte le opere di Giovanni Boccaccio*, vol.IX, Mondadori,

Milano, 1983.
———*Comedia delle ninfe fiorentine*, a cura di Antonio Enzo Quaglio, in *Tutte le opere di Giovanni Boccaccio*, vol.II, Mondadori, Milano, 1964.
———*Decameron*, a cura di V. Branca, in *Tutte le opere di Giovanni Boccaccio*, vol.IV, Mondadori, Milano, 1976.（『デカメロン』上・中・下、柏熊達生訳、ちくま文庫、一九八七—八八年）。
———*Decameron*, con introduzione di V. Branca, 3 voll., Sadea / Sansoni, Firenze, 1966.
———*Elegia di madonna Fiammetta*, a cura di Carlo Delcorno, in *Tutte le opere di Giovanni Boccaccio*, vol.V, tomo II, Mondadori, Milano, 1994.
———*Esposizioni sopra la Comedia di Dante*, a cura di Giorgio Padoan, in *Tutte le opere di Giovanni Boccaccio*, vol.VI, Mondadori, Milano, 1965.
———*Filocolo*, a cura di A. E. Quaglio, in *Tutte le opere di Giovanni Boccaccio*, vol.I, Mondadori, Milano, 1967.
———*Filostrato*, a cura di V. Branca, in *Tutte le opere di Giovanni Boccaccio*, vol.II, Mondadori, Milano, 1964.
———*The Filostrato of Giovanni Boccaccio*, a Translation with Parallel Text by N. E. Griffin and A. B. Myrick, with an Introduction by N. E. Griffin, Biblo and Tannen, New York, 1928.
———*Genealogie deorum gentilium*, a cura di Vittorio Zaccaria, in *Tutte le opere di Giovanni Boccaccio*, vol.VII-VIII, Mondadori, Milano, 1998.
———*De mulieribus claris*, a cura di V. Zaccaria, in *Tutte le opere di Giovanni Boccaccio*, vol.X, Mondadori, Milano, 1967.
———*Ninfale fiesolano*, a cura di Armando Balduino, in *Tutte le opere di Giovanni Boccaccio*, vol.III, Mondadori, Milano, 1974.
———*Teseida delle nozze d'Emilia*, a cura di Alberto Limentani, in *Tutte le opere di Giovanni Boccaccio*, vol.II, Mondadori, Milano, 1964.
Buonarroti, Michelangelo. *Il carteggio di Michelangelo*, edizione postuma di Giovanni Poggi, a cura di Paola Barocchi e Renzo Ristori, vol.I, Sansoni, Firenze, 1965.
Caesar. *The Gallic War*, ed. by E. H. Warmington, with an English translation by H. J. Edwards, Loeb Classical Library, Cambridge, Massachusetts, and London, 1970.（『ガリア戦記』近山金次訳、岩波書店、一九四二年）。
Il cantare di Fiorio e Biancifiore, edito ed illustrato da Vincenzo Crescini, 2 voll., Forni, Bologna, 1889-99(rpr. 1969).
Cartari, Vincenzo. *Le imagini de i dei de gli antichi*, a cura di Ginetta Auzzas, Federica Martignago, Manlio Pastore Stocchi, Paola Rigo, Neri Pozza, Vicenza, 1996.

Castiglione, Baldassare. *Il libro del Cortegiano*, a cura di Ettore Bonora, Mursia, Milano, 1972.（『宮廷人』清水純一・岩倉具忠・天野恵訳註、東海大学出版会、一九八七年）。

Cavalca, Domenico. *Specchio di croce del P. Domenico Cavalca dell'ordine de' predicatori*, a cura di Bartolommeo Sorio P.D.O. di Verona, Tipi del Gondoliere, Venezia, 1840.

Cavalcanti, Giovanni. *Istorie fiorentine*, a cura di Filippo Luigi Polidori, 2 voll., Tipografia all'insegna di Dante, Firenze, 1838-39.

Cennini, Cennino. *Il libro dell'arte*, commentato e annotato da F. Brunello con una introduzione di Licisco Magagnato, Neri Pozza, Vicenza, 1982.（『絵画術の書』辻茂編訳、石原靖夫・望月一史訳、岩波書店、一九九一年）。

Cicero. *De natura deorum, Academica*, ed. and trans. H. Rackham, Loeb Classical Library, Cambridge, Massachusetts, and London, 1956.

Collezione di Opere inedite o rare di scrittori italiani dal XIII al XVI secolo, pubblicata per cura della R. Commissione pe' testi di Lingua e diretta da Giosuè Carducci, Romagnoli-dell'Acqua, Bologna, 1896.

Le conte de Floire et Blancheflor, édité par Jean-Luc Leclanche, Champion, Paris, 1980.

Della Casa, Giovanni. *Galateo*, introduzione di Giorgio Manganelli, note di Claudio Milanini, Rizzoli, Milano, 1977.（『ガラテーオ――よいたしなみの本』池田廉訳、春秋社、一九六一年）。

Dolce, Lodovico. *Dialogo di m. Lodovico Dolce, nel quale si ragiona delle qualità, diversità, e proprietà de i colori,* Gio. Battista, Marchio Sessa, et Fratelli, Venezia, 1565.

Equicola, Mario. *Libro di natura d'amore di Mario Equicola,* nouamente stampato et con somma diligentia corretto, Gioanniantonio & fratelli de Sabbio, Venezia, 1526.

Fonte, Moderata. *Il merito delle donne: ove chiaramente si scuopre quanto siano elle degne e più perfette de gli uomini,* a cura di Adriana Chemello, Eidos, Milano, 1988.

Francesco da Barberino. *I Documenti d'Amore*, a cura di Francesco Egidi, 4 voll., Società filologica romana, Roma, 1905-27.

———*Reggimento e costumi di donna*, a cura di G. E. Sansone, Loescher-Chiantore, Torino, 1957.

Francesco da Buti. *Commento di Francesco da Buti sopra la «Divina Comedia» di Dante Allighieri*, publicato per cura di Crescentino Giannini, 3 voll., Fratelli Nistri, Pisa, 1858-62.

Frey, Carl. *Il Codice Magliabechiano cl. XVII. 17 contenente e notizie sopra l'arte degli antichi e quella dei Fiorentini da Cimabue a Michelangelo Buonarroti, scritte da Anonimo Fiorentino*. Herausgegeben und mit einem Abrisse über die florentinische Kunsthistoriographie bis auf G. Vasari Versehen, Grote'sche Verlagsbuchhandlung, Berlin, 1892.

Guicciardini, Francesco. *Storie fiorentine dal 1378 al 1509*, a cura di Roberto Palmarocchi, Laterza, Bari, 1931.（『フィレンツェ史』末吉孝州訳、太陽出版、一九九九年）。

Guillaume de Lorris et Jean de Meun. *Le Roman de la Rose*, publié par Félix Lecoy, 3 voll., Champion, Paris, 1965-70.（『薔薇物語』篠田勝英訳、平凡社、一九九六年）。

Henryson, Robert. *The Poems and Fables of Robert Henryson*, edited from the earliest manuscripts and printed texts by H. Harvey Wood, Oliver and Boyd, London, 1933.

Iacopo da Varazze, *Legenda Aurea*, presentazioni di Franco Cardini e Mario Martelli, testo e note a cura di Arrigo Levasti, 2voll., Le Lettere, Firenze, 2000.（『黄金伝説』全四巻、前田敬作・今村孝・山口裕・西井武・山中知子訳、人文書院、一九七九―八七年）。

Isidorus(Sevilla). *Isidori Hispalensis episcopi Etymologiarum sive Originum*, recognovit brevique adnotatione critica instruxit W.M. Lindsay, 2 voll., Oxford University Press, Oxford, 1911.

Juvenal and Persius, ed. and trans. G. G. Ramsey, Loeb Classical Library, Cambridge, Massachusetts, and London, 1961.

Landino, Cristoforo. *Comedia di Danthe Alighieri poeta divino: con l'espositione di Christophoro Landino,* per Iacob del Burgofranco, ad instantia del nobile Lucantonio Giunta, Venezia, 1529.

Landucci, Luca. *Diario fiorentino dal 1450 al 1516 continuato da un Anonimo fino al 1542*, prefazione di Antonio Lanza, Sansoni, Firenze, 1985.（『ランドゥッチの日記――ルネサンス一商人の覚書』中森義宗・安保大有訳、近藤出版社、一九八八年）。

Leonardo da Vinci. *I manoscritti e i disegni di Leonardo da Vinci pubblicati della Reale Commissione Vinciana sotto gli auspici del Ministero della Istruzione Pubblica*. Volume I. *Il Codice Arundel 263*, 4 voll., Danesi, Roma, 1923-30.

――― *The Drawings of Leonardo da Vinci, in the Collection of Her Majesty The Queen at Windsor Castle*, by Kenneth Clark, Second Edition, revised with the assistance of Carlo Pedretti, 3vols, Phaidon, London, 1968-69.

――― *I Codici di Madrid*, a cura di Ladislao Reti, 5 voll., Giunti Barbèra, Firenze, 1974.（『レオナルド・ダ・ヴィンチ　マドリッド手稿』全五巻、ラディスラオ・レティ翻刻、裾分一弘他訳、岩波書店、一九七五年）。

――― *Il Codice Atlantico della Biblioteca Ambrosiana di Milano*, trascrizione diplomatica e critica di Augusto Marinoni, 12 voll., Giunti Barbèra, Firenze, 1975-80.

――― *Il Codice sul volo degli uccelli nella Biblioteca Reale di Torino*, trascrizione diplomatica e critica di Augusto Marinoni, Giunti Barbèra, Firenze, 1976.

――― *Il Codice di Leonardo da Vinci nella Biblioteca Trivulziana di Milano*, trascrizione diplomatica e critica di Anna Maria Brizio, Giunti

Barbèra, Firenze, 1980.

———*Il Codice di Leonardo da Vinci della Biblioteca di Lord Leicester in Holkham Hall*, pubblicato sotto gli auspici del R. Istituto Lombardo di Scienze e Lettere (Premio Tomasoni) da Gerolamo Calvi, Giunti Barbèra, Firenze, 1980 (Codice Hammer).

———*Il Codice Forster I-III*, trascrizione diplomatica e critica di Augusto Marinoni, Giunti Barbèra, Firenze, 1992.

———*Il Manoscritto A*, trascrizione diplomatica e critica di Augusto Marinoni, Giunti Barbèra, Firenze, 1990.(B-1990; C-1987; D-1989; E-1989; F-1988; G-1989; H-1987; I-1986; K-1989; L-1987; M-1987)

———*Treatise on Painting [Codex Urbinas Latinus 1270] by Leonardo da Vinci*, translated and annotated by A. Philip McMahon, with an introduction by Ludwig H. Heydenreich, Volume I, Translation, Volume II, Facsimile, Princeton University Press, New Jersey, 1956.

———*Libro di Pittura. Codice Urbinate lat.1270 nella Biblioteca Apostolica Vaticana*, a cura di Carlo Pedretti, trascrizione critica di Carlo Vecce, 2 voll., Giunti, Firenze, 1995.

Il Libro del Sarto della Fondazione Querini Stampalia di Venezia, saggi di Fritz Saxl, Alessandra Mottola Molfino, Paolo Getrevi, Doretta Davanzo Poli, e Alessandra Schiavon, Panini, Modena, 1987.

Machiavelli, Niccolò. *Istorie fiorentine*, a cura di Mario Martelli, in *Tutte le opere*, Sansoni, Firenze, 1971. (『フィレンツェ史』上・下、大岩誠訳、岩波書店、一九九七年)。

Morato, Fulvio Pellegrino. *Del significato de colori e de mazzolli*, Operetta di Fuluio Pellegrino Morato Mantouano nuouamente ristampata, Venezia, 1545.

Muratori, Ludovico Antonio. *Rerum Italicarum Scriptores*, tomus XX, Forni, Bologna, 1981(ristampa).

———*Antiquitates Italicæ Medii Ævi*, tomus II, Forni, Bologna, 1965(ristampa).

Il Novellino, testo originale con la versione in italiano di oggi di Aldo Busi e Carmen Covito, Rizzoli, Milano, 1992.

L'Ottimo commento della Divina Commedia. Testo inedito d'un contemporaneo di Dante, citato dagli Accademici della Crusca, a cura di Alessandro Torri, 3 voll., presso Niccolò Capurro, Pisa, 1827-29 (rpr. 1995).

Ovidius. *Heroides and Amores*, ed. and trans. Grant Showerman, Loeb Classical Library, Cambridge, Massachusetts, and London, 1963.

Palermo, Francesco. *I Manoscritti Palatini di Firenze,* ordinati ed esposti da Francesco Palermo, 3 voll., Biblioteca Palatina, Firenze, 1853-68.

Panvini, Bruno. *Poeti italiani della corte di Federico II*, C.U.E.C.M., Catania, 1989.

Petrarca, Francesco. *Canzoniere*, introduzione e note di Piero Cudini, Garzanti, Milano, 1974. (『カンツォニエーレ』池田廉訳、名古屋大学出版会、一九九二年)。

——*Canzoniere*, edizione commentata a cura di Marco Santagata, Mondadori, Milano, 1996.

——*Lettere senili di Francesco Petrarca*, volgarizzate e dichiarate con note da Giuseppe Fracassetti, vol. I, Le Monnier, Firenze, 1892.

——*Opera omnia*, Petri, Basilea, 1581.

——*Trionfi*, introduzione e note di Guido Bezzola, Rizzoli, Milano, 1984.

Piccolomini, Alessandro. *Dialogo de la Bella Creanza de le Donne de lo Stordito Intronato,* in *Trattati del Cinquecento sulla donna*, a cura di Giuseppe Zonta, Laterza, Bari, 1913.（『女性の良き作法について』岡田温司・石田美紀編訳、ありな書房、二〇〇〇年）。

Platearius. *Il libro delle erbe medicinali dal manoscritto francese 12322 della Bibliothèque Nationale de Paris*, adattamento a cura di Ghislaine Malandin, Garzanti, Milano, 1990.

Plinius. *Natural History*, ed. and trans. H. Rackham, 10 vols, Loeb Classical Library, Cambridge, Massachusetts, and London, 1938-67.（『プリニウスの博物誌』全三巻、中野定雄他訳、雄山閣、一九八六年）。

Poeti minori del Trecento, a cura di Natalino Sapegno, Ricciardi, Milano-Napoli, 1952.

Poliziano, Angelo. *Detti piacevoli*, a cura di Tiziano Zanato, Istituto della Enciclopedia italiana, Roma, 1983.

Polo, Marco. *Il Milione*, introduzione e note di Marcello Ciccuto, Rizzoli, Milano, 1981.（『東方見聞録』青木富太郎訳、社会思想社、一九六九年）。

Rinaldi, Giovanni de'. *Il mostruosissimo mostro di Giovanni de' Rinaldi diuiso in due Trattati. Nel primo de' quali si ragiona del significato de' Colori. Nel secondo si tratta dell'herbe, & Fiori*, Di nuovo ristampato, et dal medesimo riueduto, & ampliato, Alfonso Caraffa, Ferrara, 1588.

Ripa, Cesare. *Iconologia overo descrittione di diverse imagini cavate dall'antichità, et di propria inventione*, with an introduction by Erna Mandowsky, Olms, Hildesheim - Zürich - New York, 2000.

Rosetti, Giovan Ventura. *Plictho de larte de tentori che insegna tenger pani telle banbasi et sede si per larthe magiore come per la comune*, in Icilio Guareschi, *Sui colori degli antichi*, Parte Seconda, Unione Tipografico - Editrice, Torino, 1907.

——*The Plictho of Gioanventura Rosetti*, Translation of the 1st Edition of 1548 by Sidney M. Edelstein and Hector C. Borghetty, M.I.T. Press, Cambridge, Massachusetts, and London, 1969.

Sacchetti, Franco. *I sermoni evangelici, le lettere ed altri scritti inediti o rari di Franco Sacchetti*, raccolti e pubblicati con un discorso intorno la vita e le sue opere per Ottavio Gigli, Felice Le Monnier, Firenze, 1857.

——*Il Trecentonovelle*, a cura di Antonio Lanza, Sansoni, Firenze, 1984.

Sanudo. Marin. *I Diarii di Marino Sanuto*, 58 voll., Fratelli Visentini Tipografi Editori, 1879-1902.

Sercambi, Giovanni. *Le croniche di Giovanni Sercambi lucchese pubblicate sui manoscritti originali*, a cura di Salvatore Bongi, vol. I, Tipografia Giusti, Lucca, 1892.

Sicille, *Le Blason des Couleurs*, éd. Hippolyte Cocheris, Chez Auguste Aubry, Paris, 1860.

——*Trattato de i colori nelle arme, nelle livree, et nelle divise, di Sicillo Araldo del re Alfonso d'Aragona*, appresso Domenico Nicolino, Venezia, 1565.

——*Il Blasone dei colori. Il simbolismo del colore nella Cavalleria medievale*, a cura di Massimo D. Papi, presentazione di Franco Cardini, il Cerchio, Rimini, 2000.

Strozzi, Alessandra Macinghi. *Tempo di affetti e di mercanti. Lettere ai figli esuli*, Garzanti, Milano, 1987.

Telesio, Antonio. *De coloribus,* in *Antonii Thylesii consentini opera*, excud. Fratres Simonii, Neapoli, 1762.

St. Thomas Aquinas. *Summa Theologiae*, Latin text and English translation, Introductions, Notes, Appendices and Glossaries, vol. XXIII, McGraw-Hill Book Company, New York, 1969.（『神学大全』第11巻、稲垣良典訳、創文社、一九八〇年）。

Trattato dell'arte della seta in Firenze, Plut. 89, sup. Cod. 117, Biblioteca Laurenziana, Cassa di Risparmio di Firenze, Firenze, 1980.

Varchi, Benedetto. *Storia fiorentina*, con aggiunte e correzioni tratte dagli autografi e corredata di note per cura e opera di Lelio Arbib, 3 voll., a spese della Società Editrice delle Storie del Nardi e del Varchi, Firenze, 1843.

Vasari, Giorgio. *Vite scelte di Giorgio Vasari*, a cura di Anna Maria Brizio, UTET, Torino, 1948.（『ルネサンス画人伝』平川祐弘・小谷年司・田中英道訳、白水社、一九八二年）。

Vecellio, Cesare. *De gli Habiti antichi, et moderni di Diuerse Parti del Mondo*, Libri Dve, fatti da Cesare Vecellio & con Discorsi da Lui dichiarati, Damian Zenaro, Venezia, 1590.

——*Habiti antichi, et moderni di tutto il mondo di Cesare Vecellio*, Di nuouo accresciuti di molte figure. Vestitvs Antiquorum, recentiorumque totius Orbis. Per Svlstativm Gratilianum Senapolensis Latine declarati, Sessa, Venezia, 1598.

——*Habiti antichi ouero raccolta di figvre*, Delineate dal Gran Titiano, e da Cesare Vecellio suo Fratello, diligentemente intagliate, conforme alle Nationi del Mondo. Libro vtilissimo a Pittori, Dissegnatori, Scultori, Architetti, & ad ogni curioso, e peregrino ingegno, Per Combi, & La Noù, Venezia, 1664.

Vergilius. *Eclogues, Georgics, The Aeneid*, ed. and trans. H. Rushton Fairclough, 2 vols, Loeb Classical Library, Cambridge, Massachusetts, and London, 1916-18.（『アエネーイス』上・下、泉井久之助訳、岩波書店、一九七六年）。

Villani, Giovanni. *Nuova Cronica*, a cura di Giuseppe Porta, 3 voll., Guanda, Parma, 1990-91.

Villani, Matteo. *Cronica*, con la continuazione di Filippo Villani, a cura di Giuseppe Porta, 2 voll., Guanda, Parma, 1995.

アンドレアス・カペルラヌス『宮廷風恋愛の技術』ジョン・ジェイ・パリ編・野島秀勝訳、法政大学出版局、一九九〇年。

『ギリシア悲劇全集１』久保正彰・橋本隆夫訳、岩波書店、一九九〇年。

マルシーリオ・フィチーノ『恋の形而上学――フィレンツェの人マルシーリオ・フィチーノによるプラトーン《饗宴》注釈』左近司祥子訳、国文社、一九八五年。

フェデリコ・ルイジーニ『女性の美と徳について』岡田温司・水野千依編訳、ありな書房、二〇〇〇年。

ポントルモ『ルネサンスの画家――ポントルモの日記』中嶋浩郎訳、白水社、一九九一年。

『レオナルド・ダ・ヴィンチの手記』上・下、杉浦明平訳、岩波書店、一九五四―五八年。

中世・ルネサンス期の文学に関する研究書・研究論文

AA. VV., *Enciclopedia Dantesca*, diretta da Umberto Bosco, 6 voll., Treccani, Roma, 1970-78.
Aversano, Mario. *Il velo di Venere. Allegoria e teologia dell'immaginario dantesco*, Federico & Ardia, Napoli, 1984.
Baldelli, Ignazio. *Dante e Francesca*, Olschki, Firenze, 1999.
Billanovich, Giuseppe. *Restauri boccacceschi*, Storia e Letteratura, Roma, 1947.
Bosco, Umberto. "Il canto XXIX", in *Letture dantesche*, vol.II, a cura di G.Getto, Sansoni, Firenze, 1958, pp.585-603.
Branca, Vittore. "Poetica del rinnovamento e tradizione agiografica nella *Vita Nuova*", in *Letture classensi*, Vol. II, Longo, Ravenna, 1969, pp.29-66.
―――"Cicerone fra Dante, Petrarca e Boccaccio", in *Atti del VII Colloquium Tullianum. Varsavia, 11-14 maggio 1989*, Centro di Studi Ciceroniani, Roma, 1990, pp.201-205.
―――*Boccaccio medievale e nuovi studi sul «Decameron»,* Sansoni, Firenze, 1996.
―――*Boccaccio visualizzato: Narrare per parole e per immagini fra Medioevo e Rinascimento*, a cura di V. Branca, 3 voll., Einaudi, Torino, 1999.
Brezzi, Paolo. "Il canto XXIX del *Purgatorio*", in *Nuovo letture dantesche*, vol.V, Felice Le Monnier, Firenze, 1972, pp.149-165.
Cassel, Anthony K. "Boccaccio's *Caccia di Diana*: Horizon of Expectation", in *Italian Culture*, IX, 1991, pp.85-102.
Cazalé, Claude. "L'expression symbolique offerte par les couleurs dans le *Filocolo* de Boccace", dans *Revue des études italiennes*, n.s.XXVI,

1980, 1, pp.18-36.

David, Michel. "Boccaccio Pornoscopo?", in *Medioevo e Rinascimento veneto con altri studi in onore di Lino Lazzarini*, I, Antenore, Padova, 1979, pp.215-243.

De Medici, Giuliana. "Le fonti dell'*Ottimo Commento alla Divina Commedia*", in *Italia medioevale e umanistica*, XXVI, 1983, pp.71-123.

De Sanctis, Francesco. *Storia della letteratura italiana*, introduzione di René Wellek, note di Grazia Melli Fioravanti, vol.I, Rizzoli, Milano, 1983.(『イタリア文学史 I・中世篇』池田廉・米山喜晟共訳、現代思潮社、一九七〇年、『イタリア文学史 II・ルネサンス篇』在里寛司・藤沢道郎共訳、現代思潮社、一九七三年)。

Del Giudice, Luisa. "Boccaccio's *Comedia delle ninfe fiorentine* and Literary Dissociation: To allegorize or not to allegorize? in *Carte italiane*, III, 1981-82, pp.15-27.

Egidi, Francesco. "Le miniature dei Codici Barberiniani dei *Documenti d'Amore*", in *L'Arte*, Serie III, Anno V, 1902, pp.1-20; 78-95.

Franco, Charles. *Arte e poesia nel «Reggimento e costumi di donna» di Francesco da Barberino*, Longo, Ravenna, 1982.

Goldin, Daniela. "Testo e immagine nei *Documenti d'Amore* di Francesco da Barberino", in *Quaderni d'italianistica*, vol.I, No.2, 1980, pp.125-138.(「フランチェスコ・ダ・バルベリーノの『愛の訓え』におけるテキストと図像」伊藤亜紀訳、『ルネサンス研究』第6号、一九九九年、八七―一一四ページ)。

Grossvogel, Steven. *Ambiguity and Allusion in Boccaccio's «Filocolo»,* Olschki, Firenze, 1992.

Harrison, Robert Pogue. *The Body of Beatrice*, The Johns Hopkins University Press, Baltimore and London, 1988.(『ベアトリーチェの身体』船倉正憲訳、法政大学出版局、一九九五年)。

Hauvette, Henri. *Boccace. Étude Biographique et Littéraire*, Colin, Paris, 1914.(『評伝ボッカッチョ――中世と近代の葛藤』大久保昭男訳、新評論、一九九四年)。

Hollander, Robert. *Boccaccio's Two Venuses*, Columbia University Press, New York, 1977.

———"The Validity of Boccaccio's Self-Exegesis in His *Teseida*", in *Medievalia et Humanistica*, 8, 1977, pp.163-183.

Kirkham, Victoria. "Numerology and Allegory in Boccaccio's *Caccia di Diana*, in *Traditio*, XXXIV, 1978, pp.303-329.

Marino, Lucia. *The Decameron «Cornice». Allusion, Allegory, and Iconology*, Longo, Ravenna, 1979.

Marruzzo, Gabriel. "Composizione e significato de *I Documenti d'Amore* di Francesco da Barberino", in *Giornale italiano di Filologia*, XXVI, 1974, pp.217-251.

Massaglia, Marina. "Il Giardino di Pomena nell'*Ameto* del Boccaccio", in *Studi sul Boccaccio*, XV, 1985-86, pp.235-252.

McGregor, James H. "Boccaccio's Glosses to *Teseida* and his knowledge of Lactantius' Commentary on Statius' *Thebaid*", in *Study sul Boccaccio*, XIV, 1983-84, pp.302-309.

———*The Image of Antiquity in Boccaccio's «Filocolo», «Filostrato» and «Teseida»,* Peter Lang, New York, 1991.

———*The Shades of Aeneas. The Imitation of Vergil and the History of Paganism in Boccaccio's «Filostrato» , «Filocolo» and «Teseida»,* The University of Georgia Press, Athens and London, 1991.

Mulryan, John. "Venus, Cupid and the Italian Mythographers", in *Humanistica Lovaniensia*, XXIII, 1974, pp.31-41.

———"The Three Images of Venus: Boccaccio's Theory of Love in the *Genealogy of the Gods* and His Aesthetic Vision of Love in the *Decameron*", in *Romance Notes*, XIX, 1979, 3, pp.388-394.

Musa, Mark. *Dante's Vita Nuova. A Translation and an Essay*, Indiana University Press, Ontario, 1973.

Muscetta, Carlo. *Giovanni Boccaccio*, Laterza, Bari, 1972.

Patch, Howard Rollin. *The Goddess Fortuna in Mediaeval Literature*, Harvard University Press, Cambridge, 1927.（『中世文学における運命の女神』黒瀬保監訳・迫和子・轟義昭・蓑田洋子訳、三省堂、一九九三年）。

Porcelli, Bruno. "Considerazioni sull'ordine nella *Comedia delle ninfe fiorentine* del Boccaccio", in *Critica letteraria*, XIV, 1986, 1(50), pp.23-31.

———*Dante maggiore e Boccaccio minore. Strutture e modelli*, Giardini, Pisa, 1987.

Quaglio, Antonio Enzo. *Le Chiose all' «Elegia di Madonna Fiammetta»,* Cedam, Padova, 1957.

Rigo, Paola. *Memoria classica e memoria biblica in Dante*, Olschki, Firenze, 1994.

Sanguineti White, Laura. *La scena conviviale e la sua funzione nel mondo del Boccaccio*, Olschki, Firenze, 1983.

Schreiber, Earl G. "Venus in the Medieval Mythographic Tradition", in *Journal of English and Germanic Philology*, LXXIV, 1975, pp.519-535.

Singleton, Charles S. *An Essay on the «Vita Nuova»,* Harvard University Press, Cambridge and Massachusetts, 1958.

Smarr, Janet Levarie. *Boccaccio and Fiammetta: The Narrator as Lover*, University of Illinois Press, Urbana and Chicago, 1986.

Velli, Giuseppe. "L'*Ameto* e la Pastorale, il significato della forma", in *Boccaccio: Secoli di vita, Atti del Congresso Internazionale: Boccaccio 1975, Università di California, Los Angeles 17-19 Ottobre, 1975*, a cura di Marga Cottino-Jones e Edward F. Tuttle, Longo, Ravenna, 1977, pp.67-80.

Zaccaria, Vittorio. "Boccaccio e Plinio il Vecchio", in *Studi sul Boccaccio*, XVIII, 1989, pp.389-396.

岩倉具忠・清水純一・西本晃二・米川良夫『イタリア文学史』、東京大学出版会、一九八五年。

岩倉具忠『ダンテ研究』、創文社、一九八八年。

浦一章『ダンテ研究I——Vita Nuova, 構造と引用』、東信堂、一九九四年。

土居満寿美「ペトラルカの詩的空間の構造——『カンツォニエーレ』と『トリオンフィ』の対比において」『イタリア学会誌』第39号、一九八九年、一九七—二一九ページ。

ヴィットーレ・ブランカ「『デカメロン』初期手稿の挿画」郡史郎・池田廉共訳、『イタリア学会誌』第31号、一九八二年、一七一—二三〇ページ。

染色

Agnoletti, Anna Maria E. *Statuto dell'Arte della Lana di Firenze (1317-1319),* Le Monnier, Firenze, 1940.
Born W., "La pourpre au moyen-âge", in *Cahiers Ciba*, n.5, Bâle, 1946.
———"L'Ecarlate", in *Cahiers Ciba*, n.10, vol.I, Bâle, 1947.
———"Le Kermes et la cochenille de Pologne", in *Cahiers Ciba*, n.10, Bâle, 1947.
Brunello, Franco. "La tintura della lana presso le antiche civiltà mediterranee", in *Laniera*, anno 74°, n.8, Milano, 1960, pp.841-847.
———"Un po' di storia del candeggio", in *Laniera*, anno 76°, n.12, 1962, pp.1423-27.
———"I coloranti per tintura nel *Milione* di Marco Polo", in *Laniera*, anno 81°, n.1, 1967, pp.55-59.
———*L'arte della tintura nella storia dell'umanità*, Neri Pozza, Vicenza, 1968.
———"Le materie coloranti nei più antichi statuti dei tintori", in *Laniera*, anno 84°, n.4, 1970, pp.369-371.
———*L'arte della tintura a Venezia nel Rinascimento*, Biella, 1973.
———*Concia e tintura delle pelli nel Veneto dal XIII al XVI secolo*, Ente Fiera Vicenza, Vicenza, 1977.
———*Arti e mestieri a Venezia nel Medioevo e nel Rinascimento*, Neri Pozza, Vicenza, 1981.
———*Marco Polo e le merci dell'Oriente*, Neri Pozza, Vicenza, 1986.
———"Le fonti medievali per la storia della tintura", in *Laniera*, anno 105°, n.1, 1991, pp.123-126.
Cardon, Dominique, *Pratique de la teinture vegetale*, Fleurus, Paris, 1978.
Fales, Frederick Mario; Longo, Oddone; Ghiretti, Francesco; "La porpora degli antichi e la sua riscoperta ad opera di Bartolomeo Bizio", in *Atti dell'Istituto Veneto di Scienze, Lettere ed Arti. Classe di Scienze Morali, Lettere ed Arti,* 151, 1992-93.
Gargiolli, Girolamo. *L'arte della seta in Firenze. Trattato del secolo XV*, G. Barbèra, Firenze, 1868.

Guarducci, Piero. *Un tintore senese del Trecento. Landoccio di Cecco d'Orso*, con una prefazione di Giovanni Cherubini, Protagon Editori Toscani, Siena, 1998.

Le piante coloranti, a cura di Mauro Marotti, Edagricole, Bologna, 1997.

LA PORPORA, catalogo della mostra promossa in concomitanza al convegno interdisciplinare di studio, a cura di Doretta Davanzo Poli, Istituto Veneto di Scienze Lettere ed Arti, Venezia, 1996.

La Porpora. Realtà e immaginario di un colore simbolico, Atti del Convegno di Studio, Venezia, 24 e 25 ottobre 1996, a cura di Oddone Longo, Istituto Veneto di Scienze, Lettere ed Arti, Venezia, 1998.

Rebora, Giovanni. *Un manuale di tintoria del Quattrocento*, Giuffrè, Milano, 1970.

Schneider, Gudrun. *Tingere con la natura. Storia e tecniche dell'arte tintoria*, Ottaviano, Milano, 1981.

梶原新三「幻の天然染料〈ケルメス〉探究紀行１　世界で最古の染料チュニスで発見　誰もが憧れ探し求めた昆虫染料」『染織 α』、一九九二年一二月号、一八—二三ページ。

——「幻の天然染料〈ケルメス〉探究紀行２　ヨーロッパのケルメス研究家」『染織 α』、一九九三年二月号、三九—四二ページ。

——「幻の天然染料〈ケルメス〉探究紀行３　ケルメスの生態と採集方法」『染織 α』、一九九三年三月号、三八—四〇ページ。

ドミニク・カルドン「地中海の高貴な天然染料１——貝紫・ケルメス・ウォード」佐々木紀子訳、『染織 α』、二〇〇一年一月号、一八—二三ページ。

——「地中海の高貴な天然染料２——帝王紫・古代の貝紫染め」佐々木紀子訳、『染織 α』、二〇〇一年三月号、五五—五八ページ。

——「地中海の高貴な天然染料３——ケルメス・深紅色を染める虫」佐々木紀子訳、『染織 α』、二〇〇一年五月号、五六—五九ページ。

——「地中海の高貴な天然染料４——ウォード・ヨーロッパの藍」佐々木紀子訳、『染織 α』、二〇〇一年七月号、六〇—六三ページ。

村上道太郎『染料の道——シルクロードの赤を追う』日本放送出版協会、一九八九年。

色彩の象徴

Carini, Isidoro. *La porpora e il colore porporino nella diplomatica specialmente siciliana*: Prolusione al corso di paleografia e diplomatica per l'anno 1879-80, letta nella Scuola dell'Archivio di Stato in Palermo, P. Montaina, Palermo, 1880.

Il colore nel Medioevo : arte, simbolo, tecnica, atti delle giornate di studi, Lucca, 5-6 maggio 1995, Istituto storico lucchese, Lucca, 1996.
Gage, John. *Color and Culture. Practice and Meaning from Antiquity to Abstraction*, University of California Press, Berkeley and Los Angeles, 1993.
Levi Pisetzky, Rosita. “La couleur dans l'habillement italien”, dans *Actes du Ier Congrès International d'histoire du Costume*, Milano, 1952, pp.150-169.
Luzzatto, Lia; Pompas, Renata. *Il significato dei colori nelle civiltà antiche*, Rusconi, Milano, 1988.
Ott, André G. *Étude sur les couleurs en vieux français*, Slatkine Reprints, Genève, 1977.
Pastoureau, Michel. “Formes et couleurs du désordre: le jaune avec le vert”, dans *Médiévales*, no. 4, 1983, pp.62-73.
———“Et puis vint le bleu”, dans *Europe*, n° 654, octobre 1983, pp.43-50.
———“Vizi e virtù dei colori nella sensibilità medioevale”, in *Rassegna*, Anno VII, n°23, settembre 1985, pp.5-13.
———“Vers une histoire de la couleur bleue”, dans *Sublime indigo*, Musées de Marseille, 1987, pp.19-27.
———“Du bleu au noir. Éthiques et pratiques de la couleur à la fin du Moyen Âge”, dans *Médiévales*, tome 14, 1988, pp.9-21.
———“Ceci est mon sang. Le christianisme médiéval et la couleur rouge”, dans Danièle Alexandre-Bidon, *Le Pressoir mystique. Actes du colloque de recloses, 27 mai 1989*, Les Éditions du Cerf, Paris, 1990, pp.43-56.
———*L'Etoffe du diable. Une histoire des rayures et des tissus rayés*, Editions du Seuil, Paris, 1991.（『悪魔の布——縞模様の歴史』松村剛・松村恵理訳、白水社、一九九三年）。
———*Dictionnaire des couleurs de notre temps*, Bonneton, Paris, 1992.（『ヨーロッパの色彩』石井直志・野崎三郎訳、パピルス、一九九五年）。
———“Morales de la couleur: Le chromoclasme de la Réforme”, dans *La Couleur. Regards croisés sur la couleur du Moyen Age au XXe siècle*, Le Léopard d'Or, Paris, 1994, pp.27-46.
———*Jésus chez le teinturier. Couleurs et teintures dans l'Occident médiéval*, Le Léopard d'Or, Paris, 1997.
———“La révolution des couleurs ou le triomphe du bleu”, dans *L'Histoire*, n° 229, février, 1999, pp.62-67.
Portal, Frédéric. *Des couleurs symboliques dans l'antiquité, le moyen-âge et les temps modernes*, Niclaus, Paris, 1957.
「ｉｓ」増刊号「色」ポーラ文化研究所、一九八二年。
城一夫他『色彩の歴史と文化』共立女子大学・共立女子短期大学公開講座、明現社、一九九六年。
ジョン・ハーヴェイ『黒服』太田良子訳、研究社、一九九七年。

服飾・織物等

Cecchetti, Bartolomeo. *La vita dei veneziani nel 1300. Le vesti*, Tipografia Emiliana, Venezia, 1886.

Corsini, Andrea. *Il costume del medico nelle pitture fiorentine del Rinascimento*, Istituto Micrografico Italiano, Firenze, 1912.

Davanzo Poli, Doretta. "L'evolversi della moda nell'abbigliamento dei medici: Secc. XIV-XVIII", in *I secoli d'oro della medicina, 700 anni di scienza medica a Padova*, Panini, Modena, 1986, pp.117-122.

Gabotto, Ferdinando. "Per la storia del costume nel Medio Evo Subalpino. Documenti inediti degli anni 1344, 1378 e 1417", in *Bollettino Storico Bibliografico Subalpino*, Anno XIII, Torino, 1908, pp.1-28.

Levi Pisetzky, Rosita. *Storia del costume in Italia*, 5 voll., Istituto Editoriale Italiano, Milano, 1964-69.

———*Il costume e la moda nella società italiana*, Einaudi, Torino, 1978.（『モードのイタリア史——流行・社会・文化』池田孝江監修、平凡社、一九八七年）。

Mane, Perrine. "Émergence du vêtement de travail à travers l'iconographie médiévale", dans *Le Vêtement, Histoire, archéologie et symbolique vestimentaires au Moyen Age*, Cahiers du Léopard d'Or, no.1, Paris, 1989, pp.93-122.

Merkel, Carlo. "Tre corredi milanesi del Quattrocento", in *Bullettino dell'Istituto Storico Italiano*, n.13, Roma, 1893, pp.97-184.

———"I beni della famiglia di Puccio Pucci. Inventario del sec. XV illustrato", in *Nozze Rossi-Teiss*, Istituto Italiano d'Arti Grafiche, Bergamo, 1897, pp.139-205.

———*Come vestivano gli uomini del "Decameron"*, R. Accademia dei Lincei, Roma, 1898.

Molmenti, Pompeo Gherardo. *La storia di Venezia nella vita privata delle origini alla caduta della repubblica*, 3 voll., Lint, Trieste, 1973.

Muzzarelli, Maria Giuseppina, *Guardaroba medievale. Vesti e società dal XIII al XVI secolo*, Il Mulino, Bologna, 1999.

Newton, Stella Mary. *The Dress of the Venetians, 1495-1525*, Scolar Press, Aldershot, 1988.

Parures de la mer, François Simard, commissaire de l'exposition ; articles du Professeur François Doumenge et de Dominique Cardon pour la pourpre, Musée océanographique, Monaco, 2000.

Piponnier, Françoise; Closson, Monique; Mane, Perrine. "Le costume paysan au Moyen Age: sources et méthodes", dans *L'Ethnographie*, CXXVIe année, Paris, 1984, pp. 291-308.

Santangelo, Antonino. *A Treasury of Great Italien Textiles*, Harry N. Abrams, New York, ca 1964.

上田陽子「イタリア・ルネサンスにおける grazia について——フィレンツェを中心に」『服飾美学』第9号、一九八〇年、一八一三八ページ。

――「一六世紀初頭北イタリアの宮廷服にみる grazia の美意識と光沢への嗜好――バルダッサッレ・カスティリオーネとイザベッラ・デステを中心に」『服飾美学』第28号、一九九九年、三一―四五ページ。

加藤なおみ「ヴェチェッリオと『古今東西の服装』について」『服飾文化学会誌』第1巻第1号、二〇〇一年、七―一四ページ。

徳井淑子『服飾の中世』勁草書房、一九九五年。

――「フィリップ善良公の『涙の文様の黒い帽子』――中世末期のモード・文学・感性」『お茶の水女子大学人文科学紀要』第50巻、一九九七年、三三一―三四三ページ。

徳井淑子編訳『中世衣生活誌――日常風景から想像世界まで』勁草書房、二〇〇〇年。

歴史

Balducci Pegolotti, Francesco. *La pratica della mercatura*, edited by Allan Evans, The Mediaeval Academy of America, Cambridge (Mass.), 1936.
Brown, Alison. *The Medici in Florence. The exercise and language of power*, Olschki, Firenze, 1992.
Casanova, Eugenio. "La donna senese del Quattrocento nella vita privata", in *Bullettino senese di storia patria*, vol.VIII, TIP.E.LIT. SORDO-MUTI DI L.LAZZERI, Siena, 1901.
Degrassi, Donata. *L'economia artigiana nell'Italia medievale*, La Nuova Italia Scientifica, Roma, 1996.
Doren, Alfred. *Studien aus der Florentiner Wirtschaftsgeschichte, I, Die Florentiner Wollentuchindustrie vom 14. bis zum 16. Jahrhundert. Ein Beitrag zur Geschichte des modernen Kapitalismus*, Cotta, Stuttgart, 1901.
――*Le arti fiorentine*, traduzione di G. B. Klein, 2 voll., Felice Le Monnier, Firenze, 1940.
Emiliani-Giudici, Paolo. *Storia dei Comuni italiani*, 3 voll., Le Monnier, Firenze, 1866.
Melis, Federigo. *Aspetti della vita economica medievale*, Studi nell'Archivio Datini di Prato, I, Monte dei Paschi di Siena, Siena, 1962.
Origo, Iris. *The Merchant of Prato*, Jonathan Cape, London, 1957.（『プラートの商人――中世イタリアの日常生活』篠田綾子訳、徳橋曜監修、白水社、一九九七年）。
――*Il mercante di Prato Francesco di Marco Datini*, Prefazione di Luigi Einaudi, Valentino Bompiani Editore, Milano, 19--?.
ピエール・アントネッティ『フィレンツェ史』中島昭和・渡部容子共訳、白水社、一九八六年。
亀長洋子「中世後期フィレンツェの寡婦像――Alessandra Macinghi degli Strozzi の事例を中心に」『イタリア学会誌』第42号、一九九二年、八〇—一〇四ページ。

清水廣一郎『イタリア中世の都市社会』岩波書店、一九九〇年。

清水廣一郎『中世イタリア商人の世界——ルネサンス前夜の年代記』平凡社、一九九三年。

ヨアヒム・ブムケ『中世の騎士文化』平尾浩三他訳、白水社、一九九五年。

ホイジンガ『中世の秋』上・下、堀越孝一訳、中公文庫、一九七六年。

星野秀利『中世後期フィレンツェ毛織物工業史』齊藤寛海訳、名古屋大学出版会、一九九五年。

森田鉄郎『中世イタリアの経済と社会——ルネサンスの背景』山川出版社、一九八七年。

モンタネッリ／ジェルヴァーゾ『ルネサンスの歴史（上）——黄金世紀のイタリア』藤沢道郎訳、中公文庫、一九八五年。

——『ルネサンスの歴史（下）——反宗教改革のイタリア』藤沢道郎訳、中公文庫、一九八五年。

ポール・ラリヴァイユ『ルネサンスの高級娼婦』森田義之・白崎容子・豊田雅子訳、平凡社、一九九三年。

美術史・図像学

Barasch, Moshe. *Light and color in the Italian Renaissance theory of art*, New York University Press, New York, 1978.

Il Camposanto di Pisa, a cura di Clara Baracchini e Enrico Castelnuovo, Einaudi, Torino, 1996.

Carli, Enzo. *La pittura senese*, Scala, Firenze, 1982.

Degenhart, Bernhard; Schmitt, Annegrit. *Corpus der Italienischen Zeichnungen 1300-1450*, I-IV, Gebr.Mann Verlag, Berlin, 1968.

Frugoni, Chiara. *Pietro e Ambrogio Lorenzetti*, Scala, Firenze, 1988.

Pedretti, Carlo. *Studi Vinciani: Documenti, Analisi, e Inediti Leonardeschi. In Appendice: Saggio di una cronologia dei fogli del «Codice Atlantico»*, Librairie E. Droz, Genève, 1957.

Pedretti, Carlo; Cianchi, Marco. *Leonardo: I codici*, Giunti, Firenze, 1986.

Poirion, Daniel; Thomasset, Claude. *L'Art de vivre au Moyen Age. Codex Vindobonensis Series Nova 2644 conservé à la Bibliothèque Nationale d'Autriche*, Éditions du Félin, Paris, 1995.

Rubinstein, Nicolai. "Political Ideas in Sienese Art: The Frescoes by Ambrogio Lorenzetti and Taddeo di Bartolo in the Palazzo Pubblico", in *Journal of the Warburg and Courtauld Institutes*, XXI, 1958, pp.179-207.

Van Marle, Raimond. *Iconographie de l'art profane au Moyen-Age et à la Renaissance et la décoration des demeures*, Hacker Art Books, New York, 1971.

Watson, Paul F.; Kirkham, Victoria. "Amore e Virtù: Two Salvers Depicting Boccaccio's *Comedia delle Ninfe Fiorentine* in the Metropolitan Museum", *The Metropolitan Museum Journal*, X, 1975, pp.35-50.

伊藤博明『神々の再生――ルネサンスの神秘思想』東京書籍、一九九六年。

岡田温司『ミメーシスを超えて――美術史の無意識を問う』勁草書房、二〇〇〇年。

黒瀬保編著『中世ヨーロッパの写本における運命の女神図像集』三省堂、一九七七年。

斎藤泰弘『レオナルド・ダ・ヴィンチの謎――天才の素顔』岩波書店、一九八七年。

裾分一弘『レオナルド・ダ・ヴィンチの「絵画論」攷』中央公論美術出版、一九七七年。

――『イタリア・ルネサンスの芸術論研究』中央公論美術出版、一九八六年。

高階秀爾『ルネッサンス夜話――近代の黎明に生きた人びと』河出書房新社、一九八七年。

田中英道『光は東方より――西洋美術に与えた中国・日本の影響』河出書房新社、一九八六年。

エルヴィン・パノフスキー『イコノロジー研究――ルネサンス美術における人文主義の諸テーマ』浅野徹・阿天坊耀・塚田孝雄・永澤峻・福部信敏訳、美術出版社、一九八七年。

セルジュ・ブランリ『レオナルド・ダ・ヴィンチ』五十嵐見鳥訳、平凡社、一九九六年。

ロバート・ペイン『レオナルド・ダ・ヴィンチ』鈴木主税訳、草思社、一九八二年。

茂串茂「フィレンツェに於けるレオナルド・ダ・ヴィンチ」『日伊文化研究』第2号、一九四一年。

あとがき

色彩とは「魔物」である。

その魔性は、日々われわれが身にまとう服飾において、最大限に発揮されると私は思う。われわれは毎日、季節、天候、出かけていく場所、会う人物、その日の気分によって服の色を決める。つまり服飾の色彩とは、着る者の立場や感情、そしてその人物を取り巻く周囲の状況を代弁してくれる、いわば「言葉」であり、他者に発信される「メッセージ」である。ところがその同じ色の服が、別の日にはまったく異なる意味合いを帯びてしまうこともあるし、またそれを見る者によっても全然違った印象として受けとられるかもしれない。着る者、そして国が違えばなおさらである。色彩とはまこと、変幻自在の「魔物」なのである。

そもそも私がこのような服飾の色彩という問題に興味を抱くきっかけとなったのは、現お茶の水女子大学教授・徳井淑子氏の『薔薇物語』における服飾描写に関する講義を受けたことであった。〈閑暇〉と名のる女性が、主人公を〈快楽〉の園へ招じ入れるという、時間的な束縛の欠如が恋愛の契機となるとの寓意を宿した、中世フランスのまことにうるわしい物語だが、この〈閑暇〉が、恋愛を象徴する緑をまとっているという解釈は、当時二〇歳そこそこだった私を強く魅了した。〈快楽〉の園の入り口で、まさしく自らの役割を体現する色を身につけることによって、〈閑暇〉は主人公を恋の道に誘《いざな》ったけれども、同時に読者たる私を、中世ヨーロッパの「色彩の回廊」に踏みこませることにもなったのである。

だが、これは出口のない回廊だった。フランスの隣国たるイタリアにも、ダンテやボッカッチョという、アレゴリーを駆使するという点ではギヨーム・ド・ロリスにひけをとらない優れた詩人たちがいる。彼らの作品に登場する人物たちのまとう服飾の色彩も、〈閑暇〉の場合と同じようなシンボリズム解釈が可能ではないかと考えた私は、パストゥローの論法に倣いつつ、これらを読み解くことに腐心した。しかし冒頭でも述べたように、色彩は「所変われば」違った意味合いを帯びるのである。パストゥローは、迷いのない断固たる論調で、フランスの事例を検証することによって汎ヨーロッパ的（のように見える）な色彩シンボリズムを提示してくれるけれども、他のヨーロッパ諸国で、これが一〇〇パーセント通用するとはかぎらない。わたしは「色彩の回廊」の中で迷いに迷った。そしてその過程で、同じラテン文化圏に属するフランスとイタリアのあいだにはたしかに共通項も多いが、けっして見逃せない微妙な差異もあることに私はたびたび気づかされた。それを最も強く感じたのが青である。パストゥローは、数ある色彩のなかでも青に関する論文を最も頻繁に発表しているように思える。これはとりもなおさずフランス革命期に三色旗《トリコロール》の一色として選ばれたこの色が、フランスでいかに人びとの関心を集め、そして愛されてきたかをよく物語っているように思える。しかし、一九世紀半ばに制定されたイタリアの三色旗《トリコローレ》に青はない。そのかわりにイタリア人が配したのは、「国土」を表わす緑であるが、このことの背景には、青に対する無関心という中世以来の伝統が存在しているような気がしてならない。

私は本論で中世・ルネサンス期イタリアの人びとのもつ色彩感覚へのアプローチを試みたつもりである。もしこの拙著からパストゥローの展開する論とは少しでも違ったものを読者の方々に汲みとっていただけるとしたら、著者としてこれにまさる倖せはない。

本書は、平成一一年度お茶の水女子大学提出博士論文「一四—一六世紀イタリア服飾の色彩研究」と、以下の拙論をもとにし、平成一三年度科学研究費補助金（研究成果公開促進費）の交付を受けて出版したものである。

黒衣から緑衣へ——ボッカッチョの俗語作品を中心に（『お茶の水女子大学人間文化研究年報』第一九号、一九九六年）

「七つの美徳」と服飾のシンボリズム——Boccaccio, *Comedia delle ninfe fiorentine*（『服飾美学』第二五号、一九九六年）

レオナルドの薔薇色の服——「無学の人」の服飾観（『服飾美学』第二七号　一九九八年）

Il vestito porporino di Venere——Il significato del color porpora per il Boccaccio——（『ルネサンス研究』第五号、一九九八年）

失われたポルポラ——中世末期イタリアにおける赤の染色と象徴（『イタリア学会誌』第四八号、一九九八年）

「不在の色」——一四—一六世紀イタリア服飾にみる青の諸相（『イタリア学会誌』第五〇号、二〇〇〇年）

La donna vestita di sanguigno——Beatrice nella *Vita nuova*——（『ルネサンス研究』第七号、二〇〇〇年）

「異端」か、「希望」か——giallo の両義性《アンビヴァレンス》（『ルネサンスにおける自然観の総合的研究』平成九年度〜一二年度科学研究費補助金、基盤研究（B・1）研究成果報告書、二〇〇一年）

本書の基盤となっている博士論文は、日本における中世フランスの色彩シンボリズム研究のパイオニアであられる徳井先生の十数年にわたる懇切丁寧な指導により、ようやくかたちになったものである。私のしたことは、この恩師の編みだした史料と文学作品、および図像を駆使する手法を、イタリアに場面を置き換えて敷衍したものにすぎない。不肖の弟子よりわが師へ、心からの感謝を申しあげたい。

埼玉大学の伊藤博明教授には、氏の主催するルネサンス研究会においてたびたび貴重な御助言を賜り、またありな書房を紹介していただいた。そして東京大学の浦一章助教授は、ボッカッチョの俗語作品と一三世紀抒情詩の講読のゼミに参加させてくださり、私は氏の文学解釈に対する真摯な態度に深い感銘を受けた。両氏に厚く御礼申しあげる。さらにルネサンス研究会、そして学問の地・パドヴァに私を導いてくださった元関西外国語大学専任講師仲谷満寿美氏にも御礼申しあげたい。

また、パドヴァ大学のジネッタ・アウッザース教授およびマンリオ・パストーレ＝ストッキ教授はボッカッチョ、ダニエラ・ゴルディン教授はフランチェスコ・ダ・バルベリーノ、パオラ・リーゴ教授はダンテ、そしてヴェネツィア大学のドレッタ・ダヴァンツォ＝ポーリ教授は一六世紀の色彩論や医者の服装に関してそれぞれ御教示くださり、私の度重なる質問にもその都度丁寧にお答えいただいた。深く感謝したい。

そしてもちろん、この拙論の出版を快くお引き受け下さった松村豊氏にも。氏は原稿を入念にチェックしたのみならず、その卓越した感性をもって図版の選択やその配置に至るまで、じつに適切なアドヴァイスをしてくださった。折に触れての氏の叱咤激励により、本書は日の目を見ることが叶ったのである。

二〇〇二年二月吉日

伊藤亜紀識

人名／著作名索引

ア行

アイスキュロス（Aischylos） 147
アヴィケンナ（Avicenna） 57, 59
アウロラ（Aurora） 137-139
アガペス（Agapes） 74
アクリモニア（Acrimonia） 74
アディオーナ（Adiona） 73-74
アメデオ６世（Amedeo VI） 172
アメート（Ameto） 71-72, 75-76, 196
アリストテレス（Aristoteles） 138, 183
アルチータ（Arcita） 167-169, 174, 177, 190-192, 204
アルフォンソ５世（Alfonso V） 90
アルベルティ，アントニオ・デリ（Antonio degli Alberti） 176
アンドレア・ディ・ボナイウート（Andrea di Bonaiuto） 67-68
アンドレアス・カペッラーヌス（Andreas Capellanus） 154, 177

イシドルス，セヴィーリャの（Isidorus Hispalensis） 138
イズー（Yseut） 126

ヴァザーリ，ジョルジョ（Giorgio Vasari） 54, 62
ヴァルキ，ベネデット（Benedetto Varchi） 57
ヴィスコンティ，フィリッポ・マリーア（Filippo Maria Visconti） 210
ヴィッラーニ，ジョヴァンニ（Giovanni Villani） 125, 172, 188-189, 209-210
ヴィッラーニ，フィリッポ（Filippo Villani） 189
ヴィッラーニ，マッテオ（Matteo Villani） 189
ヴェチェッリオ，チェーザレ（Cesare Vecellio） 106, 109, 121, 157-158
ウェヌス（Venus） 71, 98-99, 169, 175, 189-190, 192-197, 204, 210
ウェルギリウス（Publius Vergilius Maro） 66, 137, 139
ウベルティ，ベルナルド・デリ（Bernardo degli Uberti） 185, 187-188

エクイーコラ，マリオ（Mario Equicola） 119, 142, 211
エミリア（Emilia） 73-74, 92, 167-169, 174, 177, 192
エルメッリーナ夫人（Monna Ermellina） 171, 173, 177

オウィディウス（Publius Ovidius Naso） 63, 139, 202
『オッティモ・コメント』（*L'Ottimo commento della Divina Commedia*） 66, 87-88, 200

オリーゴ，イリス（Iris Origo） 43
オロロージ，ジュゼッペ・デリ（Giuseppe degli Orologi） 119, 121

カ行
カヴァルカ，ドメニコ（Domenico Cavalca） 203-204
カヴァルカンティ，グイード（Guido Cavalcanti） 77
カヴァルカンティ，ジョヴァンニ（Giovanni Cavalcanti） 21
カエサル（Gaius Julius Caesar） 104
カザノヴァ，エウジェニオ（Eugenio Casanova） 25
カザレ，クロード（Claude Cazalé） 94, 99
カスティリオーネ，バルダッサッレ（Baldassarre Castiglione） 24, 120, 141, 144, 211
『宮廷人』（*Il libro del Cortegiano*） 24, 120, 141
ガッディ，タッデオ（Taddeo Gaddi） 95
ガッディアーノ，アノニモ（Anonimo Gaddiano） 53-54, 56
ガッバーデオ・ダ・プラート（Gabbadeo da Prato） 112
カルヴァン，ジャン（Jean Calvin） 143
カレオーネ（Caleone） 170-171, 177

キケロ（Marcus Tullius Cicero） 12, 196
『絹織物製作に関する論』（*Trattato dell'arte della seta*）
29, 31-32, 35-38, 42, 86, 103-104, 106-107, 110, 116, 121, 126-127, 130, 143, 146, 185, 207
ギヨーム・ド・マショー（Guillaume de Machaut） 164

クァリオ，アントニオ・エンツォ（Antonio Enzo Quaglio） 189
グァルドゥッチ，ピエロ（Piero Guarducci） 110
グイッチャルディーニ，フランチェスコ（Francesco Guicciardini） 13
グイド・デッレ・コロンネ（Guido delle Colonne） 150
クリセイダ（Criseida） 149-155, 209
グロスフォーゲル，スティーヴン（Steven Grossvogel） 194

コジモ1世（Cosimo I） 125
コスマスとダミアヌス（Cosmas et Damianus） 57-59
「コモ手稿」（mscr. 4.4.1.della Civica Biblioteca di Como）
32-33, 35, 37, 103, 107, 116, 126, 143, 146, 207
コルシーニ，アンドレア（Andrea Corsini） 57, 62

サ行
サヴォナローラ，ジロラモ（Girolamo Savonarola） 48
サグルモール（Sagremor） 126, 164, 211
サッケッティ，フランコ（Franco Sacchetti） 24, 112, 148-149
『三百話』（*Il Trecentonovelle*） 24, 112

『福音書註解』（*Sermoni evangelici*） 148-149
サヌード，マリン（Marin Sanudo） 123-124, 157
サライ（Salai） 52-53, 55

シシル（Sicille）
90-91, 96, 99, 101, 118-119, 121, 132, 139, 146, 163, 172, 175, 179-180, 188, 197, 200, 202
『色彩の紋章』（*Le Blason des Couleurs*）
90-91, 96-97, 99-101, 118, 132, 137,146-147, 163-164, 171, 174, 179-180, 187, 198-201
シモーネ・ダ・ヴィッラ（Simone da Villa） 56
シャルルマーニュ（Charlemagne） 190-191
ジュスト・デ・メナブオイ（Giusto de' Menabuoi） 136
ジョヴァンナ女王（Giovanna, regina） 148
ジョット・ディ・ボンドーネ（Giotto di Bondone） 135-136
シングルトン，チャールズ・S.（Charles S. Singleton） 93

ストロッツィ，アレッサンドラ・マチンギ（Alessandra Macinghi Strozzi） 22, 43
ストロッツィ，カテリーナ（Caterina Strozzi） 22, 42
スマール，ジャネット・レヴァリー（Janet Levarie Smarr） 174-175

セラフィーノ・アクィラーノ（Serafino Aquilano） 113, 119, 138, 157, 160-161
セル・ピエロ（Ser Piero［レオナルド・ダ・ヴィンチの父］） 56, 62
セルカンビ，ジョヴァンニ（Giovanni Sercambi） 35

タ行
『タクイヌム・サニターティス』（*Tacuinum Sanitatis*） 106, 108
ダティーニ，フランチェスコ・ディ・マルコ（Francesco di Marco Datini） 43-44
ダンテ・アリギエーリ（Dante Alighieri）
12, 65-66, 68, 70-71, 77, 82-87, 89, 92-94, 112, 175-177, 180, 200
「石の詩」（*Rime Petrose*） 175-176
『饗宴』（*Convivio*） 86, 180
『神曲』（『地獄篇』『浄罪篇』［*La Divina Commedia*］）
65-66, 68, 74, 83, 87-88, 200-201
『新生』（*Vita Nuova*） 83-86, 92

チェッケッティ，バルトロメオ（Bartolomeo Cecchetti） 29
チェーロ・ダルカモ（Cielo d'Alcamo） 201
チェンニーニ，チェンニーノ（Cennino Cennini） 116, 142

デ・ムッシス（Johannis De Mussis） 148
ディアナ（Diana） 98, 176, 192-193
ティツィアーノ・ヴェチェッリオ（Tiziano Vecellio） 120, 142, 145

デシャン，ユスターシュ（Eustache Deschamps） 164
テゼオ（Teseo） 168-169, 190
テダルド（Tedaldo） 171, 173-174, 177
デッラ・カーザ，ジョヴァンニ（Giovanni Della Casa） 161, 172
テレージオ，アントニオ（Antonio Telesio） 119, 137

トゥッルス・ホスティリウス（Tullus Hostilius） 185, 198, 210
徳井淑子 164
トマス・アクィナス（Thomas Aquinas） 67-68, 201
トリスタン（Tristan） 126
ドルチェ，ロドヴィーコ（Lodovico Dolce） 90, 115, 119-120, 139, 157, 160, 181, 211
ドーレン、アルフレート（Alfred Doren） 89
トロイオロ（Troiolo） 150-155

ナ行
ネメシス（Nemesis） 147

『ノヴェッリーノ』（*Il Novellino*） 99

ハ行
ハーヴェイ，ジョン（John Harvey） 149
パウルス２世（Paulus II） 207
パストゥロー，ミシェル（Michel Pastoureau）
9, 64, 104-105, 116, 118, 122, 125, 132, 142-143, 164, 203-204
パッチ，ハワード・ロリン（Howard Rollin Patch） 206
『薔薇物語』（*Le Roman de la Rose*） 164
ハリスン，ロバート・ポーグ（Robert Pogue Harrison） 84-85, 94
バルデッリ，イニャツィオ（Ignazio Baldelli） 88
バルトロマエウス・アングリクス（Bartholomaeus Anglicus） 139
バルビ，ミケーレ（Michele Barbi） 86
パレモーネ（Palemone） 167-169, 177, 192, 204

ビアンチフィオーレ（Biancifiore） 70, 94-95, 97, 154, 165-166, 174, 177, 193, 195
ピエトロ，サーノ・ディ（Sano di Pietro） 46-47
ピセツキー，ロジータ・レーヴィ（Rosita Levi Pisetzky） 8, 29, 40, 104, 142
ピッコローミニ，アレッサンドロ（Alessandro Piccolomini） 120, 125
　『女性の良き作法について』（*Dialogo de la Bella Creanza de le Donne*） 120-121
ピポニエ，フランソワーズ（Françoise Piponnier） 105
ビンドゥッチョ・デッロ・シェルト（Binduccio dello Scelto） 150, 154

フィアンメッタ（Fiammetta） 74, 154, 157, 165, 169-171, 174, 177, 191, 194

フィチーノ，マルシリオ（Marsilio Ficino） 193, 196
フェデリーコ２世（Federico II） 172
フォンテ，モデラータ（Moderata Fonte） 211
『女性の価値』（*Il merito delle donne*） 211
プッチ，アントニオ（Antonio Pucci） 14, 16, 19-20, 104, 146
プッチ，カテリーナ（Caterina Pucci） 15-17
プッチ，ジネーヴラ（Ginevra Pucci） 14, 16, 20
プッチ，ディオニジ（Dionigi Pucci） 14, 16, 20-21
プッチ，バルトロメア（プッチョ・プッチの妻［Bartolomea Pucci］） 14, 16, 20-21
プッチ，バルトロメア（フランチェスコ・プッチの妻［Bartolomea Pucci］） 15-16, 18
プッチ，バルトロメオ（Bartolomeo Pucci） 14, 16, 23, 127
プッチ，ピエロ（Piero Pucci） 14-16, 20, 127
プッチ，プッチョ（Puccio Pucci） 11, 13, 16, 20-21, 40, 104, 127
プッチ，フランチェスコ（Francesco Pucci） 14-17, 20
プッチ，マッダレーナ（Maddalena Pucci） 16, 20
プッチ，ルクレツィア（Lucrezia Pucci） 14, 16
ブッファルマッコ，ブォナミーコ（Buonamico Buffalmacco） 58
ブノワ・ド・サント＝モール（Benoit de Sainte-Maure） 150, 154
『トロイ物語』（*Le Roman de Troie*） 150, 154-155
フラ・アンジェリコ（Fra Angelico） 57, 60
プラトン（Platon） 139, 157, 193
ブランカ，ヴィットーレ（Vittore Branca） 94, 156
フランソワ１世（François I） 142
フランチェスカ・ダ・リミニ（Francesca da Rimini） 87
フランチェスコ・ダ・バルベリーノ（Francesco da Barberino）
65, 77, 80, 82, 92, 131, 149, 180
『愛の訓え』（*Documenti d'Amore*） 77-81, 92, 129-131, 149, 179-181
『女性の立居振舞について』（*Reggimento e costumi di donna*） 149, 180
ブランリ，セルジュ（Serge Bramly） 56
プリニウス（Secundus Gaius Plinius） 28, 33, 63, 104, 116, 139, 181, 184-185, 198
『博物誌』（*Naturalis Historia*） 28, 33, 116, 183-184, 198
ブルネッロ，フランコ（Franco Brunello） 8, 34, 104
フローリオ（Florio） 70, 94-99, 165-166, 177, 193, 195
『フロワールとブランシュフルールの物語』（*Le conte de Floire et Blancheflor*） 70, 97
ブロンヅィーノ，アーニョロ（Agnolo Bronzino） 120

ベアトリーチェ（Beatrice） 66, 68, 82-86, 89, 92-94
ペイン，ロバート（Robert Payne） 55-56
ペゴロッティ，フランチェスコ・バルドゥッチ（Francesco Balducci Pegolotti）
28-29, 33-34, 107, 110, 185-186
『商業指南』（*La pratica della mercatura*） 28, 37, 107, 110, 185

ペトラルカ，フランチェスコ（Francesco Petrarca） 12, 62, 88, 155, 161, 176
『カンツォニエーレ』（*Canzoniere*） 88, 161, 176
『トリオンフィ』（*Trionfi*） 155
『老年書簡集』（*Lettere senili*） 62
ペトロ（Petros） 65, 136
ヘラクレス（Herakles） 202
ベルコローレ（Belcolore） 110-111
ペルシウス（Aulus Persius Flaccus） 114-115
ベルトルト・フォン・レーゲンスブルク（Berthold von Regensburg） 125
ベルナルディーノ・ダ・シエナ（Bernardino da Siena） 44, 46-47, 203
ヘンリソン，ロバート（Robert Henryson） 175

ホイジンガ（Johan Huizinga） 164
ボッカッチョ，ジョヴァンニ（Giovanni Boccaccio）
12, 56, 62, 65, 70-72, 74, 76-77, 82, 87, 92, 94, 97-98, 112, 150, 154-157, 165, 174-175, 177, 189-193, 196-197, 202, 204-206, 208-210
『愛の幻影』（*Amorosa Visione*） 70, 74, 99, 190-191
『異邦人の神々の系譜』（*Genealogie deorum gentilium*） 82, 196-197
『神曲註解』（*Esposizioni sopra la Comedia di Dante*） 87
『ディアナの狩猟』（*Caccia di Diana*） 98, 193
『デカメロン』（*Decameron*） 56, 110-111, 156-159, 165, 171-173, 209
『テセイダ』（*Teseida*） 165, 167-169, 192-193, 196-197, 204, 206
『フィアンメッタの悲歌』（*Elegia di madonna Fiammetta*） 191, 194, 196, 206
『フィレンツェのニンフ譚』（*Comedia delle ninfe fiorentine*）
70-77, 92, 136, 165, 169-171, 174, 177, 196, 206, 208
『フィローコロ』（*Filocolo*）
70-71, 94, 96-97, 99, 153-154, 165-166, 174, 188, 192-193, 195-196, 204
『フィロストラト』（*Filostrato*） 150-155, 209
『名士伝』（*De casibus virorum illustrium*） 191, 200
『名婦伝』（*De mulieribus claris*） 191, 200
ボッティチェッリ，サンドロ（Sandro Botticelli） 25-26
ボニファティウス8世（Bonifatius VIII） 67
ホメロス（Homeros） 90, 93, 137-139
ホランダー，ロバート（Robert Hollander） 189
ポリツィアーノ，アンジェロ（Angelo Poliziano） 13, 21
ボルジャ，チェーザレ（Cesare Borgia） 50, 55
ポルタル，フレデリック（Frédéric Portal） 202
ポーロ，マルコ（Marco Polo） 34
『東方見聞録』（*Il Milione*） 34
ホワイト，ラウラ・サングイネーティ（Laura Sanguineti White） 173
ポントルモ，ヤコポ（Jacopo Pontormo） 25, 27, 54

ポンパス，レナータ（Renata Pompas） 104

マ行
マキャヴェッリ，ニッコロ（Niccolò Machiavelli） 13
マザッチョ（Masaccio） 133, 136
マゾリーノ・ダ・パニカーレ（Masolino da Panicale） 134, 136
マリア・ダクィーノ（Maria d'Aquino） 157, 177
マンフレーディ王（Manfredi, re） 161-162, 172

ミケランジェロ・ブオナッロティ（Michelangelo Buonarroti） 54

ムーサ，マーク（Mark Musa） 84

メディチ，コジモ・デ（Cosimo de' Medici） 13, 19, 21, 23-25
メディチ，ロレンツォ・デ（Lorenzo de' Medici） 40
メルケル，カルロ（Carlo Merkel） 13, 15, 20, 23, 127
メルツィ，フランチェスコ・ダ（Francesco da Melzi） 54

モプサ（Mopsa） 73-74, 76
モラート，フルヴィオ・ペッレグリーノ（Fulvio Pellegrino Morato） 113-115, 119-121, 136-139, 157, 161, 210-211

ヤ行
『薬草図譜』（*Le Livre des simples médecines*） 145-146

ユダ（Iudas） 135-136, 201

ヨハネス22世（Johannes XXII） 187

ラ行
ラウラ（Laura） 88, 176
ラウレッタ（Lauretta） 56
ラファエッロ・サンツィオ（Raffaello Sanzio） 120, 142, 144
ラヨシュ1世（Lajos I） 148, 210
ランディーノ，クリストーフォロ（Christoforo Landino） 199, 201, 204
ランドゥッチ，サルヴェストラ（Salvestra Landucci） 38, 40-43, 110
ランドゥッチ，ルカ（Luca Landucci） 11, 38, 40-43, 46, 48, 55, 124, 208
ランドッチョ・ディ・チェッコ・ドルソ（Landoccio di Cecco d'Orso） 110

リーア（Lia） 73-75, 136, 195
リッピ，フィリッポ（Filippo Lippi） 44-45, 57, 61

リナルディ，ジョヴァンニ・デ（Giovanni de' Rinaldi） 89-90, 115, 119-121, 139, 210
リーパ，チェーザレ（Cesare Ripa） 67, 115, 117, 138, 177-178, 188, 211
『イコノロジーア』（*Iconologia*） 67, 92, 117, 138, 178

ルイ9世（Louis IX） 105
ルター，マルティン（Martin Luther） 143
ルッツァット，リーア（Lia Luzzatto） 104
ルートヴィヒ4世（Ludvig IV） 188, 191, 210

レオナルド・ダ・ヴィンチ（Leonardo da Vinci） 11, 48-56, 62-64, 104, 124, 140, 208
『絵画論』（*Trattato della pittura*）' 54-55, 62-64, 140
「マドリッド手稿II」（*Codice Madrid II*） 49-51, 53, 55, 63, 104

ロゼッティ，ジョヴァン・ヴェントゥーラ（Giovan Ventura Rosetti） 38-39, 107, 142, 146, 162
『プリクト』（*Plictho*） 38-39, 103, 107, 116, 122, 126, 143, 146, 162, 207
ロマッツォ，ジョヴァン・パオロ（Giovan Paolo Lomazzo） 55
ロムルス・アウグストゥルス（Romulus Augustulus） 191
ロレンツェッティ，アンブロージョ（Ambrogio Lorenzetti） 66-67, 69
ロレンツォ・ディ・ニッコロ（Lorenzo di Niccolò） 75

色彩の回廊
――ルネサンス文芸における服飾表象について

二〇〇二年二月二五日第一版発行

著　者――伊藤亜紀（お茶の水女子大学生活科学部助手）

装　幀――中本　光

発行者――松村　豊

発行所――株式会社　ありな書房
東京都文京区本郷一―五―一七　三洋ビル二一
電話・FAX　〇三（三八一五）四六〇四

印　刷――株式会社　厚徳社

製　本――株式会社　小泉製本

ISBN 4-7566-0272-1 C0070

ルネサンスの女性論1
女性の良き作法について
A・ピッコローミニ／岡田温司＋石田美紀　3500円

ルネサンスの女性論2
女性の美しさについて
A・フィレンツオーラ／岡田温司＋多賀健太郎　3500円

ルネサンスの女性論3
女性の美と徳について
F・ルイジーニ／岡田温司＋水野千依　3800円